KB078165

사이케델리아 Second Act

MAGIC CREATOR 매직
크리에이터

매직 크리에이터 6

이상규 판타지 장편 소설

초판 1쇄 찍은 날 § 2007년 7월 13일
초판 1쇄 펴낸 날 § 2007년 7월 23일

지은이 § 이상규
펴낸이 § 서경석

편집장 § 문혜영
편집책임 § 최하나
편집 § 문정흠 · 김동화

펴낸곳 § 도서출판 청어람
등록번호 § 제1081-1-89호
등록일자 § 1999. 5. 31
어람번호 § 제1-0852호

주소 § 경기도 부천시 원미구 심곡1동 350-1 남성B/D 3F (우) 420-011
전화 § 032-656-4452 팩스 § 032-656-4453
http://www.chungeoram.com
E-mail § eoram99@chollian.net

ISBN 978-89-251-0800-1 04810
ISBN 89-251-0199-8 (세트)

사이케델리아 Second Act

MAGIC CREATOR

매직 크리에이터

[완결]

6

The determination of a Hero

이상규 판타지 장편 소설

도서출판 청어람

CONTENTS

제36장

레지스트리의 계획

제룬버드를 이 세상으로부터 소거한 뒤 우리들은 매지스트로를 목적지로 잡았다. 매지스트로로 돌아가는 동안 내 머릿속에 맴돈 것은 로이스 맨스레드의 처리 문제였다. 죽어도 되살아나 버리는 그의 능력은 그를 처리하기 어렵게 만들고 있었고, 설령 그를 죽인다 해도 그것은 레이뮤의 죽음과도 직결되어 있어서 함부로 행동할 수 없었던 것이다.

"네리안느 씨하고 리엔, 리에네 씨가 가버리니 갑자기 썰렁해진 느낌이에요."

슈아로에는 마차 1대로 이동하는 우리를 가리키며 그렇게 말했다. 인원이 5명이라서 사실 마차 안이 비좁았는데, 그래도 막상 같이 있던 사람들이 자기네 땅으로 돌아가 버리니 쓸쓸해진 모양이었다. 어쨌든 우리들은 10일 걸려서 다시 매지스트로로 돌아왔고, 그동안 쌓인 피로를 풀고 휴식을 취했다. 그런데 매지스트로에 도착하자마자 문제가 발생했다.

"에취!"

건강해서 탈이었던 슈아로에가 느닷없이 감기에 걸려 버린 것이다. 내 생각이었지만 제룬버드와의 싸움이 끝나고 나서 긴장이 풀어진 나머지 평소 안 걸리던 감기에 걸린 듯했다. 이 세계에 감기약이 있을 리가 없으니 슈아로에는 그냥 죽을 먹으면서 골골 앓아야 했다.

"우웅……."

난 슈아로에의 방에 들어가 그녀의 이마에 찬 수건을 얹어 주었다. 레이뮤는 학교 대표라서 슈아로에를 줄곧 돌보지 못하기 때문에 시간이 남아도는 내가 슈아로에의 간호를 하게 된 것이었다. 난 어렸을 때 365일 중 절반 이상을 감기와 놀면서 보내서인지 감기를 별거 아니라고 생각했다. 그래서 병간호도 그냥 대충대충 하려고 했다. 그런데 막상 슈아로에가 신음 소리를 내며 아파하는 모습을 보니 나도 모르게 정성을 다해 병간호를 하게 되었다.

"고마워요……."

내가 찬 수건을 갈아주자 슈아로에가 작은 목소리로 그렇게 말했다. 만약 슈아로에가 건강했다면 '내 병간호 같은 걸

하다니, 드디어 레지 군도 사람이 되었군요!'라고 말했겠지만, 지금의 그녀는 다른 사람의 손길을 필요로 하는 연약한 소녀였다. 그 사실이 조금 신선하기도 했다.

"빨리 나아. 나 혼자 도서실 지키는 거 심심해."

"에헤헤……."

난 조금 퉁명스럽게 말했는데 슈아로에는 화를 내지도 않고 그저 배시시 웃었다. 지금 막 수건을 갈아줬으니 당분간은 괜찮을 거라고 생각한 나는 물이 담긴 대야를 들고 자리에서 일어서려 했다. 그런데 슈아로에가 갑자기 내 옷 소매를 잡았다.

"조금만…… 있어줘요……."

"……."

흐으, 사람이 아플 때에는 누군가 옆에 있어주길 바란다지만…… 언제나 날 들들 볶던 슈아가 그런 말을 하다니 의외로군. 근데 왜 이렇게 슈아가 안쓰러워 보이지? 단순한 감기일 뿐인데.

"알았어. 뭐, 특별히 할 일이 있는 것도 아니니까."

"에헤헤……."

일단 난 다시 의자에 앉아 슈아로에의 옆을 지키며 간호를 했다. 간호라고 해봤자 수건을 갈아주는 것 외에는 하는 일이 없어서 그냥 슈아로에 얼굴 한 번 쳐다보고 창밖 한 번 쳐다보고 하는 일만 반복했다. 그렇게 한 5분쯤 지났을 때 슈아로에가 걱정스럽다는 얼굴로 입을 열었다.

"레지 군…… 내 옆에 있으면 감기에 걸릴지도 모르겠네요……."

"내가?"

"레지 군은 몸이 약하잖아요."

"……."

어이, 슈아. 내가 아무리 약해 보인다고 해도 만 25세의 건장한 청년이라고. 만 25세 남자하고 만 17세 여자를 비교해 봤을 때 누가 약할 거라고 생각해?

"난 감기에는 안 걸려."

"헤…… 못 믿겠어요."

"진짜라니까. 자."

슈아로에가 믿지 못하겠다는 표정이었기 때문에 난 일부러 그녀의 손을 잡았다. 보통의 경우 남자의 손이 여자의 손보다 크고, 특히 슈아로에는 나이가 어려 그녀의 손은 내 손에 쏙 들어왔다.

흐으, 감기에 걸려서 그러나? 손이 나보다 뜨겁군. 근데 내가 지금 이렇게 손을 덥석 잡았는 데도 왜 슈아는 화를 내지 않을까? 화를 내면 많이 좋아졌다는 증거일 텐데.

"……."

난 슈아로에의 손을 잡고 그녀를 쳐다봤지만 슈아로에는 아무런 반응도 하지 않았다. 마치 지금 이 시간이 마음에 든다는 듯 편안한 얼굴을 했다. 그러다가 무엇인가를 생각해 내곤 나에게 질문을 던졌다.

"그런데 감기는 왜 걸릴까요? 레지 군의 세계에서도 감기가 있어요?"

"응? 뭐, 있지."

"감기가 왜 걸리는지 알아요?"

"에······."

느닷없는 슈아로에의 질문에 난 잠시 대답을 망설였다. 감기에 걸리는 건 감기 바이러스 때문이라 알고 있지만, 눈에 보이지 않는 세균에 대한 지식을 이곳 사람들이 가지고 있을 리 없어서 대답하기가 난감했던 것이다. 하지만 모른다고 잡아떼면 슈아로에한테 무시당할 것 같아서 대충 둘러대기로 했다.

"바이러스라는 게 감기를 옮긴다고 하더라고. 건강할 때는 감기 바이러스에 감염되어도 몸속에서 알아서 퇴치를 하는데, 몸이 약해질 때 바이러스에 감염되면 감기에 걸리거든."

"바이러스? 그게 뭐예요?"

"눈에 보이지 않는 벌레······ 라고나 할까."

"눈에 보이지도 않는 게 어떻게 감기를 옮겨요?"

"뭐, 그렇다는 거지."

흐으, 대체 바이러스를 어떻게 설명하라는 거야? 바이러스는······ 잉? 바이러스? 그러고 보니······ 바이러스라고 하면 꼭 눈에 보이지 않는 요상한 생물체만 가리키는 게 아니라 컴퓨터 바이러스라는 것도 있잖아. 컴퓨터 프로그램을 감염시켜서 온갖 해를 입히는 컴퓨터 바이러스…… 그걸 여기서도 써먹을 수 있지 않을까? 맞아. 어차피 로이스를 죽일 수 없다면 포획을 해야지!

"무슨 생각을 그렇게 해요?"

내가 바이러스에 대한 것을 생각하고 있을 때 슈아로에가 퉁명스러운 어조로 말했다. 아마도 내가 대화 중에 딴생각을 하자 삐친 것 같았다. 그래서 난 즉시 사태 진압에 나섰다.

"슈아하고 같이하고 싶은 게 있어. 슈아가 나아야 같이할 수 있으니까 어서 나아."

"……뭘 하고 싶은데요?"

"마법 개발이지. 나 혼자서는 못하니까."

"……."

내 말을 듣고 슈아로에는 잠시 생각하는 듯했다. 하지만 감기 때문에 오래 생각하기 힘든지 그냥 긍정적인 대답만 해주었다.

"레지 군은 나 없으면 아무것도 못하니까 내가 도와줄게요."

"그래."

평소 같으면 '무슨 그런 말도 안 되는 소리를!' 이라면서 맞받아쳤겠지만 지금은 그러고 싶지 않았다. 그저 슈아로에의 감기가 빨리 떨어지기를 마음속으로 빌었다.

　슈아로에의 감기는 이틀 정도 지속되었다. 하지만 이틀 뒤
에는 완전히 나아서 예전의 건강한 슈아로에의 모습으로 돌
아왔다. 그렇게 슈아로에의 건강이 완전히 회복되었을 때, 난
슈아로에와 레이뮤에게 도움을 요청했다. 그것은 바로 바이
러스 코드 개발에 대한 도움 요청이었다.

　"다시 한 번 설명해 주겠어요?"

　바이러스 코드 설명회(?)에서 레이뮤가 재설명을 요구했
다. 레이뮤뿐만 아니라 슈아로에도 내 말을 제대로 이해하지
못한 듯 보였다. 그래서 난 다시 한 번 친절하게 바이러스 코
드란 것을 설명하기 시작했다.

　"그러니까 상대방이 마법을 쓰기 전에 마법 코드를 뒤죽박
죽으로 만들어놓는 거예요. 예를 들어서 Create 코드를 숫자
코드로 바꿔 버리면 상대방이 Create 코드를 쓰고자 할 때 마
법 실행이 되지 않는다는 거죠. 모든 마법 실행에 필요한
Create 코드를 다른 코드로 바꿔 버리면 누구도 마법을 쓰지
못한다는 말이에요."

　"……."

　레이뮤는 잠시 생각에 잠겼다. 그러다가 이내 자신의 지식
수준과 비교해서 입을 열었다.

　"포스 변환 코드를 통해 마법사의 매직포스를 스피릿포스

로 바꾸면 마법사가 마법을 쓰지 못하게 되는 것과 비슷한 건가요?"

"예. 어떤 식으로든 마법을 쓰지 못하게 한다는 점에서는 동일하죠."

"그럼 묻죠. 어떻게 마법 코드를 다른 코드로 바꾼다는 건가요?"

내 얘기를 대충 이해한 레이뮤는 가장 중요한 질문을 던져 왔다. 사실 그 문제가 바이러스 코드의 핵심이라고 할 수 있었는데, 나도 고민에 고민을 거듭하다가 하나의 방법을 떠올렸다. 그것은 바로 지정된 한 공간을 나의 것으로 만드는 방법이었다.

"지정 영역에만 바이러스 코드가 실행되도록 하는 거예요. 상대방 마법사가 그 영역 안에 들어가 있게 되면 마법을 쓰고 싶어도 쓰지 못하게 되는 거죠."

"그건 마법사가 그 영역을 벗어나면 마법을 쓸 수 있다는 소리잖아요?"

"물론 그렇죠. 하지만 매직포스가 느껴지는데 마법을 쓸 수 없다고 생각하는 마법사는 없어요. 그래서 바이러스 코드 영역에 들어가서 마법을 쓰지 못한다고 해도 그 영역을 빠져 나갈 생각은 아예 하지를 못하죠. 자신의 마법 코딩이 잘못됐다고만 생각할 테니까요."

"그렇겠군요."

레이뮤는 내 생각을 인정해 주었다. 슈아로에는 레이뮤가 오케이를 하면 무조건 따르기 때문에 슈아로에도 내 바이러스 코드 개발에 참여하는 것으로 자연스레 결정되었다. 특정 영역의 매직포스 중 Create 코드를 다른 코드로 바꿔 버려서 그 영역 내에서는 마법을 전혀 쓸 수 없게 만드는 마법. 그것이 바로 내가 생각해 낸 바이러스 코드였다.

"그 바이러스 코드란 것을 완성시키려면 시간이 꽤 걸릴 것 같군요."

바이러스라는 개념을 처음 접한 레이뮤로서는 마법 코드 개발에 난색을 표했다. 하지만 난 레이뮤와 슈아로에라면 둘이서 얼마든지 바이러스 코드를 완성시킬 수 있을 것이라 확신했다. 코드가 아무리 길다고 하더라도 일단 만들기만 하면 포스량 무한대의 릴리에게 저장시켜 놓으면 되기 때문에 걱정이 없었다.

"둘이서 만들어주세요."

"에? 레지 군은요?"

내가 레이뮤와 슈아로에 둘이서 바이러스 코드를 만들라고 하자 슈아로에가 눈을 동그랗게 뜨고 날 쳐다보았다. 여태까지 내가 마법 코드 개발에 빠진 적이 없기 때문에 이번 선언이 의외인 모양이었다. 사실 나도 웬만하면 같이 코드를 만들고 싶었지만 그전에 미리 준비할 것이 있었다.

"아, 나도 참가하고는 싶은데 난 따로 할 일이 있어서."

"뭔데요?"

"흑마술사와 소환술사를 만나볼 생각이거든."

"……?"

내가 느닷없이 흑마술과 소환술 쪽에 관심을 보이자 슈아로에뿐만 아니라 레이뮤도 고개를 갸웃했다. 난 그녀들이 무슨 말을 하기 전에 재빨리 레이뮤에게 질문을 던졌다.

"레이뮤 씨, 지금 현재 흑마술과 소환술에 능통한 사람이 누구죠?"

"지금은 은거하고 있는 '브리드 웨이트리'가 당대에 가장 뛰어난 흑마술사 겸 소환술사로 평가받고 있어요. 하지만 그는 60세를 넘긴 이후부터 아무도 모르는 곳에서 은거 생활을 하고 있어요. 그가 사는 곳을 알고 있는 사람이라면 나그네검객 정도일 거예요."

잉? 휴트로 씨하고 그 브리드인가 뭔가 하는 사람하고 아는 사이였어? 그 말은 브리드를 찾고 싶으면 휴트로 씨를 먼저 찾아야 한다는 소리로군. 휴트로 씨도 유리시아드처럼 여기저기 떠돌고 있으니 찾기가 난감한데.

"브리드 웨이트리를 만나서 무엇을 할 생각인가요?"

레이뮤는 내 의중을 알지 못해서 그렇게 물어왔다. 하지만 난 지금 당장 그 질문에 대한 답을 할 생각이 없었다. 그녀가 내 의도를 알아차리게 된다면 분명 말릴 게 뻔했기 때문이다.

"그냥 개인적으로 볼일이 있어서요."

난 대답을 회피하면서 자리에서 일어섰다. 그런 날 보고 슈아로에가 걱정 어린 어조로 물음을 던졌다.

"혼자 갈 건가요?"

"개인적인 일이라서……. 일단 휴트로 씨를 찾아야 하니까 가능하면 유리시아드하고 같이 가고 싶은데, 일단은 물어봐야지."

"릴리는요?"

"내 시종이니까 데려가야겠지. 릴리 없으면 난 허수아비잖아."

"……."

슈아로에는 뭔가 내키지 않는다는 표정이었지만 반대하지는 않았다. 레이뮤 역시 내가 여행을 떠난다는 사실을 받아들이는 쪽이었다.

"알겠어요. 그런데 어떻게 돌아다닐 생각인가요? 목적지도 없이 무작정 여행을 하면 고달파요."

"예, 일단 검은 천사 용병단의 후원 길드들을 돌아볼 생각이에요. 그들한테서 휴트로 씨에 대한 정보를 얻거나 내가 찾고 있다는 사실을 알려주면 휴트로 씨를 찾을 수 있을 것 같거든요."

"음…… 그다지 나쁜 생각은 아니군요."

레이뮤는 내 생각에 동의했다.

그렇게 내 여행 계획이 잡혀 버리자 난 곧바로 유리시아드를 불러 그녀의 의견을 물었다. 매지스트로에서 언제나 분홍색 원피스와 하늘색 케이프를 입고 있는 유리시아드는 여행을 떠난다는 소리를 듣자마자 바로 환영의 표시를 했다.

"당장 떠나도록 해요."

"……."

흐으, 유리시아드, 얼마나 그 옷을 입기 싫었으면 당장 떠나자고 하나. 꽤 잘 어울리는데 왜 입기 싫어할까? 뭐, 내가 자꾸 쳐다보니까 그런 거겠지만…… 조금은 여성스러운 면을 보여주는 것도 나쁘지 않을 것 같은데 말이야.

"뭐, 유리시아드도 괜찮다고 하니까 바로 출발하겠습니다."

유리시아드의 동의를 얻자마자 난 곧장 출발하려고 했다. 휴트로를 찾는 데 얼마나 시일이 걸릴지 알 수 없었기에 최대한 빨리 행동에 옮길 생각이었다. 그런데 내가 유리시아드와 릴리를 데리고 여행 준비를 하려고 하자 슈아로에가 내 팔을 붙잡았다.

"응? 왜?"

"다시 돌아올 거죠?"

"……?"

잉? 내가 여기 아니면 갈 데가 어디 있다고 그런 의미 없는 말을 하지?

"지금은 여기가 집이니까 돌아와야지."

"알았어요. 조심해서 갔다 와요."

슈아로에는 여전히 탐탁지 않다는 표정이었지만 순순히 날 놓아주었다. 난 그런 그녀의 어깨를 몇 번 토닥이며 입을 놀렸다.

"바이러스 코드 완성을 부탁해."

"흥. 남에게 어려운 부탁을 하고 자기는 여행이나 하다니, 참 대단하네요."

"하하하."

다시 본래의 슈아로에로 돌아온 것 같아서 난 한시름 놓았다. 일단 유리시아드는 경장갑 차림으로 여행 준비를 했고, 난 평소 입던 올 블랙 옷 그대로 입었고, 릴리도 평소에 입는 흰색 드레스로 여행 준비를 끝마쳤다. 그렇게 우리 셋이 매지스트로를 떠날 때 레이뮤와 슈아로에가 친히 나와서 배웅을 해주었다. 두 여성의 배웅을 받으며 유리시아드는 자신의 애마를 끌고, 나와 릴리도 그 옆에서 사이좋게 걸으면서 여행을 시작했다.

사박사박―

수풀을 밟으면서 걸으니 기분이 상쾌했다. 하지만 이번 여행은 내 의지로 하는 첫 번째 여행이기 때문에 왠지 모르게 긴장이 되었다. 그래서인지 산을 내려가는 우리들 사이에서는 한마디의 대화도 없었다. 그저 묵묵히 산을 내려갈 뿐이었다.

"유리시아드, 푸른 바다 길드가 어디 있는지 알아?"

산을 내려와 마을에 들어서자마자 난 유리시아드에게 질문을 던졌다. 내 질문을 받자 유리시아드가 순간 어이없다는 표정을 지었다.

"그것도 모르고 지금 걷고 있는 거예요?"

"모르니까 묻는 거지."

"……레이디언에 있어요."

탐탁지 않은 표정을 지어 보인 유리시아드였지만 결국 푸른 바다 길드의 위치를 나에게 알려주었다. 그래서 우리들은 레이디언으로 가기 위해 마차 대기소에 들러 마차를 빌렸다. 유명인사인 유리시아드가 옆에 있어서 모든 절차가 간편했다.

"이거, 검은 천사님을 모시게 되어서 영광입니다."

30대 후반으로 보이는 남자 마부는 날 보고서 반가움을 표시했다. 내가 방금 센트리노 제국 명예 백작 지위를 이용해서 마차 비용을 모두 제한 뒤라서 돈을 얻지 못하는 마부로서는 우리들을 달갑게 여기지 않아야 정상이었다. 유리시아드에게 물어봐도 나중에 센트리노 제국에서 뭔가 주는 게 전혀 없다고 했으니 마부의 반응은 정말 의외일 수밖에 없었다.

"이번에도 드래곤을 잡으러 가십니까?"

마부는 우리들이 마차에 타기 직전에 나에게 그렇게 물었다. 마부가 나에 대한 소문을 들은 것 같아서 난 대충 둘러댔다. 내 목적이 일반인들의 귀에 들어가면 안 되기 때문이었다.

"이번엔 개인적인 일입니다."

"그러십니까. 혹시 자유기사님과 밀회 여행을?"

"……!"

헉! 이 양반이 지금 무슨 망발을! 유리시아드가 들었다가는 내 목은 그날로 두 동강이라고!

"아닙니다. 자유기사님은 내 경호 역할로 같이 행동하는 겁니다."

"하하, 알겠습니다. 그런 것으로 해둡죠."

"……."

어이, 그런 걸로 해두다니! 아니, 척 보면 유리시아드가 날 싫어하는 거 몰라? 제발 부탁이니까 망상이라도 그런 생각하지 말아줘! 난 죽기 싫어!

덜컹덜컹—

나와 릴리는 마차를 타고, 유리시아드는 자신의 말을 타고 이동했다. 매지스트로에서 레이디언 성으로 가는 동안 난 방하나를 혼자 쓰고 릴리와 유리시아드가 같은 방을 썼다. 물론 모든 경비를 명예 백작 지위로 때워 버렸기 때문에 금전 걱정을 할 필요가 전혀 없었다.

"그럼 이만 가보겠습니다."

아무런 문제 없이 레이디언 성에 도착해 우리들이 마차에서 내리자 마부는 나에게 인사를 하고 마차를 돌렸다. 그 와중에 나한테 잘해보라면서 이상한 웃음을 지었는데, 난 뭘 잘해야 할지 몰라서 마부의 웃음을 무시했다.

"저 건물이 푸른 바다 길드의 본거지예요."

레이디언 성의 한 건물을 가리키며 유리시아드가 설명을 해주었다. 그녀가 가리킨 건물은 일반 석조 건물이라 멀리서 보기에는 그냥 평범한 건물로밖에 보이지 않았다. 건물 현관에 바다 문양과 칼 문양이 없었다면 이 건물이 푸른 바다 길드의 아지트라고 생각하기 힘들 정도였다.

끼익—

유리시아드는 노크도 하지 않은 채 문을 열고 안으로 들어갔다. 난 릴리와 함께 조용히 그 뒤를 따랐다. 안으로 들어가자 가장 먼저 술집처럼 생긴 바가 눈에 들어왔고, 많은 사람들이 그 안에서 술과 음식을 먹고 있는 걸 볼 수 있었다.

흐으, 여기가 술집이야, 길드야? 게시판처럼 생긴 나무 보드에 의뢰 내용이 적힌 쪽지가 붙어 있는 걸로 봐서는 길드인 것 같기는 한데…… 너무 놀자판 아니야?

"무슨 일로 왔슈?"

우리들이 안으로 들어오자 약간 사투리를 쓰는 남자 바텐더가 나를 바라보며 물었다. 유리시아드가 나보다 앞에 서 있음에도 불구하고 남자 바텐더가 날 쳐다보며 물어서 조금 당황하긴 했지만, 난 그에게 이곳에 온 목적을 알려주었다.

"난 검은 천사 용병단의 단장 검은 천사 레지스트리입니다. 푸른 길드 단장 '바온사르'를 만나고 싶습니다."

"......!"

"......!"

내가 신분을 밝히자마자 우리들을 바라보던 사람들의 시선이 완전히 달라졌다. 방금 전까지는 별 관심 없어 하던 그들의 눈빛에 갑자기 경악의 빛이 떠올랐던 것이다.

"잠시만 기다리슈."

남자 바텐더는 내 모습만 보고서 그렇게 말했다. 그리고는 바 옆에 있는 문을 열고 안으로 들어갔다. 그렇게 우리들이 바텐더의 컴백만을 기다리고 있을 때 음식을 먹던 한 젊은 남자가 우리에게로 다가왔다. 그의 얼굴에 살기가 없었기 때문에 난 그냥 그를 멀뚱히 쳐다만 보았다. 약간 호탕해 보이는 젊은 남자는 내 앞에서 걸음을 멈추더니 내 얼굴을 뚫어져라 쳐다보는 것이었다.

"......"

"......"

흐으, 지금 나하고 눈싸움하자는 거야? 난 남자 얼굴을 보면서 눈싸움하고 싶은 생각은 추호도 없는데.

"당신이 화이트 드래곤을 잡았다는데, 정말이오?"

젊은 남자는 뜬금없이 그런 질문을 던졌다. 제룬버드와 싸울 때 완전히 개방된 곳에서 싸웠기 때문에 사람들이 그 사실을 알게 되었다고 판단한 나는 사실대로 대답했다.

"그렇습니다만."

"이야, 겉으로 보기에는 전혀 강해 보이지 않는데 드래곤을 잡았다니 믿을 수가 없어서 말이죠."

젊은 남자의 어조는 상당히 삐딱했다. 나하고 한번 붙어보자는 뜻이 강하게 담겨 있었다. 대충 살펴보니 젊은 남자는 검을 쓰는 검사인 것 같았고, 체격은 나보다 약간 건장해서 단순한 싸움이면 내가 이기기 힘들 것 같았다. 그러나 검은 천사 용병단의 단장이 일개 용병에게 위축된 모습을 보이면 안 되기에 난 젊은 남자를 노려보며 말했다.

"사람을 외관만으로 판단하는 당신은 아직 애송이입니다. 좋은 말할 때 찌그러져 있으십시오. 안 그러면 죽습니다."

"……!"

내 말을 듣자마자 젊은 청년의 얼굴이 크게 일그러졌다. 보통 2미터도 안 되는 가까운 거리에서 검사와 마법사가 대치 상태이면 마법사가 불리한 게 당연했지만, 곁에 유리시아드가 있는 데다 나 스스로도 실프라는 막강한 정령을 가지고 있어서 젊은 청년의 도발이 전혀 두렵지 않았다. 오히려 싸울 상대를 제대로 알아보지 못하는 젊은 청년의 안목이 너무 안

쓰럽기만 했다.

"이익! 난 푸른 바다 길드에서 촉망받는……!"

젊은 혈기를 이기지 못한 젊은 남자는 허리에 찬 검을 뽑아들려고 했다. 그래서 나도 실프를 소환하려고 했을 때, 갑자기 젊은 남자의 머리에 무엇인가가 떨어져 내렸다.

"미친놈아! 정신 차려!"

퍼억!

뒤통수를 갈기는 강력한 일격에 젊은 남자는 정신을 차리지 못하고 무릎을 꿇고 말았다. 젊은 청년의 뒤통수를 갈긴 사람은 경장갑을 걸친 통통한 청년이었는데, 그 얼굴은 내가 윈도우즈 연합 토벌군에 있을 때 보았던 커트와 동일했다. 커트의 몸집은 처음 봤을 때보다 많이 커져서 내 키와 거의 비슷했다. 그래서인지 뒤통수를 맞고 벌벌 기고 있는 젊은 남자보다도 힘이 더 세 보였다.

"하여간 요즘 젊은것들은 개념이 없어서!"

퍽! 퍽!

"으악! 잘못했어요, 커트 형!"

커트는 무자비하게 젊은 남자를 걷어찼다. 그 강도가 꽤 강해서 보고 있는 내가 다 걱정될 정도였다. 그렇게 잠깐 동안 젊은 남자를 마음껏 걷어찬 커트는 그가 비실비실 자리로 돌아가는 것을 확인한 후 나를 향해 고개를 숙였다.

"죄송합니다. 제가 아랫것들 관리를 잘못한 탓입니다."

"……."

흐으, 커트가 왜 이러지? 느닷없이 나한테 경어를 쓰고. 어디서 뭘 잘못 먹었나?

"아니, 편하게 말해도 되는데."

"히히, 그렇지?"

내가 말 놓으라고 하자마자 커트는 실실 쪼개면서 고개를 들었다. 그리고는 자신이 나한테 경어를 써야만 했던 이유를 알려주기 시작했다.

"지금 검은 천사는 우리 길드의 대표 격이니까 먼저 말 걸기가 껄끄러워서 말이야. 네가 들어온 걸 봤지만 말 걸기가 좀 그렇더라."

흐으, 커트 녀석이 그런 걸 신경 쓴단 말이야? 새로운 사실을 알았군.

휘익—

그때 갑자기 커트가 내 목에 팔을 걸고 내 귀에다 이상한 말들을 속삭이기 시작했다.

"검은 천사가 대마법사의 숨겨놓은 애인이라던데, 그게 사실이야?"

"……!"

커컥! 갑자기 그게 무슨 쨍하고 해 뜰 날 폭설 내리는 소리야? 내가 레이뮤 씨의 숨겨놓은 애인? 나이 차이가 몇인데 그런 소리를! 아니, 생각해 보면 그다지 나쁜 것 같지는 않은…….

"미안하지만 전혀 사실 무근의 소문이다."

"그래? 그럼 화이트 케이프의 이안트리와 사귄다는 소문은?"

이곳에도 신문기자가 있냐? 그런 말도 안 되는 소문을 퍼뜨리는 자가 누구야!

"그것도 헛소문."

"그럼 자유기사와 사귄다는 소문은?"

"마찬가지 헛소문."

"엘프 정령술사는?"

"헛소문."

"소성녀님은?"

"죄다 헛소문."

커트의 쉴 새 없는 질문과 내 일관된 답변이 치열한 공방을 벌였다. 그러는 와중 바 옆의 문이 열리면서 남자 바텐더가 모습을 드러내었다. 그리고 나를 향해 정중한 어조로 입을 열었다.

"바온사르님이 안으로 들어오시라는구만유."

"알겠습니다."

난 남자 바텐더가 가리키는 방으로 걸음을 옮겼다. 커트는 내가 릴리와 유리시아드를 데리고 들어가는 것을 뒤에서 쳐다보며 의미심장한 미소를 지었다. 그 미소가 상당히 마음에 걸리긴 했지만 그냥 무시하기로 하고 방 안으로 들어갔다.

"여, 오랜만이다. 거의 7개월 만이지?"

방 안에는 콧수염을 멋들어지게 기른 바온사르가 소파에 앉아 있었고, 그의 옆에는 창술을 쓰는 라우어가 있었다. 그리고 그런 그들에게 커피를 타주는 한 여인의 모습도 보였다.

"앉으세요."

비교적 예쁘게 생긴 중년 여인은 우리들에게 자리를 권했고, 우리들은 바온사르와 라우어의 반대편 소파에 자리를 잡았다. 우리들이 자리에 앉자 중년 여인이 우리들에게 커피를 내주었고, 난 감사의 표시로 고개를 살짝 끄덕였다. 그 모습을 보던 바온사르가 중년 여인을 턱으로 가리키며 입을 열었다.

"내 아내다."

"……!"

바온사르가 그 중년 여인을 자신의 아내라고 소개해서 난 크게 놀랐다. 그가 결혼했을 줄은 전혀 생각하지 못했기 때문이다.

"언제 결혼한 거예요?"

"한 5년 됐지."

"예……."

흐으, 나와 만나기 전에 벌써 결혼했던 거야? 난 전혀 그런 느낌을 못 받았는데 말이야. 어쨌든 부럽다.

"그런데 검은 천사가 이곳까지 무슨 일로 온 거야? 연락도 없이."

바온사르는 커피를 한 모금 마시며 나에게 질문을 던졌다. 내 예고없는 방문에도 전혀 당황하지 않는 모습이 믿음직스러워 보였다. 어쨌든 나도 커피 한 모금을 마시고 커피가 쓰다고 발악하는 혓바닥을 진정시키며 내 목적을 말했다.

"개인적인 용무로 찾아온 겁니다. 부탁드릴 게 있어요."

"무슨 부탁이지?"

"나그네검객 휴트로를 찾아주었으면 합니다."

"나그네검객?"

내가 의외의 인물을 찾자 바온사르가 조금 놀란 얼굴을 했다. 그러더니 나에게 휴트로를 찾는 이유를 물었다.

"나그네검객을 왜 찾는데?"

"그를 만나서 물어볼 게 있습니다."

"뭘 물어보려고?"

"휴트로 씨가 브리드 웨이트리를 잘 알고 있다고 해서 그에 대해 물어보려고요."

"흐음……."

내 말을 듣고 바온사르는 조금 난감한 표정을 지었다. 그 표정은 마치 휴트로를 넘겨주기 싫다는 것처럼 보였기 때문에 난 바온사르를 추궁했다.

"휴트로 씨가 어디 있는지 알고 있죠?"

"응? 에…… 뭐……."

오홋! 휴트로 씨를 한번에 찾게 될지도 모르겠는데?

"개인적으로 급한 용무라 휴트로 씨를 꼭 만나야 돼요."

"에…… 그게 말이지……."

바온사르는 대답을 할까 말까 상당히 망설였다. 하지만 검은 천사 용병단의 단장인 나한테 개기는 건 이득이 없다고 판단했는지 마침내 휴트로의 위치를 나에게 알려주었다.

"나그네검객은 지금 이 근처에 있다. 일주일 전에 우연히 만나서 일시적으로 동업자 관계를 맺었거든. 요새 들어서 우리 길드만의 힘으로 해결하기 힘든 의뢰가 많이 들어와서 말이야."

"……!"

휴트로 씨가 이 근처에? 이런 엄청난 행운이!

"푸른 바다 길드에서 처리할 수 없으면 검은 천사 용병단으로 넘겨요. 그럼 되잖아요?"

"아니, 그게 검은 천사 쪽으로 넘기기에는 규모가 작고 우리가 처리하기에는 약간 부담되는 애매한 거라서……."

"그럼 내가 휴트로 씨하고 브리드 웨이트리를 찾은 다음에 바온사르 씨는 휴트로 씨하고 그 의뢰를 수행하면 되잖아요."

"시간이 얼마나 걸리는데?"

"잘 모르겠어요. 브리드 웨이트리가 가까운 데 있으면 적게 걸리는 거고, 멀리 있으면 많이 걸리는 거니까요."

"끄응……."

내 말에 바온사르는 매우 많이 갈등했다. 아마도 가까운 시일 내에 휴트로와 함께 그 의뢰를 수행할 생각이었던 듯했다. 길드의 수입과 내 부탁 사이에서 갈등하던 바온사르는 일단 중립적인 해답을 내놓았다.

"우선 나그네검객을 만나고 나서 얘기하자고."

"예, 그러죠."

그리하여 우리들은 바온사르를 앞세워 휴트로가 기거하고 있다는 여관으로 향했다. 여관에 도착했을 때가 마침 점심 시간이라 우리들은 여관 1층 식당에서 홀로 외롭고 쓸쓸하게, 그러나 당당한 자세로 식사를 하고 있는 휴트로를 쉽게 발견할 수 있었다.

"안녕하시오, 나그네검객."

"……."

바온사르가 먼저 인사를 하자 휴트로는 별 의미 없이 고개를 끄덕이려고 했다. 그러다가 뒤에 서 있는 나와 유리시아드, 그리고 릴리를 보고 조금 놀란 표정을 지었다.

"안녕하세요, 휴트로 씨."

"오랜만입니다, 스승님."

나와 유리시아드는 간단하게 인사를 했다. 그리고는 냉큼 휴트로의 정면에 앉았다. 인원수는 5명인데 의자는 4개밖에 없어서 바온사르는 할 수 없이 옆 테이블에 앉아 우리 쪽 얘기를 들어야만 했다. 휴트로는 오늘 릴리를 처음 보는 데다가 릴리의 정체도 모르기 때문에 나에게 릴리의 소개를 요구했다.

"저 소녀는 누구냐? 처음 보는 얼굴인데."

"릴리예요. 내 시종이에요."

"시종?"

시종이라는 말에 휴트로는 약간 안색을 굳혔다. 사실 밖에 나갈 때 데리고 나오는 시종이라면 거의 그렇고 그런 쪽으로 생각하기 마련이라서 휴트로가 좋지 않은 인상을 지을 수밖에 없었다. 마치 '넌 안 그럴 줄 알았는데 너도 결국 남자구나'라고 말하는 것 같은 표정이었다. 그래서 난 즉시 부연 설명을 했다.

"일단 다른 사람들에게는 릴리가 단순히 내 시종이라 해두고 있지만, 사실은 뛰어난 마법사예요. 그에 관해서는 나중에 자세히 알려드릴게요."

"……."

내 표정이 진지한 것을 보고 휴트로는 일단 구겼던 인상을 다시 원래대로 돌렸다. 내가 다른 세계에서 왔다는 것을 알고 있는 휴트로이기 때문에 릴리가 단순한 시종이 아닐 것이라고 생각을 고쳐먹은 것 같았다. 어쨌든 분위기도 누그러지고 대화를 할 만한 상태가 조성되어서 난 즉시 본론으로 들어갔다.

"휴트로 씨, 브리드 웨이트리가 어디 있는지 아세요?"

"브리드 웨이트리?"

내 입에서 그 이름이 거론되자 휴트로는 꽤나 의외라는 표정을 지었다. 하지만 브리드 웨이트리에 대해 숨기거나 모른다고 하지는 않았다.

"그분은 왜 찾는데?"

"웨이트리 씨가 흑마술과 소환술에 능통하다는 얘기를 들어서 한번 찾아뵈려고요."

난 일단 내 진짜 목적을 감추었다. 만약 브리드 웨이트리가 융통성없는 사람이라면 내 목적을 얘기한 순간 발칵 뒤집힐 것이 뻔했기 때문에 그를 직접 만나서 얘기를 해야만 했다. 그런데 휴트로는 고개를 설레설레 저었다.

"그분은 나 이외에는 아무도 만나려고 하지 않는다."

"왜요?"

"친한 친구에게 자신의 연구 결과를 빼앗긴 이후로 사람을 믿지 않게 되었거든."

"……."

흐으, 은거하고 있다고 하더니 그런 이유가 있었나? 뭐, 믿는 도끼에 발등 찍힌다는 건 어디에서나 있을 법한 일이니까 별거 아닌데, 휴트로 씨는 어떻게 브리드 웨이트리를 알게 된 거지?

"휴트로 씨는 웨이트리 씨를 어떻게 알게 됐어요?"

"간단하다. 그분 생활비를 내가 벌어다 주고 있으니까."

"……!"

헉! 그렇다는 건…… 브리드 웨이트리가 휴트로 씨의 친아버지?! …라는 말을 했다가는 비 오는 날 먼지 나도록 맞겠지?

"휴트로 씨는 여성에게만 잘해주는 거 아니었어요?"

"노인은 제외다. 혼자 살아갈 능력이 있는 남자들한테는 잘해줄 필요가 없지."

휴트로의 어조는 매우 단호했다. 그가 여자들한테만 잘해주든 아니든 브리드 웨이트리를 알고 있고, 직접 생활비까지 지원해 주고 있다는 사실을 알았기에 난 휴트로를 거머리처럼 물고 늘어졌다.

"어떻게 해서든 웨이트 씨를 만나보고 싶어요. 힘 좀 써주세요."

"힘들다. 이미 타인에게 마음을 닫아버렸는데 그게 그리 쉽게 될 것 같냐? 네가 그분을 위기에서 구해내든가, 그분에게 뭔가 놀라운 사실을 알려주지 않는 한, 만나주지도 않을 거다."

휴트로는 브리드 웨이트리와의 만남에 매우 부정적인 입장을 보였다. 그래서 난 잠시 머리를 굴려야 했다.

흐음, 내가 웨이트리 씨의 생명의 은인이 된다면 만나기가 매우 쉽겠지만 그런 우연은 일어나기 힘들어. 억지로 그런 결과를 만들어내려고 수작을 부렸다가 실수하면 영영 돌이킬 수 없게 되고. 결국 놀라운 사실을 알려주는 수밖에 없다는 말인데…… 할 수 없군.

"난 웨이트리 씨가 들으면 놀라 까무러칠 수밖에 없는 사실을 하나 가지고 있어요."

난 자신감있는 어조로 그렇게 말했다. 내 말을 듣고서 휴트로는 마치 예상이나 하고 있었다는 듯이 조용한 어조로 담담히 물어왔다.

"네가 다른 세계에서 왔다는 거?"

"……?"

잉? 아, 그렇구나. 그것도 놀라운 사실 중에 하나구나. 사실 전혀 생각지도 못했던 건데. 내가 원래 말하려고 했던 건 릴리의 정체를 까발리는 거였지만, 아무럼 어때? 어떤 얘기를 하든지 간에 웨이트리 씨를 만날 수만 있으면 되니까.

"그 얘기 정도면 충분하지 않을까요?"

"음…… 뭐, 그분도 소환술에 능통하다 보니 그 얘기를 들으면 흥미가 동하겠지. 알았다. 일단 같이 가서 만나보자."

마침내 휴트로의 입에서 허락이 떨어졌다. 내가 속으로 '아싸!'를 외치고 있을 때 바온사르는 인상을 팍 구기면서 휴트로에게 물음을 던졌다.

"그분은 어디서 삽니까?"

"노스브릿지 산맥에 살고 있소. 장소가 워낙 은밀해서 나밖에는 모르오."

"그럼 나그네검객 씨가 직접 가야만 한다는 소리입니까?"

"그렇소."

"……."

휴트로의 말을 듣고 바온사르는 인상을 더욱 구겼다. 그의 얼굴에는 '그럼 우리 협상은 어떻게 하고?'라는 빛이 떠올라 있는 듯했다. 그것에 관해서는 나도 방법이 없어서 아무 말도 못하고 있을 때, 휴트로가 의외의 제안을 했다.

"내가 이 녀석을 따라가고, 유리시아드가 나 대신 당신들과 일을 하면 되지 않소."

"……!"

오홋! 그런 좋은 생각이! 역시 나잇값을 하시는구려!

"그거 괜찮은 생각인데요."

난 즉각 휴트로의 말에 맞장구를 쳤다. 바온사르의 입장에서 봐도 그리 나쁜 제안은 아니었기 때문에 바온사르는 별 반대를 하지 않았다. 문제는 유리시아드 본인이었다.

"의뢰 내용이 무엇인가요?"

유리시아드는 바온사르에게 의뢰 내용을 물었다. 본래 다른 사람에게 의뢰 내용을 밝히지 않는 게 용병들의 기본 원칙이지만 지금은 상황이 상황인지라 의뢰 내용을 우리들에게 알려주었다.

"사우스브릿지 산맥 쪽에서 마수들이 날뛰고 있어서 그걸 퇴치해 달라는 의뢰입니다. 그 마수들이 바이오스 제국에서 조종하고 있는 것 같아서 일단 에이티아이 제국에서는 군사를 일으키지 않고 용병들에게 맡기려고 하는 거죠."

"그거라면 괜찮겠군요."

의뢰 내용을 전해 들은 유리시아드는 선뜻 동참 의사를 밝혔다. 역시 나하고 같이 다니는 것보단 차라리 용병들하고 같이 다니는 게 편한 듯했다. 그렇게 휴트로와 교대하기로 한 유리시아드는 릴리의 문제를 걸고 넘어졌다.

"릴리는 어떻게 할 거죠? 같이 데려갈 건가요?"

"응. 여차하면 릴리가 필요할 테니까."

"그쪽과 릴리 둘만 있게 되니 걱정되는군요."

"걱정할 게 뭐 있어. 휴트로 씨가 있는데."

난 그렇게 말하며 휴트로를 쳐다보았다. 휴트로는 아무것도 모른 채 내 말에 맞장구를 쳤다.

"걱정 마라. 난 모든 여성의 편이다."

흐으, 왠지 듣는 내가 낯간지럽다.

"그럼 점심을 먹고 나서 바로 출발하는 것으로 하죠."

난 그 자리에서 출발 일정까지 정했다. 그렇게 우리들은 식사를 마치고 두 부류로 나뉘어져 이동을 시작했다. 한 부류는 푸른 바다 길드 쪽으로, 다른 한 부류는 노스브릿지 산맥 쪽으로.

제37장

브리드 웨이트리

나와 릴리, 휴트로는 노스브릿지 산맥을 목적지로 삼아 쉴 새 없이 내달렸다. 식사를 할 때나 잠을 잘 때, 그리고 마차를 탈 때 등의 일이 있을 때마다 명예 백작 지위를 사용해 전부 공짜로 이용할 수가 있었기 때문에 휴트로가 매우 좋아했다. 그리고 잠을 잘 때 나하고 같은 방에서 지내다 보니 본의 아니게 서로 많이 친해졌다. 그 증거로 휴트로가 나한테 무공을 가르치기 시작했다는 점을 들 수 있었다.

"아니지, 좀 더 집중을 하라니까."

흔들리는 마차 안에서 휴트로는 내공을 손에 끌어모아 호두 껍질을 깨부수는 훈련을 나한테 시켰다. 표면상으로는 내공 훈련이었지만 실제 목적은 간식용으로 호두 먹기였다.

"마차가 흔들린다고, 쩝쩝, 내공 운행에 실패하면 실전에서, 쩝쩝, 아무 소용 없다니까, 쩝쩝."

"……."

흐으, 내가 호두를 별로 안 좋아해서 다행이지 호두를 좋아했다면 내 앞에서 저렇게 대놓고 호두 먹는다고 화냈을 거다. 뭐, 그래도 남자는 취급 안 한다던 휴트로 씨가 나한테 무공을 가르친다고 하니 많이 배워야지.

덜컹덜컹—

거의 보름 동안 이동해서 노스브릿지 산맥에 다 왔을 때쯤, 휴트로가 평소와는 다른 제안을 했다.

"레지스트리! 그분을 만나기 전에 내공이나 주입받아라."

"……?"

난 휴트로가 무슨 의도로 말한 것인지 잘 이해가 안 되어 고개를 갸웃했다. 내가 바보처럼 눈만 꿈뻑꿈뻑하고 있자 휴트로가 일갈하듯이 소리쳤다.

"임마! 내가 너한테 내공을 주입해 준다니까! 싫냐?!"

"예? 아, 아니오!"

휴트로의 일갈에 난 황급히 고개를 내저었다. 일단 무조건 그렇다고 대답한 다음, 휴트로의 말을 곱씹어보았다.

흐으, 휴트로 씨가 나한테 내공을 주입시켜 준다고? 유리 시아드한테 휴트로의 내공이 100년이라고 들었으니까 그 반만 얻어도 난 단숨에 5서클이 되는 건데…… 나야 매우 좋은 일이긴 하지만 왜 갑자기 그런 생각을 하셨을까? 뭘 잘못 먹었나?

"나야 좋긴 한데요…… 남자한테는 내공 주입도 안 하는 거 아니었어요?"

조심스러운 내 물음에 휴트로는 매우 간단명료하게 대답했다.

"그냥 가르쳐 줄 때 확 가르쳐 주려고 그런다. 찔끔찔끔 가르치는 것보다 그게 낫잖아. 귀찮기도 하고."

"아, 예……."

흐으, 한번에 다 가르침을 받는 내 입장도 생각을 좀 해줬으면 하지만… 어쨌든 손해 보는 일은 아니니까 휴트로 씨의 제안을 받아들이자.

"예, 그럼 그렇게 할게요."

"그래, 여관 잡아서 당장 하자."

안건이 통과되자마자 휴트로는 곧바로 여관을 잡고 날 방안에다 밀어 넣었다. 그리고는 마치 휴트로가 나한테 처음 내공 주입을 했을 때처럼 릴리를 보초로 문 앞에 세워두었다. 정확히는 방문 안쪽에서 누가 함부로 들어오지 못하게 문고리를 잡고 있는 역할이었지만, 어쨌든 경호는 경호였다.

"지금부터 내공 주입을 시작한다. 전에 해본 적 있으니까 따로 설명은 필요없겠지?"

"예."

"그럼 시작한다."

말을 마친 휴트로는 내 단전에 손을 댄 상태에서 나에게 내공을 흘려 넣어주기 시작했고, 난 그 내공을 모아 내단 형성에 주력했다. 예전에 2시간 동안 해서 10년 내공을 얻은바 있으므로 그것보다 더 많이 모으는 것을 목표로 삼았다.

……

시간이 얼마나 지났는지는 모르지만 적어도 대여섯 시간은 지난 것 같았다. 전에 두 시간 내공 주입을 받고 나서 몸을 제대로 가누지도 못했는데 그보다 더 오래 내공 주입을 하니 이제는 앉아만 있어도 머리가 어질어질해 몸이 저절로 바닥에 쓰러질 정도였다.

"후우……."

내공 주입을 끝내고 휴트로는 깊은 한숨을 내쉬었다. 사실 내공 주입을 받는 쪽보다 내공 주입을 하는 쪽이 더 체력적으로 부담이 되기 때문에 나보다는 휴트로가 더 힘들어야 정상이었다. 하지만 휴트로가 앉아서 휴식을 취하고 있는 반면에 난 바닥에 드러누워서 뻗었으니 누가 보면 내가 더 고생했다고 오해할 것이 분명했다.

"30년 내공이 모였지? 일단 50년 내공을 줄 거니까 내일도 한다."

휴트로는 이마에 맺힌 땀방울을 훔치며 그렇게 말했다. 하지만 난 대답할 힘도 없어서 눈만 깜빡였다. 힘들긴 해도 목표치인 50년 내공에 미치지 못했기 때문에 내공 주입을 더 해야만 했던 것이다.

그 다음날, 나와 휴트로는 아침을 먹자마자 내공 주입을 시작했다. 본래 내가 가지고 있던 10년 내공에서 어제 30년 내공을 더 모은 관계로 오늘은 10년 내공만 더 모으면 되었다. 그렇게 생각해서인지 어제보다 마음의 부담이 적었고, 그 결과 2시간 반 정도 걸려서 10년 내공을 추가로 획득할 수 있었다. 이제 나도 어엿한 5서클 마법사가 된 것이다. 물론 편법이지만.

"앞으로 너한테 뭘 주거나 가르칠 건 없으니 이젠 너 알아서 해라."

휴트로는 날 보고 그렇게 선언했다. 사실 지금까지 휴트로에게 받은 게 많았기 때문에 나 스스로도 더 이상의 신세를 지고 싶지는 않았다. 어쨌든 휴트로에게서 50년 내공을 물려받고 나서 우리는 점심을 먹은 뒤 곧바로 노스브릿지 산맥에 진입했다. 이번 여행의 목적은 브리드 웨이트리를 만나는 것이지 내공 모으기가 아니기 때문이었다. 사실 50년 내공을 모은 것은 예상치 못한 큰 수확이었다.

……

노스브릿지 산맥을 타는 것은 쉬운 일이 아니었다. 다행히 휴트로가 길을 잘 알고 있었기에 망정이지, 나 혼자 왔다면

1,000% 확률로 길을 잃고 맹수들의 한 끼 식사가 되었을 것이다. 그렇게 3시간을 걸은 끝에 우리들은 산속 깊은 곳에 지어진 한 채의 통나무집을 발견했다. 그리고 때마침 한 명의 노인이 집 앞에서 소규모의 밭을 돌보고 있는 모습을 보게 되었다. 두말할 필요도 없이 그 노인이 흑마술과 소환술의 달인이라는 브리드 웨이트리였다.

"브리드 씨, 저 왔습니다."

휴트로는 노인을 보자 깍듯이 인사를 했다. 남루한 옷차림과 주름 많은 얼굴의 브리드 웨이트리는 작은 눈으로 휴트로를 쳐다보았다. 그리고는 고개를 갸웃하며 입을 열었다.

"들른 지 한 달밖에 안 됐는데 무슨 일인가?"

"브리드 씨를 뵙고자 하는 사람이 있습니다."

그렇게 말하며 휴트로는 날 지목했다. 만나고자 하는 사람이 있다는 말을 들었을 때 인상을 찌푸렸던 브리드는 날 보고 조금 의외라는 표정을 지어 보였다.

"저 어린 청년은 누군가?"

"예. 세간에 검은 천사라고 칭송받는 레지스트리입니다."

브리드에게 날 소개시켜 주기 위해서인지 휴트로는 내 칭찬 비슷한 말을 하며 브리드의 심기를 건드리지 않으려고 했다. 일단 날 어리다고 착각하는 브리드라서 그런지 내 소개를 듣고 아까보다 조금 더 놀랐다.

"검은 천사? 드래곤 전문 킬러라는 그 사람이 이 어린 청년이란 말인가?"

"그렇습니다, 브리드 씨."

"……."

놀란 표정을 지었던 브리드가 갑자기 표정을 굳히며 입을 다물었다. 그러다가 진중한 어조로 입을 열었다.

"천하의 검은 천사가 이 노인한테 무슨 볼일이오?"

흐으, 드디어 본론으로 들어가는군. 찍히지 않게 조심해야지.

"검은 천사 레지스트리입니다. 웨이트리 씨가 흑마술과 소환술에 능하시다는 말을 듣고 이렇게 찾아왔습니다."

"그러니까 무슨 용무요?"

흐으, 거참, 까칠하시네.

"흑마술과 소환술에 대해서 여쭈어볼 게 있습니다. 짧은 얘기가 아니니 안에서 자세한 말씀을 드리고 싶습니다."

난 여태까지 만났던 그 누구보다도 조심스런 태도를 취했다. 그만큼 브리드의 역할이 매우 중요하기 때문이었다. 그러나 브리드는 내 얘기를 들어줄 생각이 없는 듯했다.

"난 밭일을 해야 하오. 먼 길 오시느라 수고했지만 집에 먹을 것도 없으니 당장 돌아가 주시오."

"……."

흐으, 먼 길 찾아온 손님을 이렇게 문전박대하다니 너무 야박한걸? 하지만 그렇다고 냉큼 돌아갈 내가 아니지.

"웨이트리 씨 입장에서도 재미있는 얘기가 될 것입니다. 얘기를 듣는 것은 상관없지 않겠습니까? 시간은 그렇게 오래 걸리지 않을 것입니다."

"……."

내 말에 브리드는 갈등했다. 난 브리드가 내 말을 듣지 않는다는 가정까지 염두에 두어 2차 공략을 하려고 했다. 그런데 말상대가 없어서 심심해서 그런 건지 어쩐 건지 브리드는 다행히 내 이야기를 들어주기로 했다.

"좋소. 들어오시오."

"감사합니다."

우리는 브리드의 안내를 받아 집 안으로 들어갔다. 홀아비 혼자 사는 집답게 방 안에는 침대, 테이블, 옷장 같은 기본적인 가구 외에는 텅텅 비어 있었다. 의자도 두 개밖에 없어서 나와 브리드가 테이블에 앉고, 휴트로는 침대에 가서 앉았다. 릴리는 특별한 지시를 하지 않아서인지 내 뒤에 섰다. 만약 브리드와 협상하는 자리가 아니었다면 휴트로와 마찬가지로 침대에 앉도록 시켰을 것이다.

"말해보시오."

브리드는 표정 없는 얼굴로 내 이야기를 독촉했다. 조금이라도 재미없으면 강퇴시킬 것 같은 분위기라 난 조심스럽게 말을 꺼냈다.

"에크 트볼레시크의 소환 조건을 알고 계십니까?"

"······!"

내 입에서 느닷없이 파괴의 마신의 왼팔 이름이 거론되자 브리드는 물론이고 휴트로도 놀란 표정을 지었다. 잠시 후 브리드는 내 바람대로 대답을 했다.

"8서클 이상의 마나와 각각 500명의 남자 아이, 여자 아이가 제물로 필요하오. 설마 이런 걸 물어보러 나한테 온 것이오?"

"물론 아닙니다. 전 그 에크 트볼레시크를 이 땅에 강림시키고자 합니다."

"······!"

내 대답을 듣고 브리드와 휴트로의 표정이 방금 전까지와는 비교도 할 수 없을 정도로 달라졌다. 흑마술에 대해 잘 모르는 휴트로조차 벌떡 일어서서 반대 의사를 표시했다.

"무슨 소리냐?! 마신을 강림시키다니! 미치지 않고서야 어떻게 그런 말을 할 수 있냐?!"

흐으, 휴트로 씨가 결사반대를 하는데? 뭐, 어차피 휴트로 씨가 마신 소환할 건 아니니까 무시하고, 중요한 건 웨이트리 씨의 반응!

"···왜 에크 트볼레시크를 강림시키려는 것이오?"

다행히도 브리드는 무조건적인 반대를 하지 않고 그 이유를 나에게 물어왔다. 그래서 난 생각하고 있는 바를 소상하게 밝혔다.

"대마법사님은 에크 트볼레시크의 저주로 죽지 않는 삶을 살고 있습니다. 그리고 그것을 500년 전의 인물, 로이스 맨스레드가 에크 트볼레시크의 힘을 통해 계획했습니다. …중략… 그래서 로이스 맨스레드가 썼던 방법을 그대로 재현해서 대마법사님을 원래대로 돌려놓고 로이스 맨스레드를 제거하려고 합니다."

"……."

브리드는 조용히 내 말을 들었다. 세간에 대마법사의 영생이유가 알려지지 않아서 지금 내가 말한 내용은 브리드와 휴트로에게 큰 충격일 수 있었다. 하지만 살아온 세월의 차이인지 휴트로가 믿지 못하겠다는 표정을 짓는 것과는 달리 브리드는 별반 표정의 변화가 없었다. 아니, 오히려 담담한 얼굴로 질문을 던져 왔다.

"에크 트볼레시크를 소환한 다음에는 어떻게 할 것이오? 로이스 맨스레드처럼 카이드렌의 영혼을 소환할 것이오?"

"아니오. 카이드렌과 에크 트볼레시크가 싸우면 500년 전에 그랬던 것처럼 제국 하나가 통째로 날아가니 그 방법은 쓰지 않을 것입니다."

"그럼 무슨 수로?"

에크 트볼레시크를 제어할 만한 수단이 딱히 떠오르지 않는지 브리드는 약간 눈썹을 꿈틀거리며 물었다. 그러한 브리드를 보며 난 아주 강하고 자신감 넘치는 어조로 대답했다.

"제가 직접 에크 트볼레시크를 때려잡을 것입니다."

"……!"

브리드와 휴트로의 얼굴에는 경악밖에 떠오르지 않았다. 그도 그럴 것이, 일개 인간이 마신과 싸워 이기겠다는 걸 믿을 사람은 단 한 명도 없기 때문이었다. 하지만 나는 확률 없는 싸움을 할 생각이 없었다. 이길 수 있다는 자신감이 있기에 그런 생각을 한 것이었다. 그렇게 내가 그런 자신감을 가지게 된 계기를 브리드에게 알려주었다.

"전 화이트 드래곤을 잡아서 죽였습니다."

"……!"

"물질계에서 드래곤만큼 강한 존재는 없습니다. 마신조차 카이드렌의 영혼을 이기지 못했으니까요. 이미 죽은 카이드렌의 영혼과 살아 있는 화이트 드래곤을 비교해 봤을 때 어느 쪽이 더 강하겠습니까? 그리고 그 살아 있는 화이트 드래곤을 잡은 저와 에크 트볼레시크가 싸우게 된다면 누가 이길 거라 생각하십니까?"

"……!"

내 말을 알아들었는지 브리드의 표정이 눈에 띄게 변했다. 에크 트볼레시크와 카이드렌의 영혼이 비겼고, 소환수보다 살아 있는 드래곤이 더 강하며, 난 살아 있는 화이트 드래곤을 죽였다. 이것으로 도출될 수 있는 결론이 너무나 명확했기 때문에 브리드로서도 인정하지 않을 수가 없었던 것이다. 하지만 그 결론을 인정하기 싫은 건지 브리드는 가장 기본적인 전제를 부정하려 했다.

"검은 천사, 그대가 화이트 드래곤과 싸워 이긴 사실은 알고 있소. 하지만 난 그것이 사실이라고 생각하지 않소. 인간이 어찌 드래곤과 싸워 이길 수 있단 말이오?"

흐으, 사실인 걸 어떡해? 내가 거짓말을 할 인간으로 보이나? 뭐, 그렇게 본다고 해도 할 말은 없다만…… 어쨌든 이제 릴리의 정체를 알려줄 때가 됐군. 그래야 웨이트리 씨가 내 말을 믿을 테니까.

"웨이트리 씨의 말씀대로 인간이 화이트 드래곤을 잡는다는 건 불가능합니다. 하지만 그 인간이 커널 소유자라면 얘기는 달라지죠."

"……!"

내 입에서 커널이 거론되자 브리드와 휴트로의 표정이 또다시 급변했다. 휴트로도 아직 릴리의 정체를 모르는 상태라 브리드와 마찬가지의 느낌을 받은 듯했다. 지금 내가 한 말은 나 자신이 커널 소유자라는 뜻이었으니까.

"커널이라니…… 그런 소리는 들어본 적 없소!"

브리드는 커널에 대해 부인했다. 당연하지만 세간에는 당대에 커널이 출현하지 않은 걸로 되어 있기 때문에 브리드가 그렇게 생각하는 것도 무리는 아니었다. 일단 커널의 존재를 부인했던 브리드는 잠시 말을 돌렸다.

"만약 그대가 커널을 가지고 있다면, 커널은 어디 있소!"

흐으, 참 눈치도 없군. 하긴 커널이 내 뒤에 버젓이 서 있다고는 생각하기 힘드니까 이해를 해줘야지.

"제 뒤에 있지 않습니까."

난 일부러 뒤도 돌아보지 않고 그렇게 말했다. 내 말을 듣고 브리드와 휴트로의 시선은 자연히 릴리에게로 꽂혔고, 릴리는 시키지도 않았는데 적절히 자신의 정체를 밝혔다.

"제10대 커널 릴리입니다."

"……!"

"……!"

릴리가 제 입으로 커널이라고 말하자 브리드와 휴트로의 동공이 마구 떨렸다. 내가 에크 트볼레시크를 소환하거나 이기는 것보다도 더 충격적으로 받아들이는 것 같았다. 그렇게 잠시 동안 아무 말도 않고 있던 브리드가 조금 마음을 가라앉힌 상태에서 입을 열었다.

"저 소녀가 커널이라는 증거를 보여주시오."

흐으…… 거참, 속고만 살았나 의심이 많군.

"릴리."

난 조용히 릴리를 불렀고, 릴리는 마치 약속이나 한 듯이 자신의 매직포스를 기동시켰다. 순간 굉장한 양의 마나 파장이 발생했고, 그 마나 파장을 느낀 브리드는 압박감에 얼굴조차 제대로 들지 못했다. 이 정도면 됐다고 판단한 건지 릴리는 스스로 포스 종료 코드를 외워 매직포스의 실행을 종료시켰다.

"후우…… 인정하지 않을 수가 없구려."

마침내 브리드는 내 말을 전부 사실로 받아들였다. 일단 내 능력에 대한 의심이 풀리자 남은 건 에크 트볼레시크 소환에 필요한 제물 마련이었다.

"에크 트볼레시크를 소환하려면 500명의 남자 아이와 500명의 여자 아이가 필요하오. 그 많은 아이들을 어떻게 구할 생각이오? 아니, 애초에 그런 짓을 하는 걸 내가 눈감아주고 협력까지 할 것 같소?"

브리드는 제물 문제를 들먹이며 내 요구를 거절하려 했다. 하지만 내가 브리드를 찾아온 이유가 바로 제물 해결 문제였기 때문에 협상은 지금부터였다. 천 명의 어린아이들을 죽이지 않고 에크 트볼레시크를 소환하고자 하는 것이다.

"에크 트볼레시크의 소환 제물이란 건 정확히 어떤 것입니까? 어린아이의 육체입니까, 영혼입니까? 아니면 살아 있다가 죽임을 당하는 그 찰나의 순간입니까?"

난 일단 브리드에게 질문을 던졌다. 이 질문은 상당히 중요해서 대답이 어떠냐에 따라서 내 계획은 실패할 수도 성공할 수도 있었다. 브리드의 입에서 내가 원하는 대답이 나오기를 바라는 가운데 마침내 브리드가 입을 열었다.

"정확히는 어린아이의 영혼이라고 알고 있소."

좋았어! 내가 원하는 대답!

"그럼 얘기는 간단해집니다. 에크 트볼레시크를 소환하기 위해서 죽은 천 명의 어린아이의 영혼을 먼저 소환하는 것입니다."

"……!"

내가 방법을 제시하자 브리드의 눈이 커졌다. 죽은 사람의 영혼을 소환한다는 것이 결코 쉬운 일은 아니기 때문이었다. 사실상 거의 불가능에 가깝다고 할 수 있었다. 물론 어디까지나 정상적인 방법을 사용할 때의 얘기이지만.

"어떻게 죽은 아이들의 영혼을 소환할 생각이오? 영혼 소환에 필요한 게 무엇인지 아시오?"

브리드는 나에게 질문을 던졌고, 난 모른다고 고개를 저었다. 그러자 브리드가 영혼 소환 조건을 말해주었다.

"영혼이 들어올 수 있는 모형이 필요하오. 게다가 모형이 죽기 직전의 모습에 가까워야 영혼 소환이 가능하오. 천 명이나 되는 아이 모형을 만드는 일도 쉽지 않고, 설령 만든다고 해도 그 모형이 죽은 아이들의 모습과 비슷한지도 알 수가 없소."

흐으, 그렇군. 뭐, 레이뮤 씨한테서 소환술에 대해서 어느 정도 들어 알고 있긴 했지만 소환술은 뼈대와 모형을 만들어야 소환이 가능하다는군. 웨이트리 씨의 말대로 죽은 아이 천 명의 모형을 만든다는 게 불가능하긴 하지만, 난 언제나 편법을 쓰지.

"모형을 만들지 않고 더 쉽게 영혼 소환을 할 수 있는 방법이 있지 않습니까?"

"……!"

내가 어떤 대답을 요구하는지 파악한 브리드가 표정을 일그러뜨렸다. 내가 생각한 방법과 그가 생각한 방법이 일치했다는 증거였다. 브리드는 인상을 찌푸린 채로 내가 생각한 방법이란 걸 얘기했다.

"죽은 아이의 유골을 그대로 쓸 생각이오?!"

"그렇습니다."

내 예상대로 브리드는 내 생각과 한 치의 오차도 없는 의견을 얘기했다. 죽은 아이의 유골을 이용한다는 것은 무덤을 파내어 유골을 쓴다는 소리라서 명백한 인권 침해였다. 아무리 인권 무시가 빈번한 이곳 세계라고 해도 쉽게 용인될 수 있는 행위가 아닌 것이다.

"소환술에서 유골을 이용한 행위는 명백한 금기 사항이오! 그걸 알고 있소?!"

"알고 있습니다. 하지만 제 모든 것을 잃는다 해도 꼭 해야만 합니다."

난 진지한 표정으로 말했다. 일부이긴 하지만 세간에서 영웅으로 불리는 인간이 명예를 버릴 각오로 말하고 있으니 브리드로서도 반박할 말이 없었다. 로이스 맨스레드는 분명 나의 적이고, 그를 죽이지 못하면 내 목숨이 위험해지는 문제이기 때문에 명예 따위는 중요하지 않았다. 어떻게 해서든 로이스 맨스레드를 제거해야만 했던 것이다.

"나한테 뭘 바라는 것이오?"

브리드는 마침내 협상 막바지를 선언하는 질문을 나에게 던졌다. 이미 예상은 하고 있겠지만 난 브리드에게 부탁을 했다.

"제가 천여 개의 유골을 모으면 웨이트리 씨가 영혼 소환을 해주셨으면 합니다. 그리고 에크 트볼레시크의 소환도 맡아주십시오."

"나에겐 그만한 마나가 없소."

"그건 걱정 마십시오. 차용 마법이란 것을 통해서 커널의 마나를 그대로 쓰게 만들어 드릴 겁니다."

"……."

내 말을 듣고 브리드는 입을 다물고 생각에 잠겼다. 차용 마법이란 걸 처음 들었을 텐데도 별 감흥이 없는 건 커널이 그 차용 마법이란 걸 만들었다고 생각한 탓인 듯했다. 무대와 도구가 갖추어진 상태에서 브리드의 결정을 막는 것은 인간 윤리였다. 그래서 난 그 윤리를 부수기로 했다.

"에크 트볼레시크를 소환해서 없애는 건 굉장한 일이 될 겁니다. 중간 과정에서 금기시된 유골을 통한 영혼 소환을 비난하는 사람조차 에크 트볼레시크를 제압하고, 대마법사님을 원래대로 돌려놓는다면 아무 말도 못할 것입니다. 결과가 모든 것을 말해줍니다. 인간이 마신을 소환하여 제거하는 역사적인 순간에 함께 동참하지 않으시겠습니까? 후세에 이름이 길이 남을 것입니다."

"……."

브리드는 아무 말도 하지 않았다. 하지만 친구에게 자신의 성과를 도둑맞고 은거해 살고 있는 브리드에게 자신의 이름을 알릴 수 있다는 것은 매우 매력적인 일이었다. 설령 그것이 악명이라고 해도.

"……어차피 난 쌓은 명성도 없으니 그대를 돕겠소."

마침내 브리드는 내 부탁을 수락했다. 사실 브리드 웨이트리의 이름을 레이뮤가 알고 있다는 것은 어느 정도 유명하다는 뜻이었지만, 은거하는 동안 사람들의 기억 속에 잊혀진 지금은 거의 무명이나 다름없었다. 어쨌든, 유명이든 무명이든 유능한 조력자를 얻게 된 나는 감사의 인사를 했다.

"감사합니다. 반드시 성공할 것입니다."

"사실 난 그대가 성공하든 실패하든 상관없소. 죽을 날도 얼마 남지 않아 명예에 연연하지도 않을 거요. 성공하든 실패하든 나에게는 득이나 실이 없지만 그대는 아니지 않소? 성공해도 죽은 아이들의 유골을 쓴 것 때문에 비난받을 것이고, 실패해도 마찬가지 이유로 비난받을 것이 뻔한데 왜 그런 위험한 짓을 하려는 거요? 대마법사가 지금처럼 생활한다고 해도 아무 문제가 없지 않소."

"그럼 웨이트리 씨는 로이스 맨스레드를 그냥 놔둘 생각이십니까?"

"그가 특별히 문제를 일으킨다곤 생각하지 않소. 전쟁이야 어디서든 벌어지는 것이 아니오."

브리드는 로이스 제거가 불필요하다는 반응을 보였다. 여태까지 로이스 맨스레드가 전면에 나서서 행동한 적이 없는데 굳이 마신까지 소환해 가면서 처리를 해야 할 필요가 있느냐는 것이었다. 사실 내 입장에서도 날 이곳으로 소환한 바이오스만 처리하면 되기 때문에 굳이 로이스 맨스레드까지 신경 쓸 필요는 없었다. 그러나 레이뮤가 느끼고 있는 불만을 없애주고 싶다는 마음이 내 행동을 이끌고 있는 이유였다.

"다 개인적인 생각이 있으니까요. 어쨌든 웨이트리 씨가 도와주신다면 저는 그걸로 족합니다."

"……알겠소."

그 말로써 브리드는 내 요청을 완전히 수락했다. 브리드와의 협상이 끝나자 휴트로가 나에게 다가와 소리를 지르듯이 말했다.

"임마! 나한테는 그런 얘기는 한마디도 안 하다가 이제야 말하다니, 지금 날 놀리냐?!"

"아뇨, 놀릴 생각은 없었어요. 먼저 말하면 휴트로 씨가 놀랄까 봐……."

"지금 들어서 놀랐잖아!"

"예, 죄송해요."

커널이니 마신 소환이니 말도 안 되는 얘기를 들었음에도 휴트로는 그것들을 그대로 받아들였다. 오히려 릴리가 커널이라서 뭔가 이해했다는 표정을 지어 보였다.

"네가 무슨 수를 써서 화이트 드래곤을 잡았나 의아했는데, 커널이 있어서 그랬던 거였군. 난 또 너 스스로 화이트 드래곤을 잡았다고."

"하하."

흐으, 반박할 말이 없군. 차용 마법이란 걸 이용하긴 했지만 그래봤자 릴리의 힘을 이용한 건 사실이니까. 릴리가 없었다면 제룬버드를 잡지 못했을 거라는 걸 부정할 수도 없고.

"참! 웨이트리 씨, 여기서 하루 묵고 가면 안 되겠습니까? 이 시간에 다시 돌아가기도 애매해서요."

난 브리드에게로 시선을 돌려 또 다른 부탁을 했다. 이미 동업을 맺기로 했기 때문인지 브리드는 내 부탁을 선선히 들어주었다.

"그렇게 하시오. 대신 먹을 건 기대 마시오."

"예, 감사합니다."

어차피 진수성찬을 기대한 것은 아니었던지라 난 마냥 고마워했다. 그렇게 무사히 브리드 씨와의 협상을 끝내고 하룻

밤을 묵게 된 우리는 산속에서 직접 먹을 것을 구해다 먹고 잠자리까지 스스로 마련해야 했다.

*   *   *

브리드를 찾아가 원하는 대답을 얻어낸 나는 그 길로 곧장 매트록스 왕국의 검은 그림자 길드에 방문했다. 그리고 그들에게 죽은 아이들의 유골을 남녀 각 200개씩을 얻으라는 지시를 내렸다. 말도 안 되는 명령이었으나 명예 백작과 검은 천사 용병단 단장의 직위를 이용해 무조건적인 명령을 내렸다. 그리고 에이티아이 제국의 푸른 바다 길드와 엔비디아 제국의 붉은 망토 길드에도 남녀 아이들 유골을 각각 150개씩 모아두라는 명령을 전달했다. 기간은 8월 말까지로 해두었다.

"레지스트리 군, 지금 하고 있는 일은 정말 위험한 일이에요. 당장 그만둬요."

내가 죽은 아이들의 유골을 모으고 있다는 사실을 어디선가 알아낸 레이뮤가 날 불러 다그쳤다. 심지어는 내가 왜 죽은 아이들의 유골을 모으고 있는지도 알고 있었다.

"에크 트볼레시크를 소환할 생각인가요? 아무리 그를 잡으려고 그렇게 한다 하더라도 너무 위험해요."

"……."

흐으, 이미 영혼 소환을 해서 제물 요건을 성립한 후 마신을 강림시킬 거라는 예상까지 하고 있군. 역시 500년 짬밥은 거저가 아니라니까. 하지만 레이뮤 씨는 단순히 내가 로이스 맨스레드를 잡기 위해 마신을 소환하려 한다고 생각하는군. 뭐, 맞는 말이긴 하지만서도.

"게다가 죽은 아이들의 유골을 모으는 행위는 레지스트리 군의 명성에 치명타가 될 수 있어요. 마신 소환은 그만두고 다른 방법을 강구해 보도록 해요."

레이뮤는 마신 소환에 부정적인 입장을 표명했다. 그러나 이미 각 소속 길드로부터 아이들의 유골을 착착 모아간다는 보고가 들어오는 마당에 이제 와서 계획을 그만두기는 힘들었다. 유골을 모을 때마다 그 부모들이나 관리인들에게 돈을 쥐어주고 있어서 계획을 철회하면 그 돈들이 그냥 허공으로 사라지게 된다. 물론 계획을 성공한다 해도 그 돈을 찾아올 방법은 없지만, 그래도 계획을 성공하고 돈을 날리는 게 기분 상 훨씬 좋았다.

"레이뮤 씨에게는 미안하지만, 이번 계획은 제 독단입니다. 그러니 참견 말아주십시오."

"……!"

내가 강한 어조로 뜻을 굽히지 않자 레이뮤는 놀란 표정을 지었다. 여태까지 내가 그녀의 말을 듣지 않은 적은 거의 없기 때문에 그녀로서는 내 반항에 놀랄 수밖에 없었다. 만약 내 말에 레이뮤가 분노해서 내 용병단장 직위를 박탈하면 나로서는 계획 추진에 차질이 생기게 된다. 그것을 알면서도 레이뮤에게 대든 것이라서 난 긴장하며 레이뮤의 다음 말을 기다렸다. 겉으로는 최대한 아무렇지도 않은 표정을 지으면서.

"……."

당장이라도 무슨 말을 할 것 같았던 레이뮤는 의외로 입을 다문 채 생각에 잠겼다. 내 입장에서는 그게 '이 4가지 없는 녀석을 어떻게 처리할까?'로 보여서 마음이 불안했다. 그런데 잠시 후 열린 레이뮤의 입에서 뜻밖의 말이 흘러나왔다.

"지금 단장은 레지스트리 군이니까 말리지 않겠어요."

"……!"

오오! 드디어 레이뮤 씨가 내 위치를 인정해 준 것인가! 이런 고무적인 일이!

"부디 지금까지 쌓아온 명성이 무너지지 않기를 빌어요."

레이뮤는 그 말을 끝으로 더 이상의 반대를 하지 않았다. 대신 내가 부탁했던 바이러스 코드 소식을 알려주었다.

"레지스트리 군이 말했던 바이러스 코드를 완성했어요. 나와 슈아가 보름에 걸쳐 만들어낸 코드예요. 이게 그 결과물입니다."

그러면서 레이뮤는 나에게 작은 종이 두루마리를 건넸다. 두루마리를 펼쳐 보니 거기에는 처음 보는 코드가 줄줄이 기록되어 있었다.

흐으, 코드도 길군. 일단 대충 훑어봐도 오류는 없는 것 같고, 레이뮤 씨와 슈아가 실행 테스트까지 끝마쳤을 테니까 이걸로 됐어. 그나저나 다행히도 바이러스 코드의 코드량이 많지 않아서 나나 실프가 단축키로 저장할 수 있겠는걸?

"이거 실행해 보셨죠?"

"했어요. 그랬더니 나와 슈아 모두 실행 영역에서는 마법을 쓸 수 없었어요. 물론 코딩을 하기 전에 매직포스를 다른 포스로 바꾸면 상관없었지요. 오직 매직포스만 쓰지 못하게 하는 거예요."

좋아, 내가 바라던 게 바로 그거니까.

"레지스트리 군, 그 코드를 만들 때 슈아가 가장 많이 고생했으니 찾아가서 감사의 표현을 하도록 해요."

"예."

레이뮤의 말대로 난 곧장 슈아로에를 찾아갔다. 슈아로에가 자기 방에 있어서 난 그녀의 방을 직접 방문했다.

똑똑—

"누구세요?"

노크를 하니 약간 가라앉은 슈아로에의 목소리가 들려왔다. 기분이 별로 좋지 않은 듯한 느낌이 들어서 난 조심스럽게 입을 열었다.

"나야, 레지스트리."

"……왜 왔어요?"

"……."

돌아온 슈아로에의 말은 역시나 차가웠다. 특별히 화가 나 있다는 느낌은 아니었으나, 그렇다고 날 만나려는 움직임이 아니라서 난 잠시 어떻게 해야 할까 망설였다. 하지만 레이뮤가 감사 표현을 하라고 한 것도 있어서 슈아로에를 만나기로 결정했다.

"들어가도 돼?"

"……."

슈아로에는 내 출입 허가 요구를 잠시 동안 묵살했다. 그러다가,

"……들어와요."

마침내 출입 허가를 내렸다.

끼이—

슈아로에의 기분이 왜 나쁜지 이유를 모르는 나로서는 긴장하면서 슈아로에의 방으로 들어갔다. 슈아로에는 의자에 앉은 채 내가 들어오는 걸 쳐다보고 있었다. 일단 슈아로에가 이야기할 준비를 하고 있어서 난 그녀의 맞은편에 자리를 잡고 앉았다. 그리고는 즉시 좋은 말을 했다.

"바이러스 코드를 완성해 줘서 고마워. 나 혼자였다면 절대 완성 못했을 거야."

"……."

흐으, 내가 모처럼 기분을 띄워줬는데 무반응이라니…….

이거, 이 다음에는 무슨 말을 해야 하는 거야? 아니, 그보다 슈아가 왜 기분이 나쁜지 알아내는 게 먼저인가?

"왜 그래? 어디 아파?"

일단 난 여성들의 그날을 염두에 두고 물음을 던졌다. 하지만 슈아로에의 안색이 특별히 나쁘지는 않았기 때문에 아파서 그런 것은 아닌 듯했다. 그런 내 예상대로 슈아로에는 고개를 내저으며 말했다.

"아픈 데 없어요. 그냥 기분이 울적할 뿐이에요."

"기분이 왜 울적한데?"

"……레지 군 때문이에요."

"나 때문에?"

슈아로에의 말이 워낙 의외였기에 도리어 내가 당황했다. 내가 슈아로에의 기분을 울적하게 만든 기억이 없는데 그녀를 울적하게 만든 원인이 나라고 하니 이해하기가 힘들었던 것이다.

"내가 뭘 잘못했어?"

"잘못이라기보다……."

슈아로에는 잠시 말을 끊었다. 말을 할까 말까 망설이는 모습이 역력했다. 하지만 곧 말하는 쪽으로 가닥을 잡은 듯했다.

"레지 군, 그새 5서클이 됐잖아요."

"……!"

아하! 그것 때문이었군. 하긴, 나보다 훨씬 먼저 마법을 공부한 슈아가 짧은 시간에 나한테 포스량을 추월당했으니 기분이 매우 그렇겠지. 나 같아도 그런 느낌을 받을 테니까. 근데 슈아도 나처럼 편법을 쓰면 금방 마나를 모을 텐데 말이지.

"슈아도 내공 주입을 받는 게 어때? 휴트로 씨한테 부탁하면 들어줄 거야."

"……관심없어요."

슈아로에는 내 제안을 단박에 거절했다. 정통 마법사를 추구하는 슈아로에라 편법으로 마나를 모으는 것에 거부감을 가지고 있기 때문이었다. 사람마다 가치관이 다른 법이라서 난 그것에 관해 더 이상 왈가왈부하지 않기로 했다.

"뭐, 할 수 없지. 난 언제나 편법을 추구하니까."

"그렇게 편법만 좋아하다가 언제 한번 크게 당할 거예요."

"당할 때 그 피해를 얼마나 최소화시키느냐가 내 능력에 달린 거지."

"……잘 최소화시키기를 바랄게요."

날 격려하는 건지 저주하는 건지 슈아로에는 애매모호한 말로 대화를 했다. 그래도 나와 대화를 하다 보니 어느 정도 기분이 풀어졌는지 슈아로에의 표정은 그리 나빠 보이지 않았다. 아니, 오히려 내 걱정을 하기 시작했다.

"그 유골 모으는 거…… 괜찮아요?"

흐으, 슈아도 그걸 걱정하는군.

"괜찮아. 순조롭게 모으고 있어."

"아니, 그게 아니라 레지 군이 유골을 모으는 것 때문에 사람들이 이상한 눈으로 레지 군을 쳐다보고 있잖아요. 게다가 에크 트볼레시크를 소환한다니, 그 사실을 알면 온 세상이 발칵 뒤집힐 거라구요."

"……."

난 그것에 대해 더 이상 아무 말도 하지 않았다. 내가 입을 다물어서인지 슈아로에도 더 이상 토를 달지 않았지만, 한 가지 분명한 건 그녀가 날 걱정해 주고 있다는 사실이었다.

"고마워. 이건 나 혼자 벌인 일이니까 내가 처리할게."

"……조심해요."

결국 나와 슈아로에는 그렇게 대화를 끝냈다. 그 정도 대화만으로도 서로의 생각을 대강 짐작할 수 있기 때문이었다. 이제 나에게 남은 건 바이러스 코드의 단축키화와 연습뿐이었다.

제38장

에크 트볼레시크

각 길드로부터 유골이 모두 모였다는 보고를 받았다. 유골을 모으는 데 지출한 돈이 그동안 내가 번 의뢰금과 거의 같은 수준이었지만 레이뮤는 재정 문제를 꺼내들지 않았다. 사실 돈이 부족해지면 내가 또 벌어오면 되므로 별 상관없었다. 어쨌든 유골 수집 완료 보고를 받고 나서 난 그 유골들은 노스브릿지 산맥의 브리드 웨이트리에게 보내도록 지시했다. 그리고 세간에는 이렇게 선언했다.

―검은 천사가 영혼 소환을 이용해서 에크 트볼레시크를 소환한 후 마신을 처리할 것이다.

이곳의 상식으로 봤을 때는 정신 나간 소리였다. 그러나 내가 여태까지 드래곤을 줄기차게 잡아왔고, 하급마왕 쿠드 게리노비아까지 잡아봤기 때문에 사람들은 '어쩌면……!' 이라는 생각을 가질 수밖에 없었다. 본래대로라면 유골을 이용한 영혼 소환을 비판해야 마땅했지만, 로이스 맨스레드 이후로 마신 급의 마계 종족을 소환해 본 적이 없었기 때문에 사람들의 관심은 마신 소환의 성공 여부에 쏠려 있었다.

—9월 25일 정오, 노스브릿지 산맥 어귀 '리움' 지역 공터에서 검은 천사가 에크 트볼레시크를 소환한다.

며칠 후에는 더욱 상세한 정보를 흘리며 민심을 동요시켰다. 그런 사실을 흘려야만 로이스 맨스레드가 찾아오기 때문이었다. 이번 마신 소환은 로이스 맨스레드를 잡기 위해 하는 것인데 정작 그가 오지 않으면 애초에 할 필요가 없는 것이다.

덜컹덜컹—

난 레이뮤, 슈아로에, 유리시아드, 릴리만을 데리고 노스브릿지 산맥의 리움 지역으로 향했다. 리아로스 5인방이 따라오겠다고 했지만 거절했다. 그들이 있으면 정신만 사납지 도움이 거의 되지 않기 때문이었다. 어쨌든 15일 정도 걸려 노스브릿지 산맥에 도착했고, 산맥 어귀의 넓은 공터에 멈춰 섰다. 그 공터에는 내가 미리 지시한 대로 직경 50미터의 마법진이 그려져 있었고, 그 주위에 천여 구의 유골이 가지런히 늘어져 있었다. 그리고 공터 주변에는 마법학회의 대표들과 각 나라의 궁중마법사, 일반 마법사들과 궁금증 때문에 이곳까지 찾아온 백성들이 모두 합쳐서 1만 명 정도 운집해 있었다.

흐으, 사람들도 많군. 근데 잘 보이지도 않을 텐데 왜 구경하러 왔지? 나 같으면 TV 중계방송을 보겠다. 어쨌거나 로이스 녀석이 와야 하는데 코빼기도 안 보이네? 그럼 큰일인데.

"실프, 로이스를 찾아서 나한테 데리고 와."

난 실프를 소환하여 로이스 찾기를 명령했고, 실프는 즉시 하늘로 올라가 사람들을 한 명씩 살펴보기 시작했다. 실프에게 로이스 찾기를 일임한 뒤 난 모두를 데리고 공터의 중앙으로 들어갔다. 내가 모습을 드러냈을 때부터 웅성대던 사람들은 내가 공터 안으로 들어가자 더욱 잡담을 많이 했다.

흐으, 인간들이 많아서 무슨 얘기를 하는지 하나도 모르겠다. 뭐, 대부분 나쁜 얘기겠지. 아이들 유골을 모아다가 영혼 소환하고 마신 강림까지 한다는데 누가 좋게 보겠어? 그런데도 날 말리지 않는 건 내가 실패할 거라고 생각하기 때문이겠지. 실패하면 나중에 죽어라고 비판하면 되니까. 하지만 나한테는 커널이 있다는 사실.

"어서 오시오."

내가 공터 중앙으로 들어가자 미리 기다리고 있던 브리드가 날 반겼다. 게다가 브리드의 옆에는 뜻밖에도 휴트로가 서 있었다. 아무래도 마신 소환 날짜를 예고해서 그에 맞춰 온 듯했다.

웅성웅성—

그때 갑자기 사람들의 웅성거림이 더 커지면서 한쪽에서 사람들이 길을 만들기 시작했다. 나를 비롯한 모두가 그쪽으로 시선을 모았고, 한 행렬이 그 길을 통해서 우리 쪽으로 다가왔다. 하얀 옷을 입은 여성들의 행렬이었는데, 그 앞에는 소성녀 네리안느가 당당히 서 있었다.

"네리안느 씨가 왜 여길?"

네리안느가 가까이 오길 기다려 난 인사보다 먼저 질문을 날렸다. 네리안느도 인사보다는 자신이 이곳에 온 이유를 말했다.

"검은 천사가 마신을 강림시킨다고 해서 보러 왔습니다."

"단지 그 때문에?"

"마신이 날뛰면 내 미약한 힘이나마 써야 하니까요."

네리안느는 평소처럼 웃었다. 그러나 투명한 면사포 뒤에 짓고 있는 그녀의 웃음은 긴장감을 품고 있었다. 상급 마족도 아니고 하급 마왕도 아닌, 마신과 싸운다는 게 얼마나 힘들고 어려운지 잘 알고 있기 때문이었다.

"본인들도 왔습니다."

내가 네리안느와 묘한 신경전을 펼치고 있을 때, 내 뒤에서 갑자기 익숙한 말소리가 들려왔다. 난 크게 놀라 급히 뒤돌아 내 뒤에 리엔과 리에네가 무표정한 얼굴로 서 있는 것을 확인했다.

"언제 왔어요? 놀랐잖아요!"

"방금 왔습니다."

내가 놀랐다고 말을 해도 리엔은 전혀 반성하는 기미를 보이지 않았다. 애초에 날 놀래킬 생각이 없었으니 나한테 사과할 필요도 없었던 것이다. 어쨌든 난 내 마신 강림 때문에 사람들이 줄줄이 모여드니 기분이 조금 묘했다.

"시작은 언제 할 것이오?"

모일 사람들이 모두 모였다고 생각했는지 브리드가 날 재촉했다. 하지만 로이스가 없는 상태로 행하는 마신 소환은 아무런 의미가 없었기 때문에 난 실프가 돌아오기만을 기다렸다. 이미 로이스가 이곳에 있을 거라는 확신이 있기에 가능한 일이었다.

웅성웅성—

내가 공터에 도착하고 30분이 흘렀는 데도 아직 아무런 행동도 취하지 않자 사람들이 여기저기서 떠들어대기 시작했다. 들어보지 않아도 그들이 날 씹고 있다는 건 알 수 있었다. 그러나 군대 덕분에 웬만한 욕에는 눈 하나 꿈쩍하지 않는 나인지라 로이스가 발견되기만을 얼굴에 철판을 깔고 기다렸다. 그렇게 약 10여 분의 시간이 더 흘렀을 때 마침내 정찰을 나갔던 실프가 복귀했다.

"찾았어?"

《지금 이리로 오고 있습니다.》

내 물음에 실프는 무미건조한 어조로 대답했다. 그 직후 매부리코의 중년 남자가 내 쪽으로 천천히 걸어왔다. 로이스는 혼자서 내 쪽으로 걸어오고 있었는데, 그의 주변에는 바이오스 등의 아군이 전혀 없는 것 같았다.

하긴, 내가 에크 트볼레시크를 소환하는 것에 성공하면 일대가 피바다로 변할 텐데 따라오고 싶겠어? 뭐, 제룬버드와 맞장 떠서 비긴 바이오스라서 에크 트볼레시크쯤은 아무렇지도 않게 여기겠지만 그래도 쓸데없는 싸움은 피하고 싶겠지. 로이스는 죽어도 어차피 되살아나니까 상관없겠고.

"후후, 날 초대해 주다니 영광인걸?"

로이스는 날 보자마자 썩은 미소를 지었다. 나도 같이 썩은 미소를 지어주고 싶었지만 긴장 탓인지 얼굴이 굳어서 그러지를 못했다. 대신 싸늘한 말 한마디를 날려주었다.

"오늘로서 넌 끝이다."

"후후."

어쭈? 내 선전포고를 비웃다니, 저런 4가지 없는! 이제 정말로 네놈의 코를 가늘납작하게 해주마!

"릴리."

난 바이러스 코드 실행을 위해 릴리를 불렀다. 릴리는 기다렸다는 듯이 바이러스 코드를 실행시켰다.

"바이러스."

"……?"

릴리가 단축키 코드를 실행시켰음에도 로이스는 공격하거나 마법 실행을 방해할 생각을 하지 않았다. 어떠한 마법을 쓰더라도 막아낼 자신이 있거나 마법에 맞아 죽어도 다시 살아나면 된다는 생각을 하고 있어서 그런 것 같았다.

우우우웅—

웅성웅성—

릴리의 매직포스가 실행되자마자 나오는 강력한 마나 파장에 공터 주변에 있던 마법사들의 얼굴이 경악으로 물들었다. 지금까지 한 인간에게서 이렇게 강력한 마나 파장이 나오는 걸 느껴본 적이 없기 때문이었다. 그들이 대강 감으로 릴리의 존재를 알아챘을 때 릴리의 바이러스 코드는 별 무리 없이 실행되었다.

우우웅—

바이러스 코드가 완전히 실행되는 데까지 10분 정도 걸렸고, 마침내 공터 전체가 실행 영역 안에 들어가게 되었다. 즉, 나뿐만 아니라 로이스도 공터 안에서는 마법을 사용할 수 없다는 뜻이었다. 하지만 중요한 점은 바이러스 코드 영역 안에서 마법은 쓸 수 없지만 정령술은 쓸 수 있다는 사실이었다.

"음? 무슨 마법을 쓴 거냐?"

겉으로는 아무런 변화가 없자 로이스는 어리둥절한 표정을 지었다. 분명 뭔가 강력한 마법을 썼는데 실행 결과가 없으니 당황한 것이다. 그래서 난 득의양양한 표정으로 입을 열었다.

"미안하지만 넌 잠들어 있어줘야겠다."

"후후."

내 말을 듣고 로이스는 코웃음을 쳤다. 마법 실력 면에서 절대적 우위에 있다고 생각하기 때문에 나올 수 있는 반응이었다.

"날 무슨 수로 잠들게 하겠다는 거냐?"

"간단해. 실프가 할 거니까."

난 그렇게 말하며 실프에게 로이스를 기절시키라는 명령을 내렸다. 하지만 실프가 움직임을 취하기도 전에 로이스는 마법 코딩을 했다.

"파이어 볼."

나처럼 단축키 코드를 쓸 수 있는 로이스는 간단한 단어만으로 파이어 볼 코드를 실행시켰다. 그러나 Create 코드를 먹통으로 만든 내 바이러스 코드 때문에 로이스는 불덩어리조차 생성시키지 못했다.

"뭐, 뭐야?!"

만날 때마다 자신만만해했던 로이스의 표정이 급변했다. 레이뮤와 마찬가지로 500년 동안 끈질기게 살아남았지만 지금과 같이 아예 마법 실행이 되지 않는 경우는 겪어본 적이 없기 때문이었다.

"파이어 볼! 파이어 볼!"

로이스는 미친 듯이 파이어 볼의 단축키를 외쳤다. 그러나 파이어 볼 마법은 실행되지 않았고, 실프는 유유히 로이스에게로 날아갔다. 실프가 가까이 다가오자 로이스는 필사적으로 파이어 볼을 코딩했다.

"Create space hotball! Mapping fire! Create space road! Animate space road!"

마법의 달인답게 로이스의 마법 코딩 속도는 굉장히 빨랐다. 하지만 마법 코딩이 아무리 빠르더라도 Create 코드가 오작동하는 상황에서는 그런 게 아무런 쓸모가 없었다.

"말도 안 돼! 이런 일이!"

단축키도 안 되고, 직접 코딩조차 안 되자 로이스의 표정이 공포로 물들었다. 죽는 것조차 두려워하지 않는 로이스가 공포에 질린 모습을 보고 있자니 괜히 기분이 업되었다. 그사이 실프는 로이스의 바로 뒤에 위치했고, 그 순간 난 짤막한 명령을 내렸다.

"쳐."

픽!

둔탁한 소리와 함께 실프의 손날이 로이스의 뒤통수를 가격했다. 아무리 마법 실력이 뛰어난 로이스라 할지라도 육체가 튼튼한 건 아니었기 때문에 실프의 일격에 그대로 쓰러져 버렸다.

흐으, 지금까지 날 고생시켰던 녀석을 이렇게 힘들이지 않고 잡으니 기분이 참 묘하군. 바이러스 코드가 먹힐 거라는 100% 확신이 있긴 했지만 막상 쉽게 먹히니 뭔가 허탈해. 하지만 지금 로이스를 제압한 것보다 더 중요한 건 에크 트볼레시크를 소환하는 거니까 만족해서는 안 돼.

"릴리, 마법 실행을 멈춰."

바이러스 코드가 실행되어 있는 상태에서는 같은 매직포스를 근본으로 하는 소환술과 흑마술도 쓸 수 없기 때문에 난 릴리에게 마법 실행 중지 명령을 내렸다. 릴리는 Break 코드로 가볍게 바이러스 코드를 중지시켰고, 그사이 나는 브리드에게 소환술 실행을 부탁했다.

"이제 웨이트리 씨 차례입니다. 제가 알려드린 코드를 써주시기 바랍니다."

"……알겠소."

나와 로이스 간의 해프닝을 예상하지 못했던 브리드는 조금 당황하는 표정을 지었으나 이내 차용 마법을 코딩하기 시작했다. 차용 대상은 릴리였고, 릴리에게 정신 링크를 허락하라는 명령을 내렸기 때문에 릴리는 조용히 서서 브리드의 정신 연결을 받아들였다.

우우웅―

브리드와 릴리 간의 정신 연결이 확립되자마자 또다시 강력한 마나 파장이 흘러나오기 시작했다. 브리드는 릴리의 마나량 덕분에 마나 걱정을 하지 않고 영혼 소환을 시도했다.

"Create space head, Create space neck, Create space bust……."

브리드는 나에게 익숙한 용언 마법으로 소환술을 행했다. 그가 사용한 코드는 내가 거의 대부분 알고 있는 거라서 이해하는 데 어려움은 없었다. 브리드의 마법 코딩을 듣고서 알게 된 것은 소환술이 몸을 만들고 거기에 뼈를 심어서 명계로부터 영혼을 불러오는 방식을 취한다는 점이었다.

오오―!

소환술의 특징상 천여 구의 유골에 영혼을 뒤집어씌우는 것은 많은 시간을 필요로 했다. 거의 30분 정도 걸렸는데, 사람들은 그 시간을 하나씩 일어나는 유골 영혼을 보면서 견뎌냈다. 어쨌든 브리드의 소환술은 무사히 끝났고, 결국 천 개의 영혼을 모두 소환하는 데 성공했다.

"후우……."

30분 동안 마법 코딩만 하느라 브리드는 조금 지친 얼굴을 했다. 아무래도 나이가 나이다 보니 힘에 부치는 모양이었다. 그래서인지 브리드는 잠시 숨을 몰아쉬며 휴식을 취했다.

"괜찮으세요?"

"괜찮소. 일단 소환한 영혼은 사라지지 않으니 안심하시오."

브리드는 내 걱정을 가볍게 잠재우며 다시 정신을 가다듬었다. 이제 메인 이벤트인 에크 트볼레시크를 소환해야 하기 때문이었다.

"Create space head, Create space neck, Create space bust……."

흑마술 역시 소환술과 마찬가지로 몸을 만드는 작업을 먼저 했다. 하지만 흑마술이 소환술과 다른 점은 뼈를 만들지 않고 제물을 이용한다는 점이었다. 제물을 통해 마계로부터 마계 종족을 마법 코딩으로 형성한 몸 안에다가 불러들이는 것이다.

우우웅―

흑마술이 시작되자 독특한 마나 파장이 일어나기 시작했다. 릴리가 마법을 썼을 때도 강력한 마나 파장이 나왔지만, 지금의 마나 파장은 매우 특이했기 때문에 이 마나 파장이 릴리의 것보다 강한지 약한지 가늠하기가 힘들었다. 그래도 릴리의 마나 파장만큼이나 강력하다는 점은 부인할 수가 없었다.

끄아아아―

특이하고 강력한 마나 파장이 일어나고 나서 얼마 지나지

않아 소환되어 있었던 어린아이들의 영혼이 하나둘씩 비명을
지르며 사라지기 시작했다. 그 광경을 보고 있던 구경꾼들은
공포에 질린 얼굴로 한 걸음씩 뒤로 물러났다. 아이들의 영혼
이 하나둘씩 사라질 때마다 말로는 형용할 수 없는 공포감이
일대를 뒤덮었기 때문이다.

"레이뮤 씨, 유리시아드, 슈아, 네리안느 씨, 리엔 씨, 리에
네 씨, 휴트로 씨! 에크 트볼레시크가 소환되면 내가 여러분
에게 차용 마법을 사용할 겁니다. 그러니까 갑작스런 정신 연
결에 당황하지 말고 정신 연결을 받아들여 주세요!"

난 아이들의 영혼이 절반쯤 사라졌을 때 동료들을 향해 주
의를 주었다. 릴리가 꽤나 많은 마나를 소모했기 때문에 그들
의 도움이 없으면 에크 트볼레시크 퇴치가 힘들 것 같았기 때
문이다.

끄아아아—

마침내 모든 아이들의 영혼이 자취를 감추었다. 영혼이 사
라지자마자 넓게 그려놓은 마법진에서 빛이 흘러나오기 시작
했다. 그것을 보고 아무 생각 없이 마법진 위에 서 있던 사람
들이 황급히 뒤로 물러섰다. 갑작스런 이동이었기 때문에 뒷
사람과 부딪치는 등 일대 혼란이 일어났지만 그들이 어떻게
되든 내 알 바가 아니라서 무시했다. 그러는 사이 마법진에서
나오는 마나 파장이 최고조로 달했고, 그 순간 마법진으로부
터 짙은 남색의 티라노사우르스 한 마리가 서서히 모습을 드

러내었다. 티라노사우르스처럼 생겼다고 해도 두 손이 크고 길어서 매우 위협적인 느낌을 주고 있었다.

흐으, 파괴의 마신의 왼팔이라고 해서 팔 하나만 덩그러니 소환될 줄 알았는데 손 큰 티라노사우르스잖아? 저렇게 생겼는데 왜 파괴의 마신의 왼팔이라고 해? 그냥 다른 이름을 붙일 것이지 순진한 사람을 파닥파닥 낚고 난리야.

"크하하하하—!"

에크 트볼레시크는 완전히 소환되자마자 호쾌한 웃음을 터뜨렸다. 그러나 그 소리가 워낙 커서 사람들은 귀를 막아야만 했다. 하지만 난 에크 트볼레시크가 소환된 순간부터 긴장하고 있었기 때문에 귀가 아프든 말든 신경 쓰지 않았다.

"으윽……!"

털썩—

마신 강림이라는 위대한 업적을 달성한 브리드는 심하게 탈진된 정신력 때문에 그 자리에 주저앉았다. 현재 에크 트볼레시크 앞에 있는 사람은 나를 포함 총 9명이었지만 난 제일 먼저 에크 트볼레시크에게 말을 걸었다.

"소환된 걸 축하한다."

"……"

웬 이상한 녀석이 말을 걸자 에크 트볼레시크는 날카로운 눈으로 날 쳐다보았다. 마치 '넌 뭐 하는 물건이냐?' 라고 묻는 것 같아서 난 에크 트볼레시크에게 내 소개를 했다.

"난 널 소환시키려고 애들을 끌어모으고 마나까지 제공한 사람이다."

"⋯⋯."

에크 트볼레시크는 강력한 마나 파장을 내뿜으며 날 뚫어져라 쳐다보았다. 하지만 그의 눈빛에는 적대감이나 경계심이 하나도 없었다. 그저 힘없고 나약한 동물을 쳐다보는 듯한 느낌이었다.

"정말이냐?"

에크 트볼레시크는 숨을 헐떡이는 브리드에게 진위 여부를 물었다. 브리드가 직접적으로 자신을 소환했다는 사실은 알고 있는 듯했다. 에크 트볼레시크의 질문을 받은 브리드는 대답 대신 고개를 끄덕였다. 그것을 보고 에크 트볼레시크는 내 말을 인정했다. 아니, 애초에 내 말이 틀리든 맞든 상관없다는 표정이었다.

"좋다. 날 물질계로 소환해 줬으니 원하는 걸 들어주겠다. 말해봐라."

"⋯⋯!"

잉? 500년 전에 로이스에게 당한 게 있는 데도 또 소원을 들어주려고 하네? 의외인걸? 마신은 학습 능력이 없는 건가? 이번에도 마신 강림과 드래곤 영혼 소환을 연달아 해서 견제를 할지도 모르는데.

"정말 소원을 들어줄 거냐?"

난 에크 트볼레시크의 말이 사실인지 확신할 수가 없어서 되물었다. 그러자 에크 트볼레시크는 예전에 당한 기억이 났는지 약간 미묘한 표정을 지었다.

"얼마 전인가, 한 인간이 날 소환하고 나서 소원 성취를 한 후에 카이드렌을 소환해서 날 견제했지."

"……"

흐으, 역시 기억하고 있군. 난 마신이 바보인 줄 알았지.

"하지만 그렇다고 네가 위축될 필요는 없다. 난 최강의 마신이니까."

에크 트볼레시크의 어조에는 자신감이 흘러넘쳤다. 전에는 카이드렌과 비겼지만 이제는 이길 수 있다는 자신감이었다. 그러한 에크 트볼레시크의 자신감을 보고 난 거침없이 입을 열었다.

"여기 쓰러져 있는 사람을 기억하나?"

"음……"

내가 땅바닥에 기절해 쓰러져 있는 로이스를 가리키자 에크 트볼레시크는 날카로운 눈초리로 그런 로이스의 모습을 쳐다보았다. 그러다가 미묘한 웃음을 지었다.

"크크, 네가 심어놓은 성물이 있군. 역시 네가 해서 그런지 융합이 완벽한걸."

흐으, 이런 상황에서 자기 자랑을……

"응, 그리고 보니 그 여자도 네 손톱을 박아놨군. 역시 네

솜씨는 완벽해."

로이스를 쳐다보던 에크 트볼레시크가 이번엔 레이뮤를 보고 의미심장한 말을 했다. 로이스뿐만 아니라 레이뮤까지 알아봐 주니 나로서는 얘기하기가 한결 편해졌다.

"에크 트볼레시크! 난 이 두 사람을 원래대로 돌려줬으면 한다. 성물과 손톱을 통합시키기 전의 모습으로 돌려주길 원한다."

난 에크 트볼레시크에게 내 소원을 말했다. 내 말을 듣자 에크 트볼레시크는 고개를 갸웃했다.

"원래대로? 어차피 나한테 죽을 건데 뭣 하러?"

"……."

크으, 설마 소원을 들어주지 않겠다는 뜻인가? 아니면 다른 소원을 빌란 뜻인가?

"곧 죽을 테니 너 자신을 위한 소원을 비는 게 좋을 것이다. 그냥 죽으면 억울할 테니까."

"……."

흐으, 그건 뜻이었나? 하지만 어쩌나, 난 여기서 죽고 싶은 생각이 없는걸.

"괜찮다. 난 그 두 가지 소원이면 족하다."

"……."

내가 소원 변경을 하지 않자 에크 트볼레시크가 날카로운 눈초리로 날 노려보았다. 그러고는 마치 내 속을 훤히 꿰뚫어

봤다는 표정을 지으며 말했다.

"전처럼 드래곤의 영혼을 소환해서 날 막을 생각이로군. 그러니까 그 정도의 소원만 비는 것이겠고."

"……."

흐으, 잘 아는군. 뭐, 모르는 쪽이 바보니까.

"크크, 아무래도 상관없다. 다시 카이드렌이 소환된다 하더라도 이겨 버리면 되니까. 좋다! 네 소원을 들어주겠다!"

마침내 에크 트볼레시크는 내 요구를 수락했다. 그리고 거대한 양팔을 벌려 로이스와 레이뮤를 가리켰다. 아마도 그 상태에서 원상 복귀시키려는 것 같았다.

구구구……!

잠시 후 에크 트볼레시크의 양팔로부터 특이한 마나 파장이 흘러나오기 시작했다. 그리고 에크 트볼레시크의 팔에서 빛이 흘러나왔다. 그 빛은 에크 트볼레시크의 팔에서부터 연결되듯이 흘러나와 로이스와 레이뮤를 감싸 안았다. 로이스는 기절한 상태라 표정의 변화가 없었지만 레이뮤는 매우 당황한 기색을 보였다. 마치 몸의 일부처럼 붙어 있었던 보라색의 보석이 떨어져 버렸기 때문이다.

구구구—

시간이 약간 더 흐르자 에크 트볼레시크의 팔에서 나오던 빛이 사라졌다. 그리고 그와 동시에 레이뮤와 로이스를 감싸던 빛도 흔적을 감추었다. 그것으로 에크 트볼레시크의 작업이 끝났다는 의미였다.

흐으, 작업이 끝나면 뭔가 달라진 게 있어야 하는데 로이스는 그 모습 그대로고, 레이뮤 씨는 이마와 팔 쪽에 보석 붙은 게 없어진 것 빼고는 변화가 없잖아. 뭔가가 아쉬운걸. 강렬한 시각적 이펙트가 있어야 멋있는데.

"너의 소원은 완벽히 들어주었다."

에크 트볼레시크는 팔을 거두면서 그렇게 말했다. 그리고는 다른 소원을 들어주기 위해서인지 다른 사람들을 쳐다보았다. 물론 에크 트볼레시크에게 소원 요구를 할 수 있는 건 브리드뿐이라 이번에 에크 트볼레시크가 지목한 사람은 브리드였다.

"소원을 말해보아라."

"……."

위압적인 에크 트볼레시크의 모습을 보며 브리드는 잠시 갈등하는 표정을 지었다. 사실 브리드의 소원에 대해서는 내가 통제할 게 없기 때문에 소원 내용은 순전히 브리드의 몫이었다. 나도 브리드가 무슨 소원을 빌지 궁금해서 그에게 시선을 두었다.

"내가 바라는 것은……."

마침내 브리드의 입이 열렸다.

"내가 바라는 것은 에크 트볼레시크, 당신이 이대로 조용히 마계로 돌아가 줬으면 하는 것이오."

"……!"

브리드의 소원은 내가 전혀 생각하지 못한 것이었다. 뭔가 개인적인 요구를 할 줄 알았는데 그게 아니었기 때문이다.

흐으, 물질계로 강림해서 기분 좋아진 에크 트볼레시크가 소원을 들어준다고 해도…… 다시 돌아가라는 소원을 들어줄 리가 없어. 그럴 거면 애초에 소환에 응하지도 않았을 테니까.

"그 소원은 들어줄 수가 없다."

내 예상대로 에크 트볼레시크는 브리드의 요구를 거절했다. 또한 소원을 다시 대체하는 것도 허락하지 않았다. 아마도 브리드의 요구 때문에 기분이 안 좋아진 듯했다.

"더 이상 소원은 들어주지 않는다. 이제부터는 내가 하고 싶은 대로 하겠다."

그러면서 에크 트볼레시크는 자신의 의지를 표현하기라도 하듯이 하늘을 향해 길게 울어젖혔다. 에크 트볼레시크의 괴성을 듣자 일부 사람들은 공포에 질려 그 자리에 주저앉았다. 물론 이제부터 에크 트볼레시크와 싸워야 하는 나는 전혀 위축되지 않았다.

"Repeat access string until connect string, repeat access string until execute string, link……."

에크 트볼레시크에 대항하기 위해 난 차용 마법을 사용했다. 차용 마법에 의한 링크 요청이 내 주변에 있는 사람들에게로 전파되었고, 그들은 내 링크 요청을 모두 받아들였다. 역시 에크 트볼레시크라는 거대한 강적을 눈앞에 두었기 때문에 의지 일치가 쉽게 되었다.

"카카! 카이드렌을 소환하는 것도 아니고 뭐 하는 짓이냐! 인간의 하찮은 마법으로 이 몸을 막을 수 있다고 생각하는 것이냐!"

내가 소환술을 사용하지 않자 에크 트볼레시크는 어이없다는 듯이 웃었다. 하지만 그래서인지 내 마법 코딩을 전혀 방해하지 않았다.

후후, 역시 강한 힘을 가지고 있는 녀석들은 일단 약자들의 발악을 보고 싶어 한다니까. 그게 자신의 목숨을 앗아가게 되는 줄도 모르고 말이야.

"콜랩스!"

차용 마법으로 필요한 마나가 모이자마자 난 중심을 에크 트볼레시크에게 둔 콜랩스 마법을 실행시켰다. 제룬버드를 잡을 때와 같은 위력의 콜랩스를 실행시켰기 때문에 에크 트볼레시크는 콜랩스 마법을 피하거나 튕겨내지 못하고 제자리에서 막아내야만 했다.

"Mapping thousand fold gravity!"

"크악! 뭐, 뭐냐, 이건?!"

일개 인간이 파괴의 마신의 일부인 자신을 힘으로 누르자 에크 트볼레시크는 눈이 튀어나올 정도로 당황해했다. 500년

전 카이드렌의 영혼과 싸울 때에는 온갖 힘을 방출하면서 신나게 날뛰었겠지만, 지금의 에크 트볼레시크는 날뛰지도 못하고 무조건 방어만 해야 하는 입장이 되었다.

"Mapping thousand two hundred fold gravity!"

에크 트볼레시크가 1,000배 중력 발현을 견뎌냈기 때문에 난 제룬버드 때와 마찬가지로 점차 중력 발현 강도를 높였다. 물론 아예 처음부터 제룬버드를 물리칠 때의 2,000배 중력 발현을 걸어버리면 에크 트볼레시크를 단번에 물리칠 수 있겠지만, 내 정신력이 그 부담을 견뎌낼지 못할지 확신할 수 없어서 단계적으로 중력 발현을 높이는 쪽을 택했다.

"Mapping thousand four hundred fold gravity!"

"이, 인간 주제에……!"

콜랩스의 발현 정도가 단계적으로 강해지자 에크 트볼레시크는 눈알을 붉게 충혈시키며 흥분했다. 차용 마법을 이용한 콜랩스와 에크 트볼레시크의 힘은 힘겨루기를 하면서 어마어마한 마나 파장을 방출했고, 에크 트볼레시크가 나타났을 때부터 어느 정도 떨어져 있던 구경꾼들은 어느새 100미터 이상 떨어진 곳에서 사태를 주시하고 있었다.

우우우웅—

"아아……."

차용 마법이 지속되자 슈아로에가 가장 먼저 제자리에 주저앉았다. 그리고 곧이어 네리안느, 리엔, 리에네도 정신력 부담을 견디지 못하고 주저앉았다. 그래도 휴트로와 유리시아드, 레이뮤는 어떻게든 버티고 있었다.

"Mapping two thousand fold gravity!"

난 중력 발현을 거의 한계까지 끌어올렸다. 이미 다른 사람들의 마나는 모조리 소모한 상태이고 남은 건 릴리의 마나뿐이었다. 그리고 중력 발현이 강해지면 강해질수록 내 머리는 깨질듯이 아파왔다.

크으…… 물질계에서는 화이트 드래곤보다 강한 존재가 없다고 했는데 에크 트볼레시크는 왜 이렇게 오래 버티는 거야? 이러다가 내가 먼저 쓰러지면 난리난다고!

"Mapping two thousand five hundred fold gravity!"

난 마침내 제룬버드 때보다 중력 발현을 훨씬 높였다. 내 정신은 이미 흐트러질 대로 흐트러져 있었지만 순전히 에크 트볼레시크에게 질 수 없다는 자존심으로 버텨냈다.

"끄아아아—!"

내가 한계에 다다른 것처럼 에크 트볼레시크도 한계에 다다른 것 같았다. 에크 트볼레시크의 눈과 코 같은 곳에서 혈관이 터져 피가 흐르고 있는 것이 그 증거였다.

으윽! 그래, 누가 이기나 어디 한번 해보자! 내가 지면 이름을 최하수로 바꿔주마! 난 절대 질 수 없어! 아니, 지고 싶지 않아!

"우와아아—!"

머리가 깨질 듯이 아프고 아무런 생각도 할 수 없었기 때문에 난 소리를 버럭 질렀다. 이제는 더 이상 버티는 것도 힘들었다.

"끄아아아—!"

에크 트볼레시크가 어떤 상대인지 확신조차 할 수 없었다. 시력이 마비되어 앞이 보이지 않았기 때문이다. 그리고 점차 청력까지 마비되어 버렸다. 내가 느낄 수 있는 감각이라고는 오직 고통뿐이었다.

우우웅—

고통밖에 느껴지지 않는 상황에서 지금까지와는 전혀 다른 마나 파장이 터져 나왔다. 그 마나 파장을 느끼자마자 난 갑자기 정신적으로 무너져 버렸다. 최대한 버티려고 해봤지만 마치 끝을 맞이하는 것처럼 내 정신력은 너무나 무력했다. 그리하여 난 결국 고통뿐인 감각에서 해방되려는 듯이 의식의 끈을 놓고 말았다.

……

긴 꿈을 꾸었다. 길긴 긴데 내용 연결이 안 되어서 무슨 꿈을 꾸었는지 짐작할 수도 없었다. 그저 지루하게 긴 꿈을 쉬지 않고 보다가 어느 순간 정신을 차렸다.

"……"

흐음, 눈을 뜨니 가장 먼저 천장이 보이는군. 근데 저게 어디의 천장일까? 처음 봤으면 나한테 '어디 소속의 천장입니다'라고 보고해야 되는 거 아니야? 하여간 요즘 것들은 개념이 없다니까.

"……?"

뭔가 내 손을 잡고 있다는 느낌이 들어서 난 누운 상태에서 시선을 내렸다. 그렇게 하니 많이 낯익은 머리통 하나가 보였다. 갈색의 긴 생머리에 작은 체격의 소녀가 내 손을 양손으로 잡은 채 엎드려 자고 있었던 것이다.

흐으…… 난 엎드려 자면 침을 왕창 흘려서 웬만하면 바로 누워 자려고 하는데. 어쨌거나 의자에 앉아서 엎드려 자면 허리가 장난 아니게 아프니까 깨워야겠다. 자는 사람 깨우는 건 상당히 미안하지만 손에서 땀이 나니 슈아를 깨울 수밖에. 아, 젠장. 왜 심장은 쓸데없이 벌렁벌렁 뛸까. 무리하지 말고 천천히 뛰어라, 이놈아.

"슈아."

"우웅……."

내가 잡힌 오른손을 움직이며 이름을 부르자 슈아로에가 한 방에 잠에서 깨었다. 그리고는 빨개진 눈을 여러 차례 깜빡이며 정신을 차렸다. 그런 과정을 거쳐 잠에서 완전히 깬 슈아로에는 내가 자신을 멀뚱멀뚱 쳐다보는 걸 발견하고 눈을 휘둥그레 떴다.

"레지 군!"

슈아로에는 그저 내 이름을 부르면서 내 손을 더욱 세게 잡았다. 요새 들어 강적들과 싸우면서 이런 패턴이 많아진 듯한 느낌이 들어 난 일부러 웃으면서 입을 놀렸다.

"어차피 깨어날 건데 뭘 그리 놀라?"

"……"

내 말을 듣고 슈아로에는 잔뜩 화난 표정을 지었다. 잠시간의 정적이 흐른 후, 슈아로에가 버럭 소리를 질렀다.

"뭐가 '깨어날 건데' 예요?! 3일이나 정신을 잃었다구요!"

"전에도 그 정도였잖아?"

"그 정도라구요?! 일어나지 못할까 봐 얼마나 걱정했는데요!"

슈아로에는 눈물까지 글썽이며 열변을 토해냈다. 거의 분노 수준이었기 때문에 나로서는 더 이상 아무런 반박도 할 수 없었다. 그저 내가 잘못했다고 빌어야만 했다.

"알았어. 다음에는 정신 안 잃고 버틸게."

"지금 그런 문제가 아니잖아요!"

내 사과가 약했는지 슈아로에의 분노는 가라앉을 줄 몰랐다. 그런데 슈아로에의 언성이 높아진 것 때문에 내가 깨어났다는 사실을 알았는지 때맞춰 레이뮤와 네리안느, 유리시아드, 리엔, 리에네, 릴리가 한꺼번에 방 안으로 들어왔다. 그래서 슈아로에는 할 수 없이 분노를 사그라뜨려야만 했다.

"모두들 괜찮아요?"

한꺼번에 들어오는 그들을 보며 난 그들의 안부부터 물었다. 그런데 내 안부 인사를 받자 모두들 어이없다는 표정을 지었다. 난 그것을 '모두 잘 있는 걸 보면 몰라? 너 바보?'라고 생각해서 즉시 내뱉은 말을 회수하려고 했다. 하지만 그전에 레이뮤가 먼저 입을 열었다.

"환자가 정상인에게 괜찮냐고 묻다니 이상하군요. 그 말은 우리들이 해야 하는 거예요."

"아, 예……."

흐으, 그랬나? 괜히 뻘쭘하게 생각했군.

"몸은 어떤가요?"

레이뮤는 매우 부드러운 표정으로 내 몸 상태를 물었다. 그녀의 표정이 너무 인간적이었기 때문에 난 순간 이 사람이 정말 레이뮤가 맞나 하고 의심했다.

아, 그렇군. 에크 트볼레시크가 레이뮤 씨를 다시 원래대로 돌려놨기 때문에 성격도 원래대로 돌아온 건가? 처음 봤을 때는 완전히 무덤덤한 얼굴이었는데 지금은 표정이 살아 있는 걸? 역시 인간적인 표정이 더 보기 좋군.

"특별히 아픈 곳은 없는 것 같은데요. 그냥 지친 느낌이랄까."

"그렇군요. 다행이에요. 그리고……."

레이뮤는 잠시 말을 끊으면서 내 손을 잡았다. 따뜻하고 부드러운 손길이 느껴지자 내 심장이 전력 질주를 하려고 했다. 잘못하면 그 마찰열이 얼굴 쪽으로 발산될 것 같아서 난 급히 마음을 차분히 하려고 노력했다. 내가 심장 급제동 명령을 내리고 있다는 걸 모르는 레이뮤는 고마움이 가득 담긴 눈길로 말을 이었다.

"고마워요, 레지 군."

매우 간단명료한 말이었지만 그 말에는 여러 가지 의미가 함축되어 있었다. 자신을 원래 상태로 돌려놓은 것, 그리고 더 이상 다른 사람들의 생명을 흡수하지 않아도 된다는 것, 남은 여생을 평범한 여성으로 보내게 된 것. 그런 것들이 그녀의 짧은 말속에 모두 들어가 있었던 것이다.

"아뇨, 난 한 게 없어서……."

난 머리를 긁적이며 말하고 싶었지만 레이뮤에게 손을 잡힌 데다가 팔에 힘이 잘 들어가지 않아서 눈만 이리저리 굴리며 말을 해야 했다. 그러다가 문득 가장 중요한 사실을 직접 확인하고 싶어서 레이뮤에게 질문을 던졌다.

"레이뮤 씨, 에크 트볼레시크와 로이스는 어떻게 됐죠?"

사실 모두가 멀쩡히 잘 있다는 것은 에크 트볼레시크의 패배를 의미했기 때문에 이 질문은 하나마나였다. 그래도 에크 트볼레시크가 완전히 사라졌는지, 그저 마계로 돌아갔는지를 알고 싶어서 질문을 던졌다. 그리고 로이스의 처분 여부도 현 상태로는 알 수가 없어서 레이뮤에게 물어봐야만 했다. 레이뮤는 여전히 내 손을 잡은 채로 내 질문에 대답해 주었다.

"에크 트볼레시크는 패퇴하여 마계로 돌아갔어요. 조금만 더 레지 군이 콜랩스를 지속했다면 완전 소멸도 가능했을 거예요."

쳇, 결국 살아서 돌아갔군.

"그리고 로이스는 에크 트볼레시크에 의해 원래대로 되돌아간 뒤에 곧바로 명계로 잡혀갔어요. 아마 이제 더 이상 부활하는 일은 없을 거예요."

자신의 옛 약혼자가 명계에 끌려가 죽었다는 데도 레이뮤의 얼굴에는 슬픈 기색이 전혀 없었다. 마치 남의 일처럼 매우 덤덤히 말했다. 그것은 레이뮤가 로이스에 대한 감정을 모두 정리했음을 의미했다.

"에…… 그럼 내가 에크 트볼레시크를 소환시키고 다시 돌려보낸 것에 사람들은 어떻게 평가하고 있나요? 평판이 어때요?"

난 두 번째로 중요한 사항을 물었다. 내 평판이 나쁘지 않다면 검은 천사 용병단장을 계속할 수 있지만, 평판이 극도로 나쁘면 매지스트로를 떠나야 할지도 모르기 때문이었다.

"그날 그 광경을 본 사람들은 이렇게 말하고 있어요."

레이뮤는 잠시 뜸을 들였다. 그리고는 말을 이었다.

"'검은 천사는 최강이다' 라고."

"……"

흐으, 그 말은 좋다는 거야, 나쁘다는 거야? 아니, 그 두 가지 의미가 포함되어 있는 말인가. 뭐, 다른 사람들의 입장에서 보면 자기 마음대로 마신을 소환하고 자기 마음대로 돌려보내니 무서워하겠지.

"지금 레지 군이 커널 소유자임이 밝혀져서 마법학회에서는 레지 군을 경계하고 있어요. 커널 소유자가 좋은 일을 한 선례가 없으니까요."

레이뮤의 추가 설명은 그걸로 끝이 아니었다.

"하지만 사람들은 그렇기 때문에 오히려 레지 군을 높이 평가하고 있어요. 커널을 자신의 의지대로 다스릴 줄 아는 진정한 영웅이 탄생했다고."

"……."

흐으, 갑자기 얼굴에서 발열 현상이 일어날 것 같은데?

"평판이 의외로 좋네요?"

"그럴지도 몰라요. 하지만 무엇보다도 레지 군의 평판을 높이는 사람들이 있어요."

잉? 내 평판을 높이는 사람들? 그런 사람들이 있단 말이야? 제정신이 아니군.

"누군데요?"

난 궁금증을 참지 못하고 물음을 던졌고, 레이뮤는 의미심장한 표정을 지으며 대답했다.

"바로 우리들이에요."

"……!"

레이뮤의 대답은 매우 당연한 것이었다. 아무리 내가 악한 야욕을 드러내지 않았다고 하더라도 커널 소유자들의 선례를 볼 때 날 좋게 볼 리가 없다. 하지만 날 지지해 주는 대마법사 레이뮤, 자유기사 유리시아드, 차세대 천재 마법사 슈아로에, 소성녀 네리안느, 나그네검객 휴트로라는 걸출한 인물들이 내 주위에 포진해 있으니 사람들은 내가 절대로 나쁜 길에 빠지지 않을 거라고 생각하는 것이다. 그리고 실제로도 그랬다.

"하하, 그렇네요. 언제나 내 편을 들어줘서 고맙습니다."

난 모두에게 감사의 표현을 했다. 몸이 움직이지 않아서 버르장머리없이 입만 나불거렸지만 모두들 내 마음을 알아주었다.

"우리는 레지스트리 군의 편이에요."

소성녀 네리안느가 대표 격으로 말을 받았다. 다른 사람들도 말을 하지는 않았지만 같은 생각인 모양이었다. 나로서는 그런 그들이 매우 고마웠다.

"일단 편히 쉬어요. 레지 군의 몸 상태가 괜찮아지면 바로 매지스트로로 돌아갈 거니까요."

레이뮤는 내 손을 놓으며 그렇게 말했다. 정신이 없어서 여태까지 느끼지 못했지만 레이뮤가 날 '레지 군'이라는 애칭으로 부르고 있다는 걸 뒤늦게 알았다. 그래서 갑작스런 호칭 변화의 이유에 대해서 물어볼까 했지만 모두들 나갈 분위기인 데다가 물어보기에는 난감한 내용 같아서 그냥 관두었다.

"그럼 쉬어요."

"나중에 봐요."

사람들은 나한테 각각 인사를 하며 방을 나섰다. 그렇게 모두가 밖으로 나가자 별로 넓지 않은 방에 나 혼자 덩그러니 남아서 생각에 잠기게 되었다.

흐으, 로이스의 말로를 직접 보지 못해서 뭔가 해냈다는 느낌이 없어. 그리고 에크 트볼레시크를 이겼다는 생각도 안 들고. 그저 죽어라 힘만 뺀 느낌이랄까? 어쨌든 이제 남은 건 바이오스 하나. 그 녀석만 처리하면 난 내가 살던 곳으로 돌아갈 수 있어. 음, 돌아간다…… 분명 기뻐할 일인데 왜 이렇게 마음이 무거운 걸까…….

제39장

토벌대 총대장

에크 트볼레시크 강림 After 퇴치 사건이 끝나고 1개월이 지났다. 그동안 난 매지스트로에서 휴식을 취하며 새로운 코드 개발에 착수했다. 그것은 마법도 정령술도 신력도 아닌 힘을 사용하는 바이오스를 제압하기 위한 코드였다.

호으, 로이스는 매직포스만을 사용하니까 Create를 못 쓰게 하는 바이러스 코드로 충분했지만 바이오스는 정체를 알 수 없는 힘을 쓰니까 뭘 제어해야 할지 알 수가 없어. 매직포스, 스피릿포스, 디바인포스를 모두 못 쓰게 만든다고 하더라도…… 바이오스가 제 힘을 발휘하지 못할까? 뭔가…… 근본적인 것을 막아야 할 것 같은데…….

"아아."

내가 도서실에서 코드 개발 아이디어를 떠올리려고 무진장 머리를 굴리고 있을 때 리아로스가 갑자기 탄식을 했다. 만약 뭔가에 열중하는 중이었다면 가볍게 무시할 상황이었지만 아이디어가 잘 떠오르지 않아 답답했던 나는 리아로스의 행동에 반응해 주었다.

"왜 그래?"

"매직 오너멘트에 금이 가버려서 새로 제작을 해야 돼요."

리아로스는 그렇게 말하면서 나에게 블루 케이프 중앙에 붙어 있는 매직 오너멘트 보석을 보여주었다. 문제는 그녀가 블루 케이프를 벗지 않고 몸을 내 눈 가까이 들이밀었기 때문에 내 얼굴이 그녀의 가슴과 매우 가깝게 되어버렸다는 점이었다.

"내가 봐줄게요!"

리아로스가 나에게 접근을 하자 내 옆에 있던 슈아로에가 즉시 리아로스의 양어깨를 잡고 자신 쪽으로 블루 케이프의 중앙 보석을 위치시켰다. 그 때문에 리아로스의 양 눈에서 불똥이 튀었다.

"난 레지님에게 보여드리려고 했어요! 당신한테 보여줄 생각 없다구요!"

"아니, 바쁜 레지 군에게 이런 자질구레한 일로 방해가 될 순 없어요! 내가 직접 봐줄게요!"

리아로스와 슈아로에는 서로 티격태격했다. 리아로스의 쫄다구 4인방은 수업 중이라 없었고, 도서실에 있는 건 나, 릴리, 레이뮤, 슈아로에, 리아로스뿐이라 두 사람의 말다툼을 말릴 사람은 레이뮤뿐이었다. 그런데 레이뮤는 리아로스와 슈아로에의 말다툼을 말릴 생각이 없어 보였다.

흐으…… 이 자리에 유리시아드나 네리안느가 있었다면 어느 정도 소란이 가라앉을 텐데. 으윽, 레이뮤 씨가 지금 재미있다는 표정으로 슈아와 리아로스의 말다툼을 지켜보고 있어. 제발 구경 그만 하고 좀 말리라구요!

"매직 오너먼트가 손상되면 아무리 뛰어난 마법사라도 매직 오너멘트를 통한 마법은 쓸 수 없어요. 그러니 내일 나하고 같이 마법 장신구 세공점에 가도록 해요."

마침내 레이뮤가 두 소녀의 말다툼을 끝내기 위해 입을 열었다. 일단 레이뮤가 전면에 나서자 신나게 말다툼하던 슈아로아와 리아로스는 더 이상 다투지 않았다. 두 사람이 입을 다물자 도서실은 갑자기 정적에 휩싸였고, 그 순간 내 머릿속에 하나의 아이디어가 번개처럼 스치고 지나갔다.

아, 생각해 보면 매직포스나 스피릿포스, 디바인포스는 모두 포스라는 OS상에서 가동하는 일종의 소프트웨어잖아. 하지만 아무리 뛰어난 소프트웨어라도 그것을 구동시킬 만한 하드웨어가 없다면 소프트웨어는 무용지물이 돼. 즉, 바이오스 녀석이 포스라는 소프트웨어를 사용하는 한 하드웨어를 부수어 버리면 된다는 소리.

"레이뮤 씨, 하나 물어볼 게 있어요."

"뭔가요?"

내가 갑자기 질문을 던지자 레이뮤가 호기심 가득한 표정으로 날 쳐다보았다. 어태까지는 내가 물어보면 관심없다는 듯 무표정하게 쳐다봤던 레이뮤가 이렇게 관심 어린 표정으로 쳐다보니 괜히 뿌듯한 마음이 들었다. 아무튼 난 그 느낌을 억누르고 레이뮤에게 질문을 날렸다.

"매직포스, 스피릿포스, 디바인포스를 모두 아우르는 코드는 뭘까요?"

"으음……."

내 질문을 받고 레이뮤는 잠시 생각에 잠겼다. 하지만 그 시간은 그리 길지 않았다.

"예전에는 마법에만 전념하느라 몰랐지만, 아마도 String이라는 코드가 세 가지 포스를 아우르는 코드 같아요. 포스를 직접 제어하는 것에는 그 코드가 반드시 들어가니까요."

"예. 나도 그렇게 생각해요."

레이뮤의 대답은 내가 생각했던 그대로였다. 그러자 슈아로에가 갑자기 버럭 화를 내었다.

"뭐예요? 지금 레지 군이 레이뮤님을 시험한 거예요? 그런 거예요?"

헉, 슈아가 화났다.

"아니, 레이뮤 씨는 어떻게 생각하나 궁금해서."

"그럼 먼저 자신의 의견을 말한 다음에 레이뮤님의 생각을 여쭤봐야죠!"

"아, 그래. 미안."

일단 난 슈아로에와 말다툼할 생각이 없었기 때문에 무조건 잘못을 인정했다. 그리고 나서 레이뮤를 쳐다보며 다시 말을 이었다.

"그 String 코드의 특성을 변화시키면 모든 포스를 사용하지 못하게 될 것 같은데, 레이뮤 씨는 어떻게 생각하세요?"

"음……."

레이뮤는 또다시 생각에 잠겼다. 하지만 이번에도 레이뮤의 침묵은 오래가지 않았다.

"확신할 수는 없지만, 아마도 String 코드를 제어하게 될 수 있다면 모든 포스를 사용 불가 상태로 만들 수 있을 거예요."

후후, 레이뮤 씨도 나와 같은 생각을 하셨군.

"예, 그럼 String 코드를 직접 제어할 수 있는 코드를 만들면 되겠네요."

난 마치 한 건 해결했다는 느낌으로 말했다. 하지만 레이뮤는 그렇게 생각하지 않았다.

"말은 쉽지만 그런 코드를 만든다는 건 시간이 얼마나 필요할지 알 수 없어요. 아니, 애초에 String 제어 코드가 존재하리라는 보장도 없구요."

"예, 그렇긴 한데 우선 희망을 가지고 작업을 해봐야죠."

"……."

내 말을 듣고 레이뮤와 슈아로에는 앞으로의 고생을 생각하며 머리를 설레설레 저었다. 그러나 그렇다고 내 코드 개발에 불참하겠다는 의사를 밝히지 않았다.

…….

나와 레이뮤, 슈아로에, 그리고 리아로스까지 모두 String 제어 코드를 찾기 위해 모든 마법 코드를 조합하면서 코드 개발을 했다. 그러나 일은 생각보다 진척이 더뎌서 언제 코드가 완성될 것인지 기약할 수가 없었다. 그렇게 1개월이 더 지났을 때 갑자기 이상한 소문이 돌기 시작했다.

―바이오스 제국의 황제가 검은 천사를 죽이려고 한다.

물론 그 얘기는 사실이기는 했지만 막상 다른 사람들을 통해서 그런 말을 들으니 기분이 더럽기도 하고, 무섭기도 했다. 그리고 바이오스가 어째서 그런 소문을 내고 있는지도 궁금했다.

흐으, 녀석의 진짜 목적이 뭔지 모르겠지만 그런 소문을 퍼뜨린다는 건 조만간 날 공격하러 온다는 소리겠지? 그렇다는 건 녀석은 싸울 준비를 끝냈다는 말인데… 불행히도 난 아직 싸울 준비를 끝내지 못했다고. 만약 지금 상황에서 제룬버드와 맞장 떠서 비긴 바이오스와 일 대 일로 싸운다면 무조건 진다!

"레지 군! 레지 군!"

바이오스에 관한 소문을 들은 지 며칠 후에 슈아로에가 급하게 날 찾았다. 한창 String 제어 코드를 찾으려고 혈안이 되어 있는 나에게 그것은 방해 요소로 작용했다.

"무슨 일이야? 레이뮤 씨하고 뭐 한다면서?"

"지금 그게 문제가 아니라구요! 소식 못 들었어요?!"

슈아로에는 자기가 방해 공작을 했는지도 깨닫지 못한 채 내가 앉은 테이블 맞은편에 잽싸게 앉았다. 그리고 아주 심각한 얼굴로 외쳤다.

"바이오스 제국이 모든 대륙의 나라들과 전쟁을 선포했어요!"

"그게 왜?"

"……!"

내 반응이 워낙 약해서인지 슈아로에는 한순간 멍한 표정을 지었다. 그러다가 이내 정신을 차리고 나서 버럭 소리를 질렀다.

"그게 왜라뇨! 전쟁이라구요! 대전쟁!"

"……."

흐으, 전쟁이라고 해도 느낌이 스멀스멀해서 잘 모르겠어. 전에 윈도우즈 연합 토벌 전쟁도 했고, 블루 드래곤 울레샤르를 잡을 때도 전쟁 비슷한 규모라서 별 감흥이 없다니까.

"전쟁 나면 우리들도 참가해야 하나?"

난 마치 소풍이라도 나가는 듯한 어조로 아무렇지도 않게 물었다. 그러나 슈아로에의 반응은 격렬했다.

"참가하는 게 아니라 전쟁에 동원될 수밖에 없다구요! 바이오스 제국이 모든 대륙의 국가를 적으로 선포했다는 얘기, 어디로 들었어요?!"

"아, 그랬지."

"아악! 정말!"

잠시 세차게 머리를 흔들었던 슈아로에가 이번엔 차분한 어조로 내 반응을 이끌어내고자 했다.

"바이오스 황제가 이런 선언도 했어요."

"......?"

"'내 최대의 적은 검은 천사이다'라구요."

"......!"

그 말 한마디가 내 정신을 번쩍 들게 만들었다. 바이오스의 그 말 때문에 바이오스가 일으키려는 전쟁이 나하고 연결 고리를 가지게 되었기 때문이다. 생각 같아서는 '난 바이오스에게 원한 살 짓은 하지 않았다! 난 아무것도 모른다!'라고 발뺌하고 싶었지만 이미 늦어버렸다는 느낌을 받았다. 문제는 그 말을 들은 일반 사람들이 어떤 반응을 보이느냐였다.

"그래서 뭐 어떻게 되는 거야?"

난 최대한 아무렇지도 않은 표정을 지으며 슈아로에에게 질문을 날렸다. 슈아로에는 내가 너무 태연하게 앉아 있자 화가 났는지 어조를 높여 말했다.

"모두들 레지 군을 중심으로 바이오스 제국에 대항하려 하고 있어요! 그게 무슨 뜻인지 알아요? 레지 군을 바이오스 제국 토벌대의 총대장으로 임명하려는 뜻이라구요!"

"……!"

허억! 나보고 총대장을 하라고? 서른도 안 된 애송이한테 그런 중요한 임무를? 아무리 내가 드래곤 3마리와 마계 종족 2마리를 때려잡았다고 해도 너무 과대평가하는 거 아니야? 난 조용히 지내고 싶다고!

"난 경험이 적어서 자격이 안 되잖아."

난 우선 뒤로 물러서는 말을 던졌다. 그러나 슈아로에는 호응을 해주지 않았다.

"사람들은 이미 레지 군을 이 시대 최고의 영웅으로 생각하고 있어요. 눈앞에서 화이트 드래곤을 잡았는데 그렇게 생각하지 않으면 그게 더 이상하죠. 레지 군이 스스로 깨닫고 있지 못할 뿐이지, 레이뮤님조차 레지 군을 한 수 위로 평가하고 있다구요."

"……."

흐으, 딴 건 다 몰라도 레이뮤 씨가 날 인정해 준다는 것에는 동의할 수 없는데. 그리고 슈아도 날 우습게보잖아. 그러면서 모두들 영웅으로 생각한다고? 못 믿겠어.

"레이뮤 씨가 총대장을 맡는 게 더 적합…… 하지 않겠군."

난 레이뮤를 총대장의 자리에 추천하려고 하다가 관두었다. 지금 레이뮤는 에크 트볼레시크의 저주에서 풀려나 평범한 사람으로 돌아왔는데 그런 그녀를 전장에 내보내기에는 마음이 편치 않았던 것이다. 그래서 난 다른 사람을 거론하기로 했다.

"음, 휴트로 씨라든지 유리시아드라든지 나보다 뛰어난 사람들이 많잖아."

"그 사람들이 총대장 자리를 맡을 것 같아요? 우리가 알고 있는 유명인들은 대부분 혼자서 떠돌아다니는 사람들이라구요. 많은 인원을 통솔하는 데는 적합하지가 않아요."

"나도 부적합하잖아. 통솔하는 거 해본 적도 없는데."

나 역시 휴트로나 유리시아드와 마찬가지라고 말했다. 그런데 슈아로에는 그렇게 생각하는 것 같지 않았다.

"적하고 싸울 때마다 레지 군이 우리들을 통솔했잖아요? 전과도 여러 번 올렸으면서."

"응? 내가? 레이뮤 씨나 유리시아드가 아니고?"

"그래요. 인정하기 싫지만 우리들이 적들과 싸울 때마다 싸움을 이끌었던 사람은 레지 군이라구요."

"……"

전혀 예상하지 못한 슈아로에의 말에 난 잠시 멍하니 앉아 있었다. 여태까지 내가 세운 작전으로 적을 물리치긴 했지만, 모두의 힘을 이용한 거라서 레이뮤나 슈아로에한테 높은 평가를 받기는 힘들 거라 생각했기 때문이다. 특히 슈아로에의 입으로부터 그런 말을 들은 게 더 놀라웠다.

"와…… 그랬구나."

"뭐가 '와…… 그랬구나' 예요? 생각이 있는 거예요, 없는 거예요?"

"별 생각 없었는데."

"그러니까 레지 군은 바보죠."

아무리 날 인정한다고 해도 슈아로에는 슈아로에였다. 하지만 날 추켜세우는 슈아로에보다 날 깎아내리는 슈아로에가 더 슈아로에다웠기 때문에 나로서는 안심이 되었다.

스르륵—

내가 슈아로에와 말을 주고받고 있을 때 도서실 문이 열리며 레이뮤가 안으로 들어왔다. 그런데 방문자는 레이뮤 혼자가 아니었다. 레이뮤를 따라서 붉은색의 아름다운 드레스를 입은 유리시아드가 같이 들어온 것이다. 마치 명망 높은 귀족 자제처럼 아름다운 드레스를 입고 화장까지 한 유리시아드의 모습을 보는 건 나의 명예 백작 수여식 이후 처음이었다.

"무슨 일이야?"

난 레이뮤를 제쳐 놓고 유리시아드에게 먼저 질문을 날렸다. 유리시아드는 여전히 무표정한 얼굴을 한 채 내 질문에 쌀쌀맞게 대답했다.

"그쪽에게 알려줄 게 있어서 왔어요."

"물론 용건이 있어서 왔겠지만, 왜 그런 차림으로 온 거야?"

"간단해요. 지금 나는 센트리노 제국의 케리만 공작의 신분으로 온 거니까요."

"……!"

난 유리시아드의 대답을 듣고 뜨끔했다. 자유기사 신분이라면 유리시아드에게 말을 놓아도 아무런 문제가 없지만, 공작 신분이라면 얘기가 달라진다. 신분상 그녀가 나보다 지위가 높기 때문이었다. 그래서 난 속으로 땀을 삐질삐질 흘리면서 일단 입을 다물었다. 그런 내 침묵이 무엇을 의미하는지 알아차린 유리시아드가 반가운 말을 했다.

"그냥 평소처럼 말해요. 난 그런 거에 신경 쓰지 않으니까요. 그리고 어차피 곧 있으면 위치도 똑같아질 테니 상관없어요."

"……?"

잉? 위치가 똑같아진다니? 문맥상 신분 얘기를 하는 거 같은데, 나와 유리시아드의 신분이 같아진다고? 신분이 같아지려면 내가 공작이 되거나 유리시아드가 백작으로 내려앉는 수밖에 없는데. 아니면 둘 다 평민으로 돌아가든가.

"위치가 같아진다니?"

난 곧바로 유리시아드에게 질문을 날렸고, 유리시아드는 즉답을 피한 채 내 맞은편에 앉았다. 그러자 레이뮤가 나와 유리시아드 사이에 앉았다. 테이블이 동그래서 슈아로에까지 포함한 우리 4명은 서로의 얼굴을 보면서 마주 앉게 되었다.

"내가 여기 온 목적은 검은 천사에게 제안할 것이 있어서예요."

유리시아드가 가장 먼저 입을 열었다.

"현재 아이오 대륙의 바이오스 제국이 온 대륙을 상대로 선전포고를 했어요. 지리적 위치상 바이오스 제국의 첫 전쟁 상대는 우리 센트리노 제국이 될 수밖에 없어요. 그렇기 때문에 센트리노 제국에서는 각국에 지원을 요청하여 바이오스 제국 토벌대를 창설할 생각이에요. 예전에 윈도우즈 연합 토벌 전쟁을 성공적으로 수행했기 때문에 각국에서도 신뢰를 보내고 있어요."

흐음, 그렇군. 근데 센트리노 제국 혼자서 바이오스 제국의 침공을 막을 수는 없나? 하긴, 설령 막을 수 있다고 하더라도 자기네들 힘으로만 전쟁을 치르면 피해가 막심하니까 다른 국가에게 지원을 요청한 거겠지. 바이오스 제국이 전 대륙을 장악하겠다고 선전포고를 했으니 다른 국가도 가만히 있을 수는 없을 테니까.

"바이오스 제국의 총병력은 약 10만 정도로 추산되고 있어요. 그에 대항하기 위해 우리 센트리노 제국에서 1만, 에이티아이 제국에서 7천, 엔비디아 제국에서 7천, 매트록스 왕국에서 3천, 에이엠디 제국에서 5천, 인텔 제국에서 5천, 총 3만 7천의 병사를 모았어요."

헉, 3만 7천? 바이오스 제국 병력이 10만이라고 했잖아! 절반도 안 되는데? 그걸로 어떻게 싸워?

"3만 7천으로 10만을 상대하라고?"

난 내가 잘못 들었기를 바라며 반문했다. 그러나 돌아온 대답은 절망적이었다.

"3만 7천이 다예요. 그래도 커널 소유자인 검은 천사가 있기 때문에 충분히 대적 가능하다고 보고 있어요. 물론 사람들의 생각이 그렇다는 것뿐이지만."

"……."

흐으, 한마디로 나보고 부족한 인원수만큼 싸우라는 거잖아. 이 인간들이 날 혹사시키려고 작정했나? 나 열 받으면 아군, 적군 안 가리고 다 쓸어버린다?

"지금 그쪽은 선택권이 없어요. 그쪽이 싫다고 하면 내가 공작이라는 지위로 그쪽에게 명령을 내릴 거니까요. 내가 황제 대리로 온 이상, 내 명령을 거부하는 건 센트리노 제국의 모든 귀족들을 적으로 돌리겠다는 뜻이에요."

"……."

흐으, 그래도 센트리노 제국 백성들은 나의 적이 안 되는

군. 하긴, 백성들이 뭐 아쉬울 게 있다고 날 적으로 돌리겠어. 귀족들 간의 힘 싸움인데 말이지. 흐음, 난 원래 누가 강요하면 거꾸로 나가는 성격이긴 한데…… 어차피 바이오스와 싸워야 한다는 이유가 있으니 유리시아드의 말대로 해야겠다. 그럼, 그럼. 난 절대 유리시아드의 보복이 두려워서 제안을 받아들이는 게 아니야.

"알았어. 잘할 수 있을지 모르지만 바이오스 제국 토벌대 총대장 자리를 맡을게."

"현명한 선택이에요."

일단 유리시아드는 내 선택에 박수를 보냈다. 내가 제안을 거절할 경우를 대비해서 여러 가지 경우의 수를 준비한 것 같은데 내가 단박에 제안을 받아들여서 마음이 편해진 듯했다. 그런데 의외로 슈아로에가 내 결정에 반대했다.

"레지 군이 총대장이라니요! 그건 자살 행위나 마찬가지라구요!"

"정말 그렇게 생각해?"

슈아로에가 반대를 하자마자 유리시아드가 진지한 표정으로 슈아로에에게 반문을 했다. 난 그 질문을 듣고 슈아로에가 '당연하죠! 레지 군이 총대장이 되면 무모한 작전 운용으로 전멸할 거라구요!' 라고 말할 것이라 생각했다. 그런데 의외로 슈아로에는 유리시아드의 반문을 듣자마자 바로 꼬리를 내렸다. 단 한 마디의 반론도 하지 않는 슈아로에를 보고 내가 어리둥절해 있을 때 상황을 지켜보기만 하던 레이뮤가 입을 열었다.

"현 시점에서 총대장을 맡을 사람은 레지 군밖에 없어요. 대부분의 사람들이 검은 천사를 당대 최고의 영웅으로 생각하니까요. 그리고 실제로도 그렇구요."

"……."

흐으, 날 추켜세워 주는 건 좋은데 너무 띄워주는 거 아니야? 이거 부담스러워서 총대장을 해먹겠나. 실수 한 번 했다가는 욕을 바가지로 먹을 것 같은 느낌.

"이것으로 내 용건은 끝났어요. 구체적인 일정은 나중에 또 알려줄 거예요. 그때까지 실력을 더욱 늘려놓길 바라요."

유리시아드는 그 말을 끝으로 레이뮤와 슈아로에게 작별 인사를 하고 도서실을 나섰다. 손님이 왔으면 적어도 차 대접이라도 해야 하는데 그럴 시간도 주지 않고 바로 가는 것을 보면 일정이 바쁜 모양이었다.

흐으, 바이오스 제국 토벌대 총대장이라니……. 윈도우즈 연합 토벌군에서 해먹은 최고 직위는 마법 돌격대장이었는데 말이야. 나 같이 새파란 어린놈이 총대장을 해먹어도 되는 건가? 아니, 그전에 바이오스랑 싸우려면 String 제어 코드를 완성해야 하는데…… 으아! 걱정이 쌓여서 머리가 안 돌아가!

　　　　　*　　　　　*　　　　　*

　유리시아드가 돌아간 후 1개월이나 지났다. 난 하도 소식
이 없어서 바이오스 제국 토벌대 창설이 백지화된 줄 알았다.
그러나 불행히도 그런 사태는 일어나지 않았다. 센트리노 제
국 사베루트 황제로부터 공식적인 사절단이 파견되었던 것이
다.

　"또 보는군요."

　1개월 전과 마찬가지로 유리시아드는 붉은 드레스를 입은
채로 매지스트로를 방문했다. 단지 11월 말이라 날씨가 쌀쌀
해서 겉에 두툼한 외투를 입고 있다는 점이 1개월 전과 달라
진 점이었다. 그리고 1개월 전과 다른 점이 한 가지 더 있다
면, 이번에는 그녀 혼자 온 게 아니라 수십 명의 호위병이 같
이 따라왔다는 사실이었다. 물론 그 이유는 간단했다. 바이오
스 제국 토벌대 본부로 선정된 '나파'로 가는 동안 날 호위하
려는 것이다.

　"나 혼자 가는 거야?"

　난 모래 운동장에 준비되어 있는 마차를 보고 유리시아드
에게 그렇게 물었다. 마차가 1대밖에 없어서 그런 생각이 들
었던 것이다. 그런데 유리시아드로부터 들려온 대답은 의외
였다.

　"혼자 갈 수도 있고, 누군가와 같이 갈 수도 있어요. 일단

릴리가 같이 가는 건 확실하니까요."

흐음, 그렇군. 릴리가 없으면 난 있으나마나 한 존재니까 릴리는 반드시 데려가야지. 그럼 문제는 슈아, 레이뮤 씨, 리아로스인데…… 리아로스야 같이 가도 별 도움이 안 되고 괜히 신경만 쓰이니까 무조건 놔두고 가야 해. 그런데 슈아와 레이뮤 씨는… 내가 아직 String 제어 코드를 만들지 못해서 두 사람의 협조가 필요한데…… 그 두 사람이 응해주려나?

"슈아, 위험한 일이라서 좀 그렇지만 나하고 같이……."

"무슨 소리예요? 설마 날 떼놓고 혼자 간다는 건 아니겠죠?"

내가 말을 채 다 하기도 전에 슈아로에가 말을 끊었다. 그래도 다행인 점은 그녀가 애초에 날 따라오려고 생각했다는 점이었다. 일단 슈아로에 문제는 해결되어서 난 시선을 레이뮤에게로 돌렸다. 그런데 레이뮤는 내가 뭐라 말하기도 전에 먼저 자신의 의견을 말했다.

"바이오스는 레지 군을 표적으로 삼았어요. 레지 군은 내가 운영하고 있는 검은 천사 용병단의 단장이니 바이오스는 나의 적입니다. 적을 그냥 두면 안 되지요."

"……학교는 어쩌려구요?"

"학교장이 없어도 학교는 잘 돌아가요."

"……."

흐으, 그건 평소에 레이뮤 씨가 학교 일에 소홀하다는 점을 인정한다는 겁니까?

"뭐, 아무튼 나하고 릴리, 슈아, 레이뮤 씨가 같이 가게 됐어."

난 결과를 유리시아드에게 보고했다. 그런데 유리시아드는 애초에 이렇게 될 걸 알고 있었다는 듯이 표정 하나 바꾸지 않고 말했다.

"그럼 어서 출발할 준비를 해요. 시간이 없으니까."

"어, 알았어."

유리시아드의 명령 아닌 명령에 난 코드 개발을 위한 코드 모음집을 하나 들고 네 여인을 대동한 채 마차에 올라탔다. 마차 1대에 5명이 타는 건 조금 비좁은 감이 있었지만, 내가 양쪽에 몸집 작은 릴리와 슈아로에를 앉힘으로써 자리 문제는 무난히 해결되었다.

덜컹덜컹—

매지스트로에서 나파까지 가는 데는 꼬박 한 달이 걸렸다. 식사는 숙소 문제는 유리시아드가 전부 해결해 주었기 때문에 난 슈아로에, 레이뮤와 함께 코드 개발에만 전념할 수 있었다. 그리하여 나파에 도착했을 때에는 String 제어 코드의 기본 틀을 완성하고 세부 작업만 남겨놓은 상태였다.

흐으, 힘들어. 그런데 이상하게 매지스트로 도서실에서 작업하는 것보다 밖에 나와서 틈틈이 코드 개발하는 게 더 효율적이야. 이건 아무래도 집에서 공부하는 게 잘 안 되는 것하고 비슷한 이유겠지? 결국 마음가짐의 차이인 건가.

"다 왔으니 내려요."

나파에 도착하자마자 유리시아드는 날 떠밀 듯이 마차에서 몰아냈다. 난 왜 유리시아드가 날 먼저 내보내려는지 이해하지 못했으나 마차 밖으로 나오자마자 그 이유를 알게 되었다. 마차 밖에는 무려 70명이 넘는 사람들이 나파 성의 성문 앞에 줄줄이 서 있었던 것이다. 그들의 옷차림이나 기품을 보면 꽤나 높은 지위의 인간들이었는데, 그런 인간들이 마차에서 내리는 날 뚫어져라 쳐다보고 있으니 당황하지 않을 수 없었다.

"어서 오십시오, 검은 천사 총대장."

70명 이상의 인원 중에서 가장 나이가 많아 보이는 한 할아버지가 대표 격인 듯 입을 열었다. 중장갑이나 무기를 들고 있지 않은 걸로 봐서는 마법사가 틀림없었다. 아니, 마법사였다. 그의 몸으로부터 6서클에 해당하는 마나 파장이 흘러나오고 있었으니까.

"처음 뵙겠습니다. 검은 천사 레지스트리입니다."

난 일단 여기 있는 사람들을 하나도 모르기 때문에 먼저 내 소개부터 했다. 하지만 솔직히 내 소개를 그들에게 할 필요는 없었다. 그 누구도 나처럼 올 블랙 컨셉의 옷을 입고 있지 않아서 내가 검은 천사라는 걸 누구나 알 수 있었기 때문이다.

"반갑습니다, 검은 천사 총대장!"

내 소개가 끝나는 것과 동시에 성문 앞에 모여 있는 사람들이 일제히 나에게 인사를 했다. 마치 연습이라도 한 그 모습에 난 잠깐 군대 생각이 나서 안타까웠지만, 어쨌든 가벼운 목례로 인사를 대신했다.

"우선 안으로 드시지요."

마법사 할아버지는 새파랗게 어린 나에게 꼬박꼬박 존댓말을 하며 우리들을 성안으로 데려갔다. 성으로 들어가는 우리 뒤로 70명 이상의 인간들이 줄줄이 따라 들어오는 모습은 어딜 가서 쉽게 볼 수 있는 광경이 아니었다.

흐으, 그런데 왜 이 추운 날에 밖에서 기다리고 있었던 거야? 밖에 있다가 적의 공격이라도 받으면…… 하긴, 바이오스 제국하고 나파 성하고 좀 떨어져 있으니까 공격받을 이유는 없지. 그리고 모두 실력자들이라서 호락호락하게 당하지도 않을 테고. 어쨌든 나 하나 마중하려고 70명이나 대기해 있다니 기분이 참 묘하군. 대체 얼마나 기다렸던 걸까? 추위에 벌벌 떨면서 말이야. 불쌍해.

"본인은 마법 부대장입니다. 그리고 이쪽은 기마 부대장, 보병 부대장, 궁수 부대장, 창병 부대장, 보급 부대장입니다."

자신을 마법 부대장이라고 소개한 마법사 할아버지는 곁에 있는 사람들을 차례대로 지목했다. 내가 이름까지 기억하지 못할 것이라 생각하는 고마운 마음씨인지는 몰라도 이름까지 알려주지는 않았다. 사실 이름까지 들먹였다면 내가 기억하는 데 상당한 애로 사항이 꽃피었을 테지만, 직책과 얼굴만 기억하려고 하니 어느 정도 머릿속에 데이터를 저장할 수 있었다.

흐으, 난 원래 아이큐가 한 자리 수라서 한꺼번에 여러 사람을 소개받으면 한 명도 제대로 외우질 못해. 그래도 이번에는 부대장이라는 사람들이 각자 옷을 다르게 입어서 어느 정도 외우는 데 성공했어. 역시 사람은 시각적인 인지 능력이 발달되어 있다니까.

"여기까지 오시느라 피곤하실 테니 오늘은 푹 쉬십시오. 회의는 내일 아침 식사를 마치고 오전 10시경에 시작할 것입니다."

마법 부대장은 그렇게 말하고 70명이나 되는 인원들에게 해산 명령을 내렸다. 그러자 그들은 마치 훈련 잘된 병사들처럼 일사불란하게 자신의 부하들을 인솔하여 뿔뿔이 흩어졌다. 그 모습을 보니 마법 부대장이 총대장인 것 같은 느낌을 받았다. 굳이 내가 총대장이라는 자리를 맡을 필요가 없어 보였던 것이다.

"레지 군도 편히 쉬어요. 혼자서요."

슈아로에는 혼자서라는 말을 강조하며 릴리를 데리고 사라졌다. 레이뮤와 유리시아드도 각자 시녀들을 따라 방으로 돌아갔다. 나 역시 내 인솔 담당인 시녀의 뒤를 따라 배정받은 방으로 향했다. 난 방으로 들어가자마자 침대에 누워서 퍼질러 잤다. 아직 저녁도 되지 않아서 잠을 잘 만한 시각은 아니었지만 피곤한 느낌이 들어서 무조건 잤다.

다음날, 마법 부대장이 말했던 대로 우리들은 아침 식사를 마치고 오전 10시에 작전회의실에 모였다. 작전회의실에 있는 사람은 나, 릴리, 레이뮤, 슈아로에, 유리시아드, 그리고 각 부대장 6명, 총 11명이었다. 앞으로 이 인원을 가지고 작전을 세워야 하는 것이다.

"우선 각 부대 현황을 보고하겠습니다."

먼저 입을 연 것은 마법 부대장이었다.

"마법 부대는 10개 마법 대대로 구성되었고, 각 대대당 500명의 인원이 배정되어 있습니다."

마법 부대장 다음으로 기마 부대장이 입을 열었다.

"기마 부대는 총 14개의 대대로 이루어져 있고, 각 대대당 500명입니다."

그 뒤를 이어 보병 부대장, 궁수 부대장, 보급 부대장, 창병 부대장이 차례로 부대 현황을 알렸다. 일단 총병력 3만 7천 중에 기마병 7천, 보병 1만 5천, 궁수 3천, 마법사 5천, 창병 5천, 보급병 2천, 이런 식이었다. 10만으로 추정되는 바이오스 병력과 비교하면 턱없이 부족한 숫자였다.

"현재 각 부대는 일단 임의적으로 근처 성에 대기 중입니다."

"명령만 내리시면 언제라도 출정할 수 있습니다."

마법 부대장의 말에 이어 기마 부대장이 자신만만한 어조로 입을 열었다. 하지만 난 내가 먼저 바이오스를 공격할 생각은 쥐꼬리의 털만큼도 없었다. 가뜩이나 인원도 없는데 선제공격을 하면 100%의 확률로 지기 때문이었다.

"혹시 바이오스 제국의 침략 루트를 알고 있습니까?"

난 먼저 부대장들을 둘러보며 물음을 던졌다. 내 물음에 대답을 한 사람은 보병 부대장이었다.

"아이오 대륙과 모바일 대륙 사이에는 '슬롯 산맥'이라는 거대한 산맥이 있어서 바이오스 병사들이 이리로 넘어오기 위해서는 '피시아이'나 '익스프레스' 성을 지날 수밖에 없습니다."

"그럼 두 성은 서로 멀리 떨어져 있나요?"

"마차로 약 이틀 정도 걸리는 거리입니다. 만약 어느 한쪽에만 병력을 배치시키면 바이오스 제국 병력과 마주칠 확률은 50대 50일 것입니다."

보병 부대장의 말은 결국 우리의 병력을 둘로 쪼개서 각각 성 하나씩을 맡아야만 한다는 뜻이었다. 그렇게 하지 않으면 센트리노 제국 내로 바이오스 제국의 침입을 쉽게 허용할 수 있기 때문이었다. 그러나 그것은 우리 쪽 병력 숫자가 적어서 병력을 둘로 쪼갤 경우 바이오스 제국의 공격을 막아내기가 쉽지 않다는 치명적인 약점을 가지고 있었다.

흐으, 가능하면 바이오스 녀석이 두 개의 성 중에 어느 쪽으로 공격을 들어올지 알아내야 하는데…… 적지에 스파이라도 심어놓지 않는 이상 그걸 알아내는 건 힘들어. 그렇다면 방법은 하나. 바이오스 녀석이 특정 성으로 쳐들어오게 하는 것뿐.

"만약 '검은 천사가 익스프레스 성에서 바이오스 제국의 공격을 막아낼 준비를 하고 있다' 라는 소문을 흘리면 바이오스 제국은 어떻게 움직일 거라 생각합니까?"

난 회의실 내의 사람들을 둘러보며 질문을 날렸다. 모두들 섣불리 대답을 하지 못하고 망설이고 있을 때 레이뮤가 제일 먼저 입을 열었다.

"보통 그런 소문이 돌면 검은 천사가 없는 피시아이 성을 공격하겠지요. 하지만……"

레이뮤는 잠시 말을 끊었다. 그렇게 모두의 시선을 집중시킨 그녀는 곧바로 말을 이어나갔다.

"바이오스 황제의 목적은 검은 천사를 쓰러뜨려서 명실상부한 메인보드 대륙의 지배자가 되는 거예요. 그런 그의 호전적인 성격으로 미루어보면 바이오스 제국은 검은 천사가 있다는 익스프레스 성을 먼저 공격할 가능성이 높아요."

"……"

레이뮤의 말도 결국 확률이 50%였기 때문에 그 누구도 찬성이나 반대의 말을 하지 않았다. 그러다가 가장 나이가 많은 마법 부대장이 입을 열었다.

"아무리 바이오스 황제가 호전적이라 해도 모든 병력이 집중되어 있는 곳을 먼저 공격하리라고는 생각하지 않습니다. 공성은 수성보다 몇 배의 병력이 필요한 법. 그것을 알면서도 적의 주력 부대와 공성전을 하여 자신의 병력을 소진할 지휘관이 존재할 것인지."

"……."

마법 부대장의 얘기는 상식적으로 생각해 보았을 때 지극히 옳은 말이었기 때문에 누구도 반대 의사를 표명하지 않았다. 그러나 이러한 분위기는 내가 원하는 기류가 아니어서 난 즉각 내 의견을 말했다.

"바이오스 황제는 분명 내가 주둔하고 있는 성으로 쳐들어올 것입니다."

"왜 그렇게 생각하십니까?"

마법 부대장은 마치 내 능력을 시험하는 듯한 질문을 던졌다. 그래서 난 내 생각을 알려주었다.

"바이오스 황제가 나와 싸우고 싶어 하기 때문에 분명 나와의 정면 대결을 펼칠 것입니다. 설령 그것이 아니더라도 내가 한쪽 성만 지키고 있다는 소문을 들으면 내가 있는 성으로 올 게 틀림없습니다. 우리가 적의 움직임을 모르듯이 적도 우리의 움직임을 모르니까, 적의 입장에서 봤을 때 내가 한쪽 성만 지키고 있다는 소문의 진위 여부를 알 방법이 없습니다. 우연히 소문이 흘러나온 것인지, 우리가 인위적으로 흘려보낸 소문인지 적들도 모른다는 뜻이죠."

"그렇겠지요."

일단 마법 부대장은 내 말에 맞장구를 쳐주었다. 그러나 내 의견까지 동의하지는 않았다.

"하지만 그렇다고 적이 우리가 있는 성으로 온다는 근거는 없지 않습니까?"

"적의 입장에서 생각해 보죠. 만약 우리가 병력을 둘로 나누어서 피시아이 성과 익스프레스 성을 동시에 지킬 경우입니다. 적의 병력이 우리보다 월등히 많기 때문에 우리가 병력을 둘로 나누면 적이 고마워할 것입니다. 두 성 중 아무 성이나 쳐도 이길 확률이 높아지니까요."

"흐음……."

"이번에는 내가 익스프레스 성에만 병력을 배치시켰다는 소문을 흘렸을 경우입니다. 적이 그 소문을 사실이라고 생각할 경우에는 내가 없는 피시아이 성을 칠 겁니다. 하지만 소문이 거짓일 경우, 예상 못한 상황에서 우리의 주력 병력과 싸워야 합니다. 우리가 없을 것이라 생각하고 쳐들어왔는데 우리가 있다면 적의 기분이 어떻겠습니까? 차라리 우리가 있다고 생각하다가 맞부딪치는 편이 자기네들 사기 진작에 도움이 되겠죠."

"흐음……."

마법 부대장은 뭐라고 반박을 하지 못하고 애매한 신음 소리만 냈다. 그래서 난 쐐기를 박는 말을 꺼냈다.

"적이 내가 있는 익스프레스 성으로 공격하고자 결정하면 여러 가지 유리한 점이 많습니다. 일단 우리가 주력 병력을 둘로 나누었을 경우에는 쉽게 익스프레스 성을 함락시킬 수 있죠. 그리고 소문이 사실이 아닐 경우에는 아주 쉽게 익스프레스 성을 통해서 센트리노 제국 내로 침범할 수 있습니다. 또한 소문이 사실이라서 우리와 맞서 싸우게 된다고 하더라도 이미 자국 병사들에게 '우리는 이제부터 적의 주력과 정면 대결을 한다! 마음가짐을 단단히 하도록!' 이라고 독려한 상태에서 쳐들어오는 것이니 전투력이 크게 줄어들지는 않을 겁니다. 어차피 싸워야 할 적이니까요. 게다가 호전적인 바이오스 황제의 성격도 크게 작용을 할 것입니다. 여러 가지 정황을 미루어 볼 때 바이오스 제국은 내가 주둔해 있는 성으로 쳐들어 올 게 확실합니다."

난 일부러 어조를 강하게 해서 내 의견을 말했다. 원래 지도자는 설령 잘못된 것이라고 해도 강하게 밀어붙여야 할 필요가 있기 때문에 나 역시 강하게 나간 것이다. 문제는 나 스스로 말은 그렇게 했지만 내 말이 100%라고 장담은 할 수 없어서 불안한 마음을 가지고 있다는 점이었다.

"……."

내 의견 발표가 끝났음에도 누구 하나 옳다 그르다는 논쟁을 하지 않았다. 사실 바이오스 제국이 내가 없는 성을 친다고 해도 바이오스가 자국의 병사들에게 '적이 흘린 소문은 거짓이다. 우리는 이제부터 적과 정면 대결을 할 것이니 각오 단단히 해라!' 라고 하면 내가 있는 성이든 아니든 사기 저하 없이 충분히 싸움이 된다. 한마디로, 내가 말한 내용 역시 확률이 반반이라는 소리였다.

"알겠습니다. 본인은 총대장의 의견을 따르겠습니다."

먼저 입을 연 사람은 마법 부대장이었는데, 놀랍게도 내 의견을 따르겠다고 말해주었다. 부대장의 대표 격인 마법 부대장이 긍정의 뜻을 표시하자 나머지 부대장들도 찬성 쪽으로 급격히 기울었다.

"본인도 총대장의 의견을 따르겠습니다."

어차피 슈아로에와 릴리는 들러리이고, 레이뮤는 애초에 내 의견에 반대할 생각이 없었기 때문에 결국 만장일치로 한 성에 주력 병력을 집결시키는 것으로 의견 일치를 보았다. 그러자 남은 문제는 피시아이 성과 익스프레스 성 중 어떤 성에 주둔할 것이냐였다. 작전회의실에 있는 모두가 그 결정권을 나에게 넘기려는 듯이 내 얼굴만 쳐다보았다. 이미 두 성의 이름을 들었을 때 어디를 주둔지로 할 것인지 결정했기에 난 모두를 둘러보며 선언했다.

"우리는 익스프레스 성에서 적을 맞이할 것입니다."

일단 성이 결정되었지만 그게 어떤 기준에 의해서 정해진 것인지 그들은 알지 못했다. 그래서 난 그들에게 그 이유를 당당히 알려주었다.

"바이오스를 특급 익스프레스 편으로 안드로메다 저 멀리까지 관광을 보내기 위해서입니다!"

"……?"

내 말을 듣자마자 모두의 얼굴에 무수히 많은 수의 물음표가 떠오르기 시작했다. 그들의 상식으로는 도저히 이해할 수 없는 말이기 때문이었다. '특급 익스프레스 편', '안드로메다', '관광'이라는 말의 개념 자체가 존재하지 않으니 그건 당연한 반응이었다. 물론 말의 의미를 알고 있더라도 특이한 용도로 쓰이는 말들이라 그 속뜻을 파악하는 건 인터넷을 많이 하는 사람이 아니면 어려운 일이었다.

"별 의미는 없습니다. 그냥 익스프레스라는 성의 이름이 마음에 들어서일 뿐입니다."

"아, 그렇습니까."

이어진 내 설명을 듣고 나서야 사람들은 얼굴 표정에서 물음표를 지웠다. 물론 단순히 이름 때문에 주둔지를 결정했다는 내 말에 꽤나 실망한 듯했다. 총대장이라는 인간이 별 생각 없이 행동하는 듯 보이기 때문이었다. 어쨌든 그렇게 해서 익스프레스 성에서 주둔하는 계획을 실행에 옮기기로 했다.

*　　　*　　　*

나파 성에서 익스프레스 성까지 이동하는 데 보름이 흘렀다. 그동안 바이오스 제국에서 특별한 움직임은 감지되지 않았다. 아니, 사실 알 수가 없었다. 아이오 대륙과 모바일 대륙이 슬롯 산맥이라는 거대한 산맥에 가로막혀 있어서 정찰하는 것도 쉽지 않았기 때문이다. 그래서 우리는 익스프레스 성과 피시아이 성을 왕래하면서 우리의 주둔지가 어디인지 모르게 적을 교란시키고자 했다. 하지만 보급 부대가 물품을 가지고 올 때마다 주로 익스프레스 성으로 오고 있었기 때문에 조금만 관찰한다면 우리의 주둔지가 익스프레스 성이라는 것쯤은 쉽게 알 수 있었다.

　"정말 바이오스가 이곳으로 쳐들어오리라 생각해요?"

　내가 작전회의실 창을 통해 성 내 연병장에서 훈련을 하고 있는 보병들을 쳐다보고 있을 때 경장갑 차림의 유리시아드가 가까이 다가와 그렇게 물었다. 작전 회의 시간이 되기 전이라 회의실 내에는 나와 유리시아드뿐이었다. 보통 밑의 사람들이 회의 시작 전에 미리 모여 있다가 우두머리가 나중에 등장해야 뭔가 있어 보였지만, 윗대가리 생활에 익숙하지 않은 나는 다른 사람들보다 일찍 나와 버렸다.

　"그동안 그 문제에 대해서 생각해 봤는데……."

　난 여전히 시선을 연병장 쪽에 두고 말했다.

　"바이오스는 어차피 우리하고 싸워야 하잖아. 만약 우리가 없는 성을 통해 센트리노 제국으로 쳐들어간다고 하면, 나중에 센트리노 제국 내에서 우리의 주력 병력과 싸우게 되겠지. 한마디로 우리한테 뒤를 잡히게 되는 형국이고. 앞에 있는 적하고만 싸우는 거하고 앞뒤에 있는 적 모두하고 싸우는 걸 비교해 보면 차라리 미리 우리를 공격하는 게 낫지."

"그렇군요."

"게다가 바이오스도 자기네 나라 가까이에서 먼저 큰 전투를 벌이는 게 낫지 않을까? 자기네 국경 가까이에서 싸울 때에는 물자라든지 식량 보급을 받기가 더 수월하잖아. 그러니까 바이오스가 설령 피시아이 성을 먼저 친다고 하더라도 바로 센트리노 제국으로 들어가지 않고 우리를 제거하기 위해서 익스프레스 성을 공격할 거야. 병력을 손실해 가면서 센트리노 제국 내에서 우리랑 싸우는 것보다 병력 손실이 없는 상태에서 우리랑 싸우는 게 훨씬 나을 테니까."

"그렇군요."

유리시아드는 내가 말을 할 때마다 동의를 했다. 하지만 반응이 너무 약한 동의라서 난 그녀가 정말 진심으로 그렇게 생각하는지 아닌지 알 수가 없었다.

"유리시아드, 아니, 군수참모지."

"지금은 공석이 아니고 사석이에요."

"아, 그렇군. 아무튼 유리시아드도 내 생각이 맞다고 생각해?"

난 군수참모 유리시아드에게 물음을 던졌다. 그러자 유리시아드는 표정의 변화 없이 무덤덤한 어조로 입을 놀렸다.

"생각없이 있을 줄 알았는데 의외로 생각하며 살고 있었군요. 놀랐어요."

"……."

흐으, 그거 칭찬이야, 욕이야? 놀랐다면서 놀란 표정도 안 짓는데 내가 그 말을 믿으라고?

"아무튼 오늘은 특별한 보고가 있으니까 긴장해요."

"……?"

유리시아드가 갑자기 그런 말을 해서 난 어리둥절했다. 익스프레스 성에 와서 작전 회의를 대여섯 번 정도 했지만 주로 부대 현황이나 일정 등을 보고받는 따분한 것이었는데, 오늘은 특별한 보고가 있다니 긴장이 되었다. 특별한 보고를 받고 내가 어떤 결단을 내려야 하는 건 아닐까 하는 걱정이 들었기 때문이다.

"안녕하십니까, 총대장."

작전 회의 시간이 다가오자 각 부대장들이 속속 작전회의실에 모여들기 시작했다. 가장 늦게 도착한 슈아로에와 릴리가 자리에 앉는 것을 기다려 회의를 시작했다. 참고로 유리시아드는 군수참모, 레이뮤는 작전참모, 슈아로에는 작전참모 보좌관, 릴리는 총대장 보좌관이라는 직위를 가지고 있었다.

"······이상입니다."

보급 부대장의 보고를 끝으로 일반적인 상황 보고가 끝났다. 보통 때라면 회의가 종결되었겠지만, 유리시아드가 지금까지와는 다른 보고를 했다.

"총대장님, 새로운 인원과 군수물자가 들어올 예정입니다."

"······?"

잉? 새로운 인원? 병력이라고 하지 않는 걸 보니 사람 수가 적은가 보지? 그리고 웬 군수물자? 무기라면 지금 갖고 있는 걸로도 부족하지는 않을 텐데?

"나그네검객 휴트로, 소성녀 네리안느, 노스브릿지 산맥의 엘프 리엔과 리에네, 사우스브릿지 산맥의 드워프 쿠탈파 일족 10명이 새로 합류할 예정입니다. 이틀 뒤에 모두 도착할 것이라는 보고가 들어왔습니다."

"······!"

유리시아드의 보고는 전혀 예상하지 못한 것이었다. 나와 몇 번 생사고락을 같이했던 사람들이 모두 온다는 사실에 놀라 버렸다. 물론 바이오스가 모든 대륙을 지배하겠다는 선언을 해서 모두들 그에 대항하려고 모이는 것이겠지만, 어쨌든 나로서는 반갑기 그지없었다.

"그리고 쿠탈파 일족이 투석기 1기, 석궁 2기, 방패 2점을 가지고 온다고 합니다."

유리시아드는 새로운 군수물자에 대해서 설명했다. 투석

기나 석궁은 그렇다 치고, 방패가 단순히 평범한 방패인지 아닌지 알 수가 없어서 난 그에 대해 물어보았다.

"방패라니?"

"잘 모르겠습니다. 쿠탈파 씨가 가지고 와서 보여주면 알 수 있겠지요."

"……."

흐으, 유리시아드도 쿠탈파 씨로부터 단순히 통보만 받은 모양이군. 쿠탈파 씨가 가지고 있던 무기도 요상했으니까 방패라는 것도 요상하지 않을까? 과연 쿠탈파 씨의 무기가 얼마나 도움이 되려나…… 페르키암을 잡을 때에는 하등의 도움도 안 됐는데 말이야.

……

유리시아드로부터 보고를 받은 지 이틀이 지나고 그들이 모두 익스프레스 성에 도착했다. 가장 빨리 도착한 사람은 원래 걸음이 빠른 리엔과 리에네였다.

"오랜만이네요."

오랜만에 와도 겉모습이 전혀 달라지지 않은 리엔과 리에네 남매를 보고 난 반가운 표정으로 마중을 나갔다. 리엔과 리에네는 여전히 감정을 읽을 수 없는 얼굴로 담담하게 입을 열었다.

"레지스트리의 힘이 되기 위해 왔습니다."

"본인도 마찬가지입니다."

"예, 고마워요."

흐으, 리엔과 리에네는 여전히 군대식 어투를 사용하는군. 역시 사람의, 아니, 엘프의 말투를 바꾸는 건 무리겠지? 어차피 두 사람은 이제 군대에 들어오는 거니 차라리 잘된 것인지도. 물론 이쪽 군대는 굳이 '다', '까' 만 쓸 필요는 없지만.

덜컹덜컹—

리엔과 리에네가 오전에 도착했고, 정오쯤에 마차를 탄 소성녀와 나그네검객이 모습을 드러냈다. 아마도 휴트로는 처음부터 네리안느와 같이 온 듯했다.

"잘 있었냐?"

휴트로는 날 보자마자 내 어깨를 툭, 치며 친한 척했다. 어차피 나는 휴트로부터 여러 가지 도움을 많이 받았기 때문에 아무리 총대장의 자리에 있더라도 휴트로에게 말을 놓거나 함부로 대하기는 싫었다.

"잘 지냈어요. 이렇게 와줘서 고맙습니다."

"뭘. 난 별로 오고 싶지 않았는데 네리안느가 온다고 해서 같이 따라온 것뿐이다."

휴트로는 마치 큰 선심을 쓰는 양 그렇게 말했다. 그사이 흰색의 두꺼운 외투를 입은 소성녀 네리안느가 마차에서 내려 내 앞에 섰다.

"건강해 보이는군요."

네리안느는 날 보자마자 그렇게 말했다. 그래도 그 말속에

'건강하지 않았으면 했는데 아쉽다' 라는 느낌이 없어서 나름대로 기뻤다. 훌륭한 치유 능력이나 버프 능력을 가지고 있는 그녀라서 합류가 반갑긴 했지만, 소성녀가 전쟁에 직접 참여하는 이유가 궁금해서 물어보았다.

"네리안느 씨는 왜 전쟁에 뛰어들려고 해요? 위험하잖아요."

"이 세상에 위험하지 않은 일이 어디 있겠어요. 단지 누군가 무엇을 해주길 바라는 것보다 나 스스로 뭔가를 해보고 싶을 뿐이에요."

"예⋯⋯."

흐으, 자기가 하고 싶다니 나로서는 할 말이 없군. 근데 굳이 일선에 뛰어들지 않아도 도움을 주는 방법은 많은데 말이지. 소성녀 정도의 인지도면 다른 사람들이 다 알아서 해준다고.

쿠르르르—

대략 오후 3시 정도가 되었을 때 내가 제일 기다리고 있었던 쿠탈파 일족이 도착했다. 쿠탈파와는 달랑 한 번밖에 보지 못한 내가 그를 기다린 이유는 매우 간단했다. 그가 가지고 온다는 군수물자, 그중에서 특히 방패라는 걸 보고 싶었기 때문이다.

"잘 있었냐? 얼마 만에 보는 거냐, 쿠하하!"

쿠탈파는 날 보자마자 내 등을 두들기며 호탕하게 웃었다.

본래는 내 어깨를 두드리려고 했지만 쿠탈파의 키가 작아서 내 등까지밖에 손이 닿지 않았던 것이다. 하도 오래전에 쿠탈파를 봐서 얼마 만인지조차 헤아릴 수 없어 난 즉시 화제를 돌렸다.

"그런데 뭘 가지고 온 거예요?"

내가 드워프 일족이 끌고 온 5미터 높이의 투석기를 가리키자 쿠탈파는 껄껄 웃으며 대답했다.

"돌을 얹어서 적을 공격할 수 있는 투석기다. 처음 보냐?"

"에…… 실제로 보는 건 처음인데…… 직접 만든 거예요?"

"그래, 사실 만든 건 내 동생이지만."

쿠탈파의 말을 들으며 살펴보니 투석기는 거의 석궁의 그것과 흡사하게 생겼다. 돌을 놓고 줄을 당겨서 고무줄의 반동을 이용해 돌을 날리는 식이었는데, 일단 겉으로 보기에는 견고한 듯했다. 그래도 이 투석기의 사정거리가 얼마인지는 감이 잡히지 않아서 직접 물어보았다.

"얼마나 멀리 나가요?"

"돌의 무게에 따라서 다르지만 보통 500미터는 족히 나간다."

"오……!"

흐으, 500미터나 나간다고? 생각보다 꽤 멀리 나가네? 근데 투석기는 공성 무기라서 수성하는 우리들에게 쓸모가 있을…… 하긴, 적이 공격해 올 때 적의 한복판에 투석기로 돌을 떨어뜨리면 되니까 쓸모있겠군.

"저 석궁은 사정거리가 얼마예요?"

난 다음으로 드워프 두 명이 들고 있는 석궁을 지목했다. 뼈대를 나무로 만들고, 그 위에 견고한 발사 장치를 얹은 것이라 꽤나 멀리 나갈 것 같았다.

"이거? 적어도 300미터는 나가지. 동생이 만든 걸작이니까."

"예……."

석궁을 구경한 다음, 난 제일 알고 싶은 물건을 찾았다. 그런데 아무리 둘러봐도 방패다운 방패가 보이지 않았다. 투석기를 6명이서 끌고 오고, 석궁 2기를 드워프 2명이서 가지고 왔으니 나머지 두 명, 쿠탈파와 다른 드워프 한 명이 방패를 각각 1점씩 가지고 있어야 했다. 그런데 쿠탈파는 원래 가지고 있던 이상한 곤봉 같은 무기와 이상한 갑옷 같은 것만 입고 있을 뿐이었고, 다른 드워프도 손에 들고 있는 게 없었다.

"쿠탈파 씨, 방패 2점을 가지고 온다고 하지 않았어요?"

궁금증을 참지 못한 나는 곧바로 쿠탈파에게 질문을 날렸다. 그러자 쿠탈파는 껄껄 웃으며 자신이 입고 있던 갑옷을 주먹으로 두드렸다.

"이거다."

"……?"

잉? 뭔 소리? 이거라면 쿠탈파 씨가 입고 있는 갑옷? 갑옷이 방패라고? 아니, 서로 방어라는 기본적인 속성은 같으니까 이해는 하겠는데, 그럴 거면 갑옷 2벌이라고 하지 왜 방패라고 한 거야?

"그게 왜 방패예요? 갑옷이잖아요."

난 곧바로 불만스런 말을 날렸다. 그런 날 보고 쿠탈파는 씨익, 하고 의미심장한 미소를 지었다.

"잘 봐라. 이게 갑옷이라는 생각을 못 할 테니까."

"······."

자신만만한 쿠탈파의 선언에 난 주의를 기울여 쿠탈파의 갑옷을 살펴보았다. 그가 입고 있는 갑옷은 흉갑 형태로 가슴과 등의 일부만을 가리는 것이었다. 팔목 부분에 방어구가 있는 걸 빼고는 나머지 부분이 전혀 방어가 되지 않아서 갑옷이라고 부르기에는 무리가 있었다.

"눈 크게 뜨고 봐라!"

이윽고 쿠탈파가 큰 소리를 치며 갑옷의 중앙 아랫부분을 손으로 쳤다. 그러자 갑자기 차창— 하는 소리와 함께 갑옷에 금이 가더니 분리된 철판들이 앞으로 튀어나가 방사형 모양을 이루며 쿠탈파의 머리와 가슴 부분을 가렸다. 갑옷이 원형의 방패가 될 때 가늘게 손잡이 부분이 형성되어서 방패처럼 손으로 잡아 몸을 이동할 수 있었다.

"어떠냐? 이 정도면 네 캐논 슈터인가 뭔가 하는 마법의 폭발에도 견딜 수 있어!"

쿠탈파는 꽤 견고해 보이는 듯한 갑옷 방패를 흔들며 득의 양양한 미소를 지었다. 페르키암을 잡을 때 캐논 슈터의 후폭풍에 죽을 뻔한 경험이 있어서 그걸 방지하기 위해 만든 방패인 듯했다. 잠깐 동안 방패 자랑으로 껄껄 웃던 쿠탈파는 다시 방패를 자신의 가슴에 세게 부딪쳤다. 그러자 마치 수갑이 채워지듯 방사형 방패가 여러 개의 철판으로 갈라지며 다시 원래대로 갑옷 형태가 되었다.

"필요에 따라 흉갑도 되고 방패도 된다. 놀랍지? 하나 줄까?"

"……아니요, 됐어요."

쿠탈파의 제의를 받고 난 잠깐 생각하다가 거절 의사를 밝혔다. 일단 갑옷 형태인 점이 별로였고, 방패가 있어봐야 실프의 마법 방어보다 약하다. 그리고 결정적으로 방패에서 갑옷으로 되돌릴 때 방패를 가슴에다 세게 부딪쳐야 하므로 상당히 아플 것 같아서 꺼려졌다.

"그래? 그럼 이거라도 받아라."

내가 방패 선물을 거절하자 쿠탈파는 다른 것을 주었다. 그것은 팔목 부분을 보호해 주는 방어구였는데, 손 부분은 방어가 되지 않는 것이었다. 일단 방어구가 철로 되어 있어서 꽤 무거워 보였다.

"이거 뭐예요?"

"무기다. 여기 아랫부분을 치면……."

탁!

쿠탈파는 설명을 하면서 방어구의 밑 부분을 가볍게 쳤다. 그러자 차창! 하는 소리가 나면서 방어구의 손목 부분에서 날카로운 칼날이 빠른 속도로 튀어나왔다. 만약 근거리에서 칼날을 맞는다면 중상을 입힐 수 있을 정도로 속도가 빠르고 위협적이었다.

"넌 무기가 없으니까 이거라도 써."

쿠탈파는 다시 방어구 밑 부분을 쳐서 칼날을 원래대로 되돌렸다. 그리고는 방어구를 내 팔에 채워주었다. 양쪽 팔에 모두 방어구를 채워주었는데, 생각보다 꽤나 무거웠다.

으윽, 무거워. 역시 드워프족의 기준으로 만들어진 거라 정말 무겁군. 이래 가지고는 제대로 싸우지도 못하겠는걸? 게다가 내가 갑옷을 입지 않아서 팔목 부분에만 방어구를 끼고 있는 것도 언밸런스하고.

"마음은 고맙지만 무거워서 써먹기는 어렵겠네요."

난 쿠탈파가 준 방어구인 척하는 무기를 다시 돌려주었다. 내 말에 쿠탈파는 어이없다는 표정을 지었다.

"이게 무거워? 남자가 돼 가지고 이것도 못 들다니, 그래가지고 어디 여자를 만족시킬 수나 있겠어?"

"……."

흐으, 여기서 왜 갑자기 그런 얘기가 나오는 거야? 무거운 거 드는 거하고 여자를 만족시키는 거하고는 전혀 별개의 문제…… 아니, 이런 생각을 할 때가 아니지.

"이 무기들은 드워프족이 직접 사용해 주세요."

난 쿠탈파가 가지고 온 무기들을 전부 드워프들이 사용하도록 지시를 내렸다. 이유는 간단했다. 그들이 가지고 온 무기가 대체적으로 무거운 편이라서 드워프들이 아니면 사용하기가 힘들기 때문이었다. 한마디로, 병사들이 그걸 사용하는 것보다 드워프들이 직접 사용하는 게 나을 것 같다고 판단한 것이다. 아무튼 그렇게 드워프 일족의 합류를 마지막으로 새로운 인원 합류는 끝이 났다.

제40장

전쟁의 시작

리엔과 리에네, 소성녀와 나그네검객, 드워프 일족까지 합류했지만 우리의 병력은 크게 달라진 게 없었다. 달라진 게 있다면 병사들의 사기였다. 유명인들이 줄줄이 참전을 하고 있으니 그들로서는 기분상 마음이 든든한 것이다.

"적이 쳐들어오고 있습니다!"

새로운 인원이 합류하고 3일 정도가 지났을 때, 정찰병으로부터 그러한 보고가 들어왔다. 어차피 바이오스가 쳐들어올 것은 알고 있어서 별로 놀랄 것도 없었지만 보고 내용이 의외였다.

"현재 1만 정도로 추산되는 마수 군단이 익스프레스 성으로 오고 있습니다!"

"......!"

잉? 1만의 마수 군단? 아니, 바이오스가 마수를 부리는 건 알고 있었지만 1만이라고? 윈도우즈 연합군 때는 달랑 천 마리였는데 어떻게 10배로 불어나냐? 그거 다 통솔하는 것도 장난이 아닐 텐데!

"게다가 마수들은 하나같이 중장갑을 입고 무기까지 들고 있습니다!"

정찰병이 가져온 정보는 절대 반가운 소식이 아니었다. 원래 마수는 다쳐도 개의치 않고 공격하는데 거기에 중장갑까지 입었다면, 그 저돌성은 누구도 따라갈 수 없을 것이기 때문이었다.

"지금 이 성에 어느 정도의 병력이 있습니까?"

정찰병의 보고를 받은 직후 유리시아드가 각 부대장에게 병력 현황을 물었다. 우리의 병력 총인원이 3만 7천이지만 익스프레스 성안에 그 인원을 모두 수용하는 건 불가능하기 때문에 근처 성과 마을에 분산시켜 놓은 상태였다.

"현재 성안에는 총병력의 절반만큼의 인원이 있습니다."

마법 부대장은 병력 상황을 매우 간단한 말로 끝마쳤다. 그 말을 듣고 유리시아드는 즉시 작전을 구상하기 시작했다.

"마수들은 아마도 정면에서 성문을 부수려고 달려들 것입니다. 그러니 우리들은 궁수를 앞세워 현 화살 보유량의 절반을 소모합니다. 그러면 적어도 마수 군단의 25%는 제거할 수 있을 것입니다. 그 후 소성녀의 빛의 노래를 음성 증폭 마법으로 증폭시켜 마수들의 움직임을 둔화시킨 다음, 기마 부대와 보병 부대가 출동하여 마수들을 처리합니다."

유리시아드의 작전은 나쁘지 않았다. 사실 나는 별 생각이 없었기 때문에 그냥 무조건 유리시아드가 하자는 대로 할 생각이었다. 어쨌든 그렇게 해서 우리들은 유리시아드의 제안대로 궁수 선공, 소성녀 노래, 기병과 보병 출격이라는 작전을 실행하였다.

댕— 댕— 댕—

우리들의 병력 배치를 끝내고 적의 공격에 대비하고 있을 때 우리 쪽에서 종소리가 울렸다. 그것은 적이 500미터 이내로 접근했다는 신호였다. 난 가장 신분이 높은 데도 불구하고 성벽의 가장 최전방에 섰다. 물론 옆에 실프, 릴리, 레이뮤, 슈아로에, 유리시아드, 소성녀, 휴트로, 리엔, 리에네가 모두 있었기 때문에 위험하다는 생각은 전혀 들지 않았다.

"……!"

난 마수들이 접근하는 것을 보고 크게 놀랐다. 일단 끝도 보이지 않는 마수들이 전부 중장갑을 착용하고 있는 데다가 무기도 다양하게 구비하고 있기 때문이었다. 또한 정찰병의 보고에는 없었던 투석기도 10여 대 이상 끌고 오고 있었다.

흐으…… 바이오스 녀석, 아주 돈이 썩어나는가 보구나. 일개 마수들에게 저렇게 돈을 쳐바르다니. 게다가 투석기까지 아주 그냥 돈으로 떡을 치셨구만. 큭, 이런 곳에서 빈부의 격차를 느끼게 되다니.

"궁병, 발사 준비!"

마수들이 먼저 투석기로 공격을 하기 전에 유리시아드가 궁수들에게 공격 준비 명령을 내렸다. 그리고 마수들이 300미터 이내로 접근했을 때, 마침내 발사 명령을 내렸다.

"일제히 발사!"

피잉— 핑—

사정거리가 투석기보다 훨씬 긴 화살들이 포물선을 그리며 마수들의 머리 위로 떨어졌다. 거의 화살이 빗발치듯이 쏟아져서 보기만 해도 무시무시한 광경이 연출되었다. 아무리 마수들이 단단한 중장갑을 입고 있다 하더라도 화살의 관통력을 막아낼 수는 없기 때문에 마수들로서도 절대 좋은 상황이 아니었다. 그럼에도 마수들은 쏟아지는 화살을 무시하고 있었다.

티잉—

우리들이 화살을 쏟아 붓고 있는 상황에서 마수들은 태연히 투석기로 돌을 발사하기 시작했다. 투석기 성능이 좋은지 돌이 날아오는 속도가 꽤나 위협적이었다. 저 돌에 제대로 맞으면 아무리 튼튼한 성벽이라도 위험해 보일 정도였다.

"레아실프."

돌이 날아오는 것을 보고 리에네가 레아실프를 소환했다. 소환된 레아실프는 별도의 명령이 없었지만 스스로 리에네의 의중을 읽고 날아오는 돌을 마수 진영으로 튕겨내었다. 레아실프가 확실히 훌륭한 정령이긴 하지만 혼자서 다양한 각도에서 날아오는 돌을 전부 막아내기는 힘들어 보여서 내 실프도 가세시켰다.

쿵— 쿵—!

나의 실프와 리에네의 레아실프가 콤비를 이루어 날아오는 모든 돌을 되돌려보냈다. 투석기를 이용한 공격이 전혀 실효성이 없자 마수들은 일제히 성문 쪽으로 내달리기 시작했다. 성문을 부수어서 성안으로 진입하겠다는 뜻이 명백했다. 문제는 투석기 공격이 계속되고 있는 데도 무작정 달려들고 있다는 점이었다. 자신들이 쏜 돌에 자기편이 맞는 경우가 생기는 건 전혀 신경 쓰지 않는 듯했다.

"마법대대 공격!"

마수들이 성문 바로 앞까지 달려오자 마법총대장이 마법사들에게 공격 명령을 내렸다. 이미 짜여 있는 작전대로 마법사들은 돌격하는 마수들의 중앙 부근에 파이어 볼을 난사했다. 파이어 볼을 성문 쪽에 날리다가는 성문까지 파괴될 우려가 있기 때문이었다.

콰앙— 쾅—!

파이어 볼의 폭발음이 여러 곳에서 터져 나왔지만 마수들의 저돌성은 무시무시했다. 바로 옆에서 동료가 폭발에 날아가거나 불길에 휩싸여 고통스러워해도 한 치의 망설임도 없이 성문 쪽으로 달려들었던 것이다.

"릴리, 체인 라이트닝 볼트!"

난 릴리에게 공격 명령을 내렸다. 이미 성문 앞까지 접근한 마수들에게 스플래쉬 데미지가 들어가는 폭발 마법 같은 걸 사용할 수는 없기 때문에 표적만 제거하는 라이트닝 볼트를 쓰도록 주문했다.

"Create space 천둥벼락, Mapping lightning, Create snap space target 1, …… Create snap space target 10, Animate snap."

릴리는 내 명령을 받자마자 매우 **빠른** 속도로 체인 라이트닝 볼트 마법을 코딩했다. 표적을 10개로 잡아서 마수 10마리가 연속적으로 번개에 맞아 쓰러졌다. 그러는 사이 다른 마수들이 성문 앞에 도착하여 가지고 있는 무기로 성문을 때려 부수기 시작했다.

쾅— 쾅—!

사람이라면 수백 번은 내려쳐야 금이 갈 성문이 마수들의 괴력 앞에 서서히 무너지기 시작했다. 내 실프는 투석기 공격을 막고 있고, 릴리는 체인 라이트닝 볼트로 10마리씩 마수들을 처리하고 있어서 난 딱히 공격할 방법이 없었다.

"적이 들어온다! 전투 준비!"

성문이 반쯤 파괴되자 기마 부대장과 보병 부대장, 창병 부대장이 병사들에게 전투 준비를 지시했다. 그에 따라 보병 1개 대대가 방패로 진을 구축했고, 그 뒤에 창병들이 섰다. 그리고 기병들은 방패진의 측면을 방어하는 형태로 자리를 잡았다. 성안이 그다지 넓지 않아서 기병들의 움직임이 제한되므로 보병과 창병 위주로 싸움을 해야만 했다.

쿠아아아!

콰앙!

마침내 마수들의 육탄 공격에 의해서 성문이 완전히 부서져 내렸다. 그리고 무수히 많은 마수들이 부서진 성문을 밟고 성안으로 침입해 들어왔다. 개중에는 갑옷이나 몸에 화살이 박혀 있는 채로 달려오는 마수들도 있어서 솔직히 두려움을 느끼게 했다.

흐으, 난 지금 성벽 위에 있어서 저 마수들과 직접 몸을 부딪쳐 싸울 일은 없지만 성에 있는 병사들은 무섭겠군. 어쨌거나 이제 마수들의 힘을 약화시키는 방법을 써야겠어. 그래야 싸움이 우리들에게 유리해지니까.

"네리안느 씨, 레이뮤 씨! 부탁해요!"

난 네리안느와 레이뮤에게 작전 지시를 내렸다. 그에 따라 레이뮤가 먼저 음성 증폭 마법을 코딩했고, 그 직후 네리안느가 빛의 노래를 부르기 시작했다.

"아무것도 보이지 않는 어둠 속에서 한줄기 빛이 되리라—

그 어떤 두려움도 고통도 내 앞에서는 한낱 먼지에 불과하리
니—"

증폭된 빛의 노래가 성안에 울려 퍼져서인지 마수들의 괴
성이나 병장기 부딪치는 소리가 나지 않았다. 그런데 빛의 노
래로 인해 둔해져야 할 마수들의 몸놀림에 변화가 일어나지
않았다. 마수들은 빛의 노래를 들으면서도 마치 귀가 먹은 양
아무렇지도 않게 우리 병사들과 전투를 벌이고 있었던 것이
다.

"아무래도 마수들의 귀에 뭔가를 장치한 것 같아요! 빛의
노래가 전혀 먹히지 않고 있어요!"

사태를 주시하던 슈아로에가 그렇게 소리쳤다. 그녀의 말
이 사실인지 아닌지 알 수 없었지만, 일단 빛의 노래가 씨알
도 먹히지 않는다는 건 사실이었기 때문에 난 네리안느의 노
래를 중지시켰다. 그리고 다른 노래를 주문했다.

"아군의 사기를 올려주는 노래를 불러주세요!"

"아, 네!"

내 주문을 받고 네리안느는 곧바로 버프 효과 노래를 부르기
시작했다. 마수들에게 타격을 줄 수 없다면 아군의 사기를 올
려주는 게 낫다고 판단해서 그렇게 지시한 것이었는데, 그것은
어느 정도 성공을 거두었다. 저돌적인 마수들의 공격에 주춤주
춤거렸던 아군 병사들이 용감하게 싸우기 시작한 것이다.

흐으, 용감하게 싸우는 건 좋은데 버프 효과 노래가 근력이

나 체력을 늘려주는 건 아니라서 결국 마수들에게 밀릴 텐데…… 나도 전투에 참가해야 하지만 실프와 릴리가 다른 마수들을 상대하고 있어서 나 혼자 싸우는 건 무섭……!

"우와아아!"

그때 갑자기 우렁찬 함성 소리와 함께 열 명의 드워프가 마수들의 적진 한가운데로 뛰어들었다. 그들이 가져온 투석기는 현 상황에서 전혀 도움이 안 되기 때문에 드워프들은 자신들이 가져온 무기를 가지고 마수들을 상대하기 시작했다. 그 중에서 석궁을 가지고 있는 드워프 두 명은 이리저리 이동하면서 화살을 쏘아 적을 맞히는 일류 테크닉을 보여주고 있었다. 하지만 그 어떤 드워프보다 쿠탈파 장로의 활약이 가장 빛났다. 그의 철 방망이가 한 번 휘둘러질 때마다 마수 두세 마리가 저만치 날아가 버렸기 때문이다.

"우와아!"

챙! 챙!

마수들과 힘에서 밀리지 않는 드워프의 가세는 아군에게 큰 힘이 되었다. 그러나 열 명의 드워프가 가세했다고 해서 상황이 우리에게 유리해진 것은 아니었다. 성 밖에서는 투석기 담당 마수들이 쉴 새 없이 돌을 날려 보내고 있었고, 마수들은 화살 세례, 마법 세례를 맞으면서도 저돌적으로 밀고 들어왔다. 마수들의 숫자와 아군의 숫자가 비슷하긴 하지만 체격과 근력상 육탄전을 하면 우리들의 피해가 클 수밖에 없었다.

"레아샐러맨더."

아군의 피해가 커지기 전에 리엔이 성벽에서 뛰어내려 전장에 가세했다. 그는 레아샐러맨더를 소환하여 마수들에게 불 공격을 가하기 시작했다. 인간과 마수의 체격 차이가 꽤 큰 데다가 원래 리엔은 피아 구별을 잘하기 때문에 그의 모든 공격은 마수들에게만 작렬하고 있었다.

"타앗!"

"하앗!"

리엔이 전장에 가세하자 휴트로와 유리시아드도 성벽 아래로 곧장 뛰어내렸다. 무공을 익힌 그들이라 10미터 높이의 성벽에서 뛰어내려도 아무렇지 않았다. 휴트로와 유리시아드는 각자 검을 뽑아 마수들을 베어 넘기기 시작했는데, 내공을 집어넣어서 그런지 그 파괴력과 속도는 상당했다.

"아……!"

모두들 전장에서 싸우고 있는 것을 보고 슈아로에는 발만 동동 굴렀다. 그도 그럴 것이, 전장은 이미 백병전이 되어버려서 광범위 공격 위주의 마법사는 나설 일이 없기 때문이었다. 즉, 나와 슈아로에는 성벽 위에서 할 일 없이 놀고 있었다.

흐으, 아무것도 안 하고 구경만 하려니까 양심이 엄청 찔리는걸? 아무리 내가 총대장이라지만 이렇게 두 손 놓고 있어도 되는 건가? 에이, 마수들이 투석기 공격만 안 하면 나도 실프를 데리고 전장에 뛰어들 수 있는데…… 아, 그렇군!

"리에네 씨! 잠깐 동안 적의 투석기 공격을 모두 막아줘요!"

난 레아실프를 소환하여 날아오는 돌을 튕겨내고 있는 리에네에게 그런 부탁을 했다. 내 실프와 공동 작업을 하다가 실프가 갑자기 빠져나가면 리에네의 부담이 그만큼 커질 수밖에 없었다. 그렇지만 리에네는 불평 한마디 없이 묵묵히 날아오는 돌들을 튕겨내었다.

"으다닷!"

난 리에네에게 투석 공격의 방어를 전부 맡겨놓고 과감하게 성벽 아래로 뛰어내렸다. 당연히 실프가 내 몸을 받쳐 주어 내 두 다리는 10미터 높이에서 뛰어내렸어도 멀쩡했다. 어쨌든 내가 뛰어내린 위치는 성의 가장자리라 마수들이 공격을 하지 않는 곳이었다.

"실프! 추진 마법을 부탁해!"

난 그렇게 소리치고 곧바로 파이어 볼을 코딩했다. 파이어 볼이 생성되어 날아가기 직전에 실프는 타이밍 좋게 추진 마법을 실행시켰고, 몇 번의 연속 폭발음과 함께 내 파이어 볼은 가속도를 얻어 빠르게 날아갔다. 내 파이어 볼이 날아간 위치는 마수들의 투석기가 몰려 있는 위치였다.

쿠아앙―!

파이어 볼이 적의 투석기 한 대와 충돌을 일으키자 거대한 폭발이 일대를 진동시켰다. 캐논 슈터에 의한 폭발이 그렇듯 그 위력은 투석기는 물론이고 돌격 대기를 하고 있던 마수들에게까지 영향을 미쳤다. 그리고 어김없이 사방으로 캐논 슈터 폭발의 후폭풍이 밀어닥쳤다.

쿠쿠쿠—

폭발 지점에 약간 거리가 있었고, 파이어 볼의 위력도 강하지 않아서 후폭풍은 생각보다 크지 않았다. 그러나 캐논 슈터 때문에 마수들이 패닉 상태에 빠진 것은 우리에게 유리하게 작용할 수 있었다. 문제는 캐논 슈터를 모르는 우리 아군들도 덩달아 당황하고 있다는 점이었다.

"당황하지 마라! 총대장의 마법이니까 걱정하지 말고 적을 쳐라!"

놀란 아군들을 진정시키기 위해 유리시아드가 목소리를 높여 상황 설명을 했다. 사실 전장에서 마수들을 베어 넘기고 있던 그녀로서는 내가 캐논 슈터를 쓴 것인지 아닌지 정확히 알 리 없었다. 그러나 캐논 슈터의 위력을 알고 있어서 방금 터진 폭발이 캐논 슈터에 의한 것임을 직감적으로 알아차린 것이었다.

"와아아!"

유리시아드의 노력 덕분인지 당황했던 아군들도 다시 전투에 집중하기 시작했다. 그것을 보고 나도 전장에 참여해야겠다는 생각이 들었다.

"가라, 실프!"

난 여전히 성의 측면 쪽에 서서 실프에게 공격 명령을 내렸다. 원래는 적진 한가운데로 달려가서 공격하는 게 아군의 사기도 높여주고 멋있기도 했지만, 괜히 호기롭게 들어갔다가 허무하게 죽기라도 하면 큰일이기에 그러지는 못하고 그냥 멀리서 실프만을 조종했다.

꾸에엑!

빗발치는 화살 세례도, 불똥 튀기는 파이어 볼 마법에도 저돌적인 공격을 했던 마수들이 캐논 슈터를 경험하자 제대로 당황하기 시작했다. 그것은 그들의 전투력에 큰 영향을 끼쳤고, 그때부터 전황은 우리들에게 매우 유리하게 흘러갔다. 사실 마수들과 그냥 싸워도 이기긴 이기는데, 지금 싸움은 아군의 피해를 최소화시키는 데 아주 좋았다.

……

마수들과의 전투가 개시된 지 4시간이 지났다. 전투는 이미 마무리 단계에 들어가서 저항하고 있는 마수들을 아군이 학살하는 수준까지 왔다. 처음 1시간 동안 실프를 이용해서 죽어라 마수들을 무찔렀던 나는 금방 정신력의 고갈을 느끼고 나머지 3시간을 작전회의실에서 유유자적하게 보내고 있었다.

"전투가 거의 종료된 지금, 아군의 피해는 2할 정도로 추정되고 있습니다. 익스프레스 성 병력의 2할이므로 전체 병력의 1할을 소모했다고 볼 수 있습니다."

마법 부대장은 작전회의실에서 놀고 있는 나에게 전체 병력 상황을 보고했다. 1만의 마수들과 맞붙어서 2천의 아군을 잃은 것은 그다지 나쁜 상황은 아니라고 할 수 있었다. 문제는 바이오스의 주 병력은 아직 출동하지도 않았다는 데에 있었다.

"이번 전투는 총대장의 활약이 가장 컸습니다!"

마법 부대장의 보고가 끝난 직후 갑자기 보병 부대장이 흥분한 얼굴로 날 칭찬하기 시작했다.

"총대장이 캐논 슈터를 사용하지 않았다면 아군은 더 큰 피해를 입었을 것입니다!"

"……."

흐으, 갑자기 왜 날 칭찬하고 그러시나. 난 캐논 슈터 한 번 쏜 후 1시간 동안 실프를 부려먹다가 지쳐서 무려 3시간 동안 쉬었는데?

"총대장의 캐논 슈터가 마수들의 사기를 꺾어서 우리가 전투를 유리하게 이끌 수 있었습니다."

기마 부대장은 약간 차분하면서도 약간 상기된 얼굴로 말문을 열었다. 기마 부대장의 말에 다른 부대장들도 동조하는 표정을 지었다. 그들은 모두 날 철썩같이 믿는 분위기를 연출하고 있었다.

크으, 남들이 날 믿는다는 건 좋은데 너무 기대가 큰 거 아니야? 아직 진짜 전쟁은 시작하지도 않았구만. 전초전에서 병력 1할을 잃은 게 잘한 건가? 잘한 건지 못한 건지 알 수가 없어.

"총대장은 쉬십시오. 나머지 뒤처리는 본인들이 하겠습니다."

각 부대장들은 그렇게 말하며 작전회의실을 빠져나갔다. 하지만 이미 3시간 동안 쉬었던 나에게 또 쉬라고 하니 기분이 묘했다. 마치 백수에게 편히 쉬어라라는 말을 들은 것 같은 기분이 들었기 때문이다.

"모두 수고하셨습니다."

난 작전회의실에 남아 있는 릴리, 슈아로에, 레이뮤, 유리시아드, 리엔, 리에네, 휴트로, 네리안느, 쿠탈파에게 노고를 치하하는 말을 던졌다. 사실 그 말을 하면서 난 그들이 '그런 너는 한 게 뭔데? 1시간 싸우고 3시간 쉬는 놈이 어디 있냐?'라고 반박할 것을 예상했다. 그런데 의외로 모두들 내 말을 곧이곧대로 받아들였다.

"수고했어요. 나와 스승님은 병력 지휘하러 갈게요."

유리시아드는 그렇게 말하며 휴트로와 함께 유유히 작전회의실을 나갔다. 4시간을 Full로 싸우고도 쉼없이 일하는 둘을 보니 참 존경스러웠다.

"본인들도 쉬러 가겠습니다."

유리시아드와 휴트로만큼이나 줄기차게 싸운 리엔과 리에

네도 나에게 인사를 하고 밖으로 나갔다. 보통 엘프는 호리호리해서 인간보다 체력이 약할 것이라 생각했는데, 원래 체력이 좋은 건지 싸우는 요령이 좋은 건지 4시간을 싸우고도 그다지 지친 기색을 보이지 않았다. 아니, 어쩌면 꽤 지쳐 있는데도 무표정해서 피로도를 알 수 없는 것인지도 몰랐다.

"엘프도 쉬니 나도 쉰다!"

리엔과 리에네가 나가자 쿠탈파가 그렇게 외치며 작전회의실을 나섰다. 그도 거의 4시간 동안 계속 싸웠음에도 별로 지친 것 같지 않았다. 물론 드워프의 강인한 이미지상 팔팔한 모습이 쿠탈파다웠다.

"우리들은 별로 한 게 없는 것 같군요."

그때 갑자기 레이뮤와 네리안느가 자조적인 발언을 했다. 아마도 레이뮤는 음성 증폭 마법만 쓰고, 네리안느는 버프 효과 노래만 불렀기 때문인 듯했다. 하지만 여기서 중요한 것은, 단순한 일이었지만 두 사람 다 그 짓을 전투가 끝나기 바로 직전까지 한시도 쉬지 않고 했다는 점이었다.

"두 분이 있었으니까 아군의 사기가 떨어지지 않았죠. 큰 공을 세웠잖아요."

난 레이뮤와 네리안느를 추켜세웠다. 그래서인지 두 사람의 표정이 조금 밝아졌다. 어쨌든 두 사람도 피로가 극심했기 때문에 나에게 인사를 한 후 바로 작전회의실을 빠져나갔다. 그렇게 해서 작전회의실에 남은 사람은 나, 릴리, 슈아로에까지 이렇게 3명뿐이었다.

"슈아도 쉬어."

슈아로에가 움직일 기미를 보이지 않아 난 그녀에게 휴식을 권했다. 하지만 슈아로에는 자리에 앉은 채 꿈쩍댈 생각조차 안 했다. 그녀가 왜 굳은 표정으로 앉아 있는지 알지 못한 나는 그저 멍하니 슈아로에만을 쳐다보았다. 잠시 후 슈아로에는 마치 나에게 도움을 요청하는 듯한 말을 꺼냈다.

"나…… 이 전쟁에서 도움이 되고 있나요?"

"……."

슈아로에의 질문의 요지는 간단했다. 이번 마수와의 전투에서 그녀는 거의 활약을 못해 좌절해 있다는 것이었다. 사실 근접 전투에 익숙하지 않은 슈아로에가 마수들과 백병전을 펼친다는 것은 불가능하고, 나 역시 실프라는 근접 전투 유닛이 없었다면 슈아로에와 마찬가지로 멀뚱히 전투를 쳐다만 봤을 것이다. 하지만 그렇다고 슈아로에가 전쟁에서 하등의 도움도 되지 않는다, 라는 말은 이치에 맞지 않았다.

"마수들은 저돌적으로 육탄 공격만 했으니까 슈아가 활약할 일이 없었어. 슈아뿐만 아니라 마법사들 전부가 이번 전투에서는 놀았잖아? 전쟁은 상황에 맞춰서 해야 한다고. 아무리 우수한 마법사를 보유하고 있어도 근접전에서는 마법사를 쓸 수 없는 것과 같은 이치. 그러니까 그런 생각 말아."

"……."

비록 말은 하지 않았지만 내 얘기를 들은 슈아로에의 표정이 한결 부드러워졌다. 그리고는 뭔가를 결심한 듯 결연한 표정을 지었다.

"나, 기회가 된다면 최선을 다할 거예요! 레지 군도 날 부려 먹어요!"

"……."

흐으, 슈아를 부려먹으라고? 그거야 쉽지만, 아직 성인도 안 된 미성년자를 부려먹으면 청소년 보호법에 저촉된다고. 게다가 슈아는 매트록스 왕국의 백작이 될 몸이니까 몸조심을 해야지. 슈아한테 무슨 일이 생겼다가는 슈아의 부모가 날 죽이려고 들걸?

"그럼 레지 군, 나도 쉴게요."

슈아로에는 그렇게 말하며 작전회의실을 빠져나가려고 했다. 하지만 문을 나서기 직전에 갑자기 날 쳐다보더니 의외의 말을 던졌다.

"오늘 레지 군의 활약, 대단했어요. 총대장다웠어요."

그러더니 휭하니 문을 닫고 밖으로 나가 버렸다. 전혀 예상 못한 슈아로에의 말에 난 대꾸도 못하고 멍하니 앉아 있을 수밖에 없었다.

흐으, 슈아가 나보고 총대장답다고 하다니…… 아니, 칭찬받는 건 좋은데 사실 나, 1시간 싸우고 3시간 놀았다니까? 그게 총대장다운 거야? 그럼 나, 다음엔 30분 싸우고 5시간 논다?

*   *   *

마수들의 공격이 있은 후 일주일이 흘렀다. 그동안 우리는 전열을 재정비하고 마수들의 시체를 치우느라 분주하게 지냈다. 물론 총대장인 나는 시체 처리 작업을 하지 않고 각 부대장들과 작전회의실에서 놀았다. 그런데 그렇게 지내던 와중에 정찰병으로부터 전혀 예상하지 못한 보고를 받게 되었다.

"지금 바이오스 군이 피시아이 성을 장악했습니다!"

"……!"

바이오스가 100%의 확률로 익스프레스 성을 공격하리라는 내 예상이 보기 좋게 빗나갔다. 바이오스가 익스프레스 성으로 1만의 마수 군단을 보냈다는 것은 내가 익스프레스 성에 있을 것이라 확신해서 그렇게 했다고 볼 수 있었다. 인간 지도자가 없는 마수 군단으로 성을 장악해 봤자 제대로 운영될 리가 없기 때문에 마수 군단은 우리 아군의 전력을 약화시키기 위한 전초전 수단인 것이다. 그럼에도 불구하고 바이오스 군이 익스프레스 성으로 곧장 오지 않고 피시아이 성을 먼저 장악했으니 그 의도를 파악하기가 힘들었다.

"아무래도 바이오스가 피시아이 성을 거점 삼아서 다음 행동을 취할 것 같군요."

작전참모 레이뮤가 자신의 의견을 밝혔다. 그 말을 듣고서 난 비로소 바이오스의 의도를 알 수 있었다.

바이오스의 전략은 이런 것이었다. 자신의 나라와 인접한 피시아이 성을 먼저 장악하여 보급로를 확보한 뒤, 익스프레스 성을 공략한다. 보급을 받으며 전투를 하게 되면 전투를 보다 수월하게 할 수 있기 때문에 바이오스는 피시아이 성을 먼저 점령한 것이다.

크으, 왜 난 거점 확보 생각을 못했을까. 그냥 곧바로 싸우는 것보다 거점을 확보하고 싸우면 훨씬 유리한데 말이야. 내 지식이 짧은 탓이지 누굴 탓하랴……

"우리로서는 익스프레스 성 주둔은 어쩔 수 없는 선택이라고 생각합니다. 두 성 중 하나는 바이오스에게 내줄 수밖에 없습니다. 중요한 건 바이오스 군의 공격을 막아내는 일입니다."

내가 자책을 하는 동안 유리시아드가 긍정적인 표현을 했다. 사실 그녀의 말대로 현재 우리의 전력으로는 익스프레스 성과 피시아이 성 둘 중 하나는 버릴 수밖에 없었다. 둘 다 지키려고 하다가는 둘 다 잃어버릴 게 뻔했으니 우리의 선택은 나쁘지 않다고 봐야 했다.

"전군에게 전투 준비 태세를 갖추라고 알리십시오. 바이오스 군은 언제라도 익스프레스 성을 공격해 올 것입니다."

난 일단 총대장이 할 수 있는 가장 빤한 말을 했다. 내가 특별히 작전 같은 걸 세울 능력이 없기 때문에 작전 구상은 참모들과 부대장들에게 맡겨 버렸다. 그리고 그들 역시 나에게서 뭔가 특출한 작전을 기대하지도 않았다.

뎅— 뎅— 뎅—

바이오스가 피시아이 성을 장악하고 이틀 뒤 오전 11시, 익스프레스 성의 종이 울렸다. 그것은 바이오스 군이 바로 근처까지 다가왔다는 비상 신호였다. 물론 비상 종소리가 나기 전에 바이오스 군의 진군 사실을 몇 시간 전에 파악한 각 부대장과 참모들은 작전 구상에 여념이 없었다.

"전군! 전투 준비!"

비상 종소리가 울리자마자 난 성내의 가장 높은 탑 꼭대기에 참모들과 서서 명령을 내렸다. 탑의 높이가 300미터를 넘기 때문에 육성으로 소리 지르면 밑의 사람들에게 들리지 않지만 릴리의 음성 증폭 마법의 도움으로 내 목소리를 모두에게 전달할 수 있었다.

뎅뎅뎅—

적군이 500미터 안에 들어왔다는 종소리가 급박하게 울렸다. 난 이미 탑에서 바이오스 군대의 행렬을 지켜보고 있었기에 굳이 종소리에 신경 쓸 필요는 없었다. 그러나 끝이 보이지 않는 바이오스 군대의 행렬과 급박한 종소리는 내 심장 고동 속도를 가속시키고 있었다.

둥둥둥둥―

가까이에 근접했을 때 바이오스 군에서 느닷없이 북소리가 울려 퍼지기 시작했다. 이 세계에 와서 북이란 것을 구경해 본 적이 없었기 때문에 들려오는 북소리가 꽤나 신선했다. 아마도 바이오스가 북을 어디선가 가져오거나 직접 만들어서 아군의 사기 진작에 쓰려는 것 같았다.

"와아아아―!"

북소리가 급박해지자 바이오스 군은 일제히 화살을 쏘며 성문과 성벽으로 달려들기 시작했다. 마치 마수 군단의 그것을 보는 것같이 그들의 진격은 매우 파워풀했다. 바이오스 군이 성벽 위에 있는 궁수들을 향해 화살을 쏘고 있었기 때문에 아군 역시 화살 세례로 맞받아쳤다.

이런…… 같이 화살 세례를 퍼부으면 우리들이 불리하다고. 적의 궁수 숫자가 우리보다 훨씬 많으니까. 일단 우리가 먼저 화살을 쏘고 마법으로 적의 화살을 막아야 했는데, 놈들의 공격이 빨라서 아군이 제대로 대응하지 못했다. 처음부터 작전이 꼬이기 시작하는군.

콰앙― 콩―!

꽤나 늦은 감이 있었으나 우리의 마법사들이 마법으로 적의 궁수들을 공격하기 시작했다. 하지만 마법 사정거리가 활의 사정거리보다 짧아서 효과적인 공격은 되고 있지 않았다.

"와아아—"

바이오스 군의 궁수들은 훈련이 잘됐는지 모든 화살을 성벽 안쪽으로 날렸다. 그래서 성문을 부수거나 성벽을 넘으려는 바이오스 군의 보병들에게 피해를 주지 않고 있었다. 게다가 바이오스 군의 마법사들은 보병들과 함께 이동하면서 보병에게 방어막을 쳐주는 새로운 전술을 구사하고 있었다. 보병 2명당 1명꼴로 마법사가 붙어 있는 듯했다.

흐으, 뭔 마법사가 저렇게 많아? 바이오스 녀석은 대체 저 많은 마법사들을 어디서 구해온 거지? 네놈의 인재 양성에 경의를 표한다.

"우리가 도와야 할 것 같습니다."

정황을 지켜보고 있던 리엔이 입을 열었다. 현재 탑 꼭대기에 있는 사람은 나, 레이뮤, 릴리, 슈아로에, 리엔, 리에네, 네리안느였다. 휴트로와 유리시아드는 각자 보병과 기마병의 일부를 지휘하고 있었고, 쿠탈파는 자기네 종족들을, 각 부대장들도 각자의 부대를 통솔하고 있었다.

"리엔, 리에네 씨는 아군과 합류해서 싸워주세요."

"알겠습니다."

난 리엔과 리에네에게 전장 투입을 지시했고, 두 엘프는 가볍게 인사를 하고 탑 꼭대기에서 그대로 떨어져 내렸다. 물론 떨어져 내리면서 리에네가 레아실프를 소환했기 때문에 두 엘프 모두 안전하게 지상에 착지했다.

흐으, 참 살벌하게 내려가는군. 번지점프를 하는 기분이려나? 난 솔직히 이 탑 꼭대기에 서 있는 것만으로도 다리가 후덜덜거리는데 말이야. 근데 탑의 계단을 걸어 내려가는 것보다 그냥 뛰어내리는 게 훨씬 빠르긴 하지.

"난 적의 후방을 캐논 슈터로 칠 생각입니다."

리엔과 리에네가 전장에 합류하는 것을 확인한 나는 탑에 남아 있는 사람들을 둘러보며 말했다. 그러자 네리안느가 전혀 의외의 말을 꺼냈다.

"저도 신력을 공격 방식으로 전환해서 전투에 참여하겠어요."

"……?"

잉? 신력을 공격 방식으로? 내가 네리안느를 안 지 꽤나 되었지만 노래 부르는 것 빼고 다른 형태의 신력 사용을 본 적이 없는데? 소리의 신의 사제가 공격을 한다면…… 혹시 소리에 의한 충격파?

"어떤 방식으로 공격을 하죠?"

"제 몸에 축적되어 있는 신력을 주먹 크기로 응집시켜서 발사하는 거예요. 그 신력탄에 맞게 되면 몸이 10초 정도 마비돼요. 지금 제 신력으로 대략 천 발의 신력탄을 쉬지 않고 발사할 수 있어요."

"……!"

네리안느의 신력탄이라는 것은 꽤나 효용 가치가 높은 기

술이었다. 물론 몸을 마비시키는 것이라 직접적인 살상 효과
는 없지만 그래도 적의 움직임을 봉쇄한다는 측면에서 쓸모
가 있었다. 특히 네리안느가 신력탄으로 공격할 경우, 버프
효과 노래를 부를 때 레이뮤가 같이 붙어서 음성 증폭 마법을
사용해야 한다는 것과 비교해 보면 훨씬 공격적인 전투를 할
수 있게 되는 것이다.

"알겠습니다. 그럼 네리안느 씨는 신력탄으로 적의 움직임
을 봉쇄해 주세요. 레이뮤 씨와 슈아도 전투에 직접 뛰어들어
야 되겠네요."

가능하면 레이뮤와 슈아로에는 전투에서 제외시키고 싶었
으나 네리안느조차 전투에 직접 나서는 이상 두 사람도 참전
을 해야만 했다. 그리고 두 사람 역시 그것을 거부하지 않았
다.

"이번엔 꼭 활약을 하겠어요!"

슈아는 결연한 표정을 지으며 다짐을 했다. 마수 군단이 쳐
들어왔을 때 거의 활약을 못한 것을 염두에 두고 있었던 것이
다. 아무튼 그렇게 해서 난 모두를 전투에 동원하기로 했다.

"실프!"

난 실프를 소환하여 우리 모두를 이동시켰다. 백병전이 진
행되고 있는 성내에서 싸우는 게 어려워서 적의 후방을 노리
기 위해 성 밖으로 날아갔다. 성 밖에는 끝도 보이지 않는 바
이오스의 군대가 돌진 순서를 기다리며 대기하고 있었다.

흐으, 완벽한 인해전술이군. 정석으로 수성을 하다가는 언젠가 성을 빼앗기겠다. 하지만 내가 언제 정석적인 싸움을 하나. 난 무조건 꼼수를 쓴다!

"릴리! 넌 무조건 방어만 해!"

바이오스 군의 본대가 약 200미터 떨어진 지점에 선 나는 릴리에게 그렇게 명령을 내렸다. 일단 무한 마나의 릴리가 방어를 하면 우리들은 공격하는 것만 생각하면 되므로 훨씬 편했다.

피잉— 핑—

우리들이 날아와 200미터 떨어진 곳에 자리를 잡는 것을 본 바이오스 군의 궁수들이 우리 쪽으로 일제히 화살을 쏴댔다. 척 보기에도 상당히 많은 양의 화살이었지만 릴리가 바람의 방어막을 쳐서 모든 화살을 팅겨내 버렸다. 그사이 나는 실프를 내 머리 뒤에 위치시키고 캐논 슈터 발사 준비를 했다.

"Hot ball!"

《추진.》

평— 퍼펑— 퍼퍼펑—!

나의 탄알 마법과 실프의 추진 마법이 순차적으로 코딩되었고, 내 파이어 볼은 추진력을 받아 빠르게 적진의 한가운데로 날아갔다. 이대로 캐논 슈터가 작렬한다면 적어도 적의 병력을 3할가량 해치워 버릴 수 있는 쾌거를 이룩할 수 있었다.

그러나,

피잉―

갑자기 여러 개의 화살들이 날아가고 있는 캐논 슈터에 적중했다. 화살이 캐논 슈터에 명중한 지점은 캐논 슈터가 막 50미터를 지난 시점이었다. 이곳 파이어 볼 마법의 특성상 루트 이동 중에 충돌이 일어나면 무조건 폭발이 일어나므로 캐논 슈터는 그 자리에서 폭발을 일으켰다. 문제는 이미 추진을 다 받은 상태의 캐논 슈터가 우리의 코앞에서 터졌다는 점이었다.

콰아앙―!

거대한 폭발과 함께 캐논 슈터의 폭풍이 일대를 뒤덮었다. 탄알 마법인 파이어 볼을 그냥 기본 상태로 사용해서 드래곤과 싸울 때의 파괴력은 없었지만 그래도 위력적이었다.

콰콰콰―!

예상 못한 위치에서 캐논 슈터가 터졌지만 이미 방어를 하고 있던 릴리가 알아서 방어막을 펼쳤다. 굳이 내가 가세하지 않아도 될 것 같았기 때문에 난 전황 파악에 주력했다.

"우와와―!"

캐논 슈터에 의한 폭발로 적의 진형이 완전히 흐트러졌고, 성안에 있던 아군의 사기는 오히려 올라갔다. 내 캐논 슈터가 적을 많이 살상했다고 믿기 때문이었다.

흐으, 근데 막상 쓰러져 있는 적의 수는 얼마 안 된다. 역시 우리 쪽에서 가까이 터져서 그런 것 같군. 이 사실을 알면 아군의 사기가 팍 떨어지겠지? 아무튼 이번엔 제대로 터뜨려야겠다. 아군의 기대에 부응해야지!

"Hot ball!"

《추진.》

또다시 난 파이어 볼 마법을 사용했고, 실프는 알아서 추진 마법을 실행했다. 방금 전에는 적의 궁수들이 캐논 슈터의 루트 이동을 방해했지만, 적의 진형이 흐트러져 있는 지금은 내 두 번째 캐논 슈터를 제지할 만한 수단이 없었다.

콰아앙—!

내가 원하는 지점까지 날아가 근처 나무에 부딪친 캐논 슈터는 적 진영에서 시원하게 터졌다. 두 번째 캐논 슈터의 폭발로 바이오스 군의 병력 1만 정도가 전투 불능 상태가 되었다. 죽지는 않았어도 크고 작은 부상을 입은 병사들이 속출한 것이다. 내 예상인 2만~3만 병력 제거의 절반도 못 미쳤지만 어쨌든 만족스러운 결과였다.

"죽여라!"

"우와아아!"

두 번의 캐논 슈터를 맞자 분노 모드로 돌변한 적군. 특히 기마병들이 우리 쪽으로 내달리기 시작했다. 말을 타고 달려와서 그런지 거리가 순식간에 좁혀지고 있었고, 이제부터는 개개인의 능력으로 전투를 벌여야만 했다.

"Hot ball!"

"Hot ball!"

적의 기마병이 달려오자 레이뮤와 슈아로에가 각자 파이어 볼을 날렸다. 그리고 네리안느는 빛의 구 모양의 신력탄을 생성해서 근접해 오는 기마병들을 향해 쏘았다. 신력탄에 맞은 기마병들은 마치 마네킹이라도 된 것처럼 뻣뻣한 자세가 되어 그대로 말에서 떨어져 내리면서 큰 부상을 입었다. 말에서 떨어질 때 머리부터 떨어졌으니 아무리 투구를 쓰고 있다고 하더라도 뇌진탕을 일으킬 수밖에 없었던 것이다.

호오, 네리안느의 신력탄이 의외로 기마병들에게 아주 강력한걸? 보병들한테 사용해 봤자 10초 정도 마비시키는 것밖에 할 수 없는데 기마병들은 낙마를 해서 부상을 당하니 굉장한 효용 가치가 있어!

"네리안느 씨는 기마병들만 노려주세요! 레이뮤 씨와 슈아는 보병들을 노려요!"

난 그렇게 명령을 내리고 실프를 조종하면서 가까이 오는 적군에게 바람의 칼날을 갈겨댔다. 그리고 리프레쉬 마법으로 마나가 회복될 때마다 간간이 파이어 볼을 날렸다.

콰앙— 쾅—!

리프레쉬 마법으로 마나를 회복하면서 릴레이식으로 파이어 볼을 갈겨대는 세 명의 마법사 때문에 바이오스 군은 쉽게 전진을 하지 못하고 사상자 수만 늘어났다. 특히 네리안느도

디바인 코드로 바꾼 리프레쉬 코드를 사용하고 있었기 때문에 그녀의 신력탄 공격도 거의 끊임이 없었다.

피잉— 핑—

육상으로의 접근이 쉽지가 않자 멀리서부터 화살이 날아오고 마법이 쏟아지기 시작했다. 우리들이 제자리에서 마법만 쏘아대고 있었으니 적들의 입장에서는 부동의 표적을 맞추는 셈이었다. 아무리 릴리가 강력한 방어 마법으로 적군의 화살과 마법을 막아내고 있다고 하더라도 우리들이 움직이지 않고 제자리에서만 싸울 경우, 결국 적군에게 둘러싸여 사방에서 공격을 당할 위험성이 높았다.

"우리들도 성안으로 들어가 싸워요!"

성 밖에서 적의 공격을 고스란히 맞는 것보다 아군과 합류해서 성안에서 싸우는 게 낫다고 판단한 나는 세 여인에게 전투 중지를 요청했다. 그리고 적들이 화살 세례를 퍼붓기 전에 실프의 힘으로 성벽을 뛰어넘었다. 우리들이 성벽을 넘을 때 적의 화살이 무차별로 쏟아졌지만 릴리가 다 막아줘서 아무런 피해를 입지 않았다.

"방금 전 총대장의 마법으로 인해 적군의 5할이 사라졌다. 이 전투는 우리의 승리다!"

성벽을 넘어 날아가는 내 모습을 보더니 유리시아드가 느닷없이 큰 목소리로 그렇게 외쳤다. 성안에서 줄곧 싸워왔던 그녀라서 내가 얼마만큼의 적들을 해치웠는지 확인할 수 없을 텐데도 그녀는 확신에 찬 어조로 말하고 있었다. 사실 그녀의 외침은 아군의 사기를 높이기 위한 수단에 불과했다. 내가 실제로 어느 정도의 적군을 쓰러뜨렸는지는 중요하지가 않은 것이다.

"와아아―!"

드래곤을 때려잡는 내 캐논 슈터의 명성을 이미 알고 있는 아군 병사들은 유리시아드의 거짓말을 듣고 함성을 지르며 용맹하게 싸웠다. 일단 총대장인 내가 캐논 슈터를 쓰고 나서 멀쩡하게 복귀하고 있으니 아군으로서는 사기가 높아질 수밖에 없었다. 그러다 보니 전황 자체가 우리들에게 유리하게 흘러가기 시작했다.

챙― 챙―!

전투는 거의 막바지로 치달았다. 성안으로 들어오는 적군의 숫자가 현저하게 줄어들고 있다는 점이 그 증거였다. 사실 우리들의 피해도 만만치 않았지만 수성하는 우리들보다 공성하는 적군의 피해가 더욱 막대했다. 특히 마법사의 능력 면에서 볼 때 숫자가 적은 우리 쪽의 전력이 적군의 마법사들보다 훨씬 강했다.

그럴 수밖에 없는 것이, 적군 마법사들은 한 번 마법을 쓰면 마나가 회복될 때까지 아무것도 못하지만, 내 리프레쉬 마법을 무단 도용하고 있는 몇몇 사람들은 쿨 타임이 거의 없이 공격을 퍼붓기 때문이었다.

둥— 둥— 둥—

그때 갑자기 적군 쪽에서 길고 느린 북소리가 들려왔다. 그 북소리를 듣자마자 적군은 황급하게 성안에서 빠져나가기 시작했다. 상황을 보니 그 북소리는 퇴각을 알리는 신호인 듯했다. 보통 적이 퇴각할 때 뒤쫓아가 공격하면 많은 수의 적군을 죽일 수 있지만 아군의 수가 많지 않고, 괜히 적들을 따라갔다가 적의 지원 병력이라도 나오는 날에는 협공을 당할 수도 있기에 적들의 퇴각을 지켜보기만 했다.

"전군에게 전열을 재정비하라고 하십시오! 적의 지원 병력이 올 가능성이 있습니다!"

난 성내의 탑 꼭대기에서 각 부대장에게 그렇게 명령을 내렸다. 전투가 거의 7시간 이상 이어졌는데 난 달랑 3시간 정도 싸우고 탑 꼭대기에서 놀았다. 물론 다른 사람들도 7시간을 FULL로 싸우지는 않았지만 나보다는 오래 싸웠다. 이번 전투는 워낙 참가 인원이 많아서 순서를 기다렸다가 싸우는 식이다 보니 오히려 마수들과 상대할 때보다 체력적인 부담이 적었다.

흐으, 전투 인원이 적으면 계속 싸워야 하는데 인간들이 바글바글하다 보니까 오히려 싸움은 더 적게 한 것 같다. 뭐, 눈치있는 녀석들은 남들 싸울 때 옆에서 묻어갔겠지. 덕분에 나도 무려 3시간이나 싸웠고. 그래봤자 오늘 쓰러뜨린 바이오스 군의 수가 저번에 쓰러뜨린 마수들의 수보다 적은 건 확실하지만.

"아군 병력은 거의 6할 정도의 손실을 입은 것 같습니다."

성안에서 전열을 재정비하는 아군을 보면서 유리시아드가 대략적인 보고를 올렸다. 아군 3만 7천 중에 마수들과의 전투로 1할을 잃고 이번에 6할을 잃었으니, 이제 남은 병력은 거의 1만 3천 정도라고 할 수 있었다. 그에 비해 바이오스 군은 5만 이상의 병력이 남은 듯 보이니 앞으로의 전투를 생각하면 우리들이 매우 불리해진 셈이었다.

"……"

난 작전회의실에 모여 있는 사람들을 둘러보았다. 레이뮤, 슈아로에, 네리안느, 리엔, 리에네, 유리시아드, 휴트로. 그들은 모두 피곤한 기색이 역력했다. 아군의 그 어떤 병사들보다 가장 많이 싸웠던 그들이라 피로감은 당연한 것이었다. 만약 지금 당장이라도 바이오스가 군을 재정비하고 재차 쳐들어온다면 우리 쪽의 패배가 거의 확실할 정도였다.

"적군은 아마 이번 전투에서 이길 것이라 생각하고 추가 병력을 보내지 않았을 거예요. 그러니 적어도 이틀 정도는 적의 공격이 없겠지요."

레이뮤는 500년 짬밥을 바탕으로 그런 의견을 내놓았다. 그리고 모두들 그 의견에 수긍했다. 사실 우리들조차 이번 전투에서 우리가 이기리라는 확신이 없었으니 적군으로서도 질

것이라는 생각은 하지 않았을 것이다. 그런데 결과적으로 적의 공격은 실패했고, 바이오스가 전쟁 보고를 받고 추가 병력을 구성하여 이곳까지 오는 데 적어도 3, 4일 정도는 걸릴 것이 분명했다.

"다음번 전투가 고비가 되겠군요."

난 조용히 입을 열어 말했다. 우리 쪽은 추가 병력이 없고 바이오스 군은 추가 병력이 있는 상황에서 우리가 정면으로 맞붙어서 이길 확률은 극히 적었다. 아무리 수성만 한다고 하더라도 결국 바이오스의 인해 전술에 뚫릴 것이 분명했다. 우리가 바이오스 군과 싸워 이기기 위해서는 병력을 추가하든가, 아니면 다른 방법이 필요했다.

"지원 병력 요청이 통할까요?"

난 유리시아드를 보며 물었다. 그러자 유리시아드는 약간 어두운 표정으로 대답했다.

"아마 힘들 것 같습니다. 센트리노 제국이 무너진 상황이라면 나머지 국가들이 병력을 아낌없이 투자하겠지만, 아직 센트리노 제국이 건재한 상태라 서로 눈치만 보겠죠. 괜히 지원 병력을 투입했다가 잃으면 나중에 위험해지니까요."

그녀의 말은 간단했다. 센트리노 제국이 바이오스 군에게 무너지면 바이오스가 전 대륙을 장악하겠다는 의지가 분명해지기 때문에 각 국가들이 병력을 동원해서 대항할 것이다. 하지만 지금은 바이오스의 대륙 장악 의지가 분명치 않아 많은 수의 병력을 보내지 않은 상황이다. 그래서 바이오스 군이 10만 정도로 추산됐음에도 달랑 3만 7천만 모인 것이다. 괜히 바이오스와 싸우는 데 병력 투자를 많이 했다가 잃으면 군사력이 약해지는 것이고, 그로 인해 인접 국가에 침범을 당할 수도 있기 때문이다. 사람이란 존재는 일이 눈앞에 닥쳐야 움직이는 습성이 있어서 센트리노 제국이 바이오스 군에게 점령을 당해야만 위기감을 느낄 것이 분명했다.

"……."

후우, 이 상태로는 안 돼. 이제는 수적인 차이가 더 벌어질 거고, 결국 익스프레스 성을 내주는 일만 남았어. 정석적인 병력 대 병력 싸움은 우리가 불리해. 결국 내가 할 수 있는 최선의 수는…….

"한 가지 제안하고 싶은 게 있습니다."

난 생각 끝에 하나의 결론을 내리고 모두를 둘러보았다. 이제 전투가 끝나서 피로를 풀기 위해 쉴 생각이었던 일행들이 느닷없는 내 말에 고개를 갸웃했다. 내가 무슨 제안을 할 것인지 상상하기 쉽지 않은 모양이었다. 난 그런 그들을 하나씩 쳐다보며 입을 놀렸다.

"이대로는 우리들의 손해가 큽니다. 그래서 난 바이오스 황제와 정정당당한 일 대 일 대결을 할 생각입니다."

"……!"

"……!"

내 말을 듣고 모두 놀란 표정을 지었다. 내 말의 요지는 간단했다. 각 군의 최고 수장이 대결해서 지는 쪽이 이 전쟁을 포기한다는 뜻이었다. 대장끼리의 일 대 일 대결에 의한 승패 결정. 누가 들으면 코웃음 칠 일이었다.

"…나쁘지는 않은 생각이군요."

모두가 날 비웃을 거라 생각했지만 의외로 레이뮤는 내 의견에 동조해 주었다. 그리고 잠시 후에 그 이유를 말했다.

"바이오스 황제의 목적은 이 대륙을 장악하는 것이에요. 그러려면 병력 피해를 최소화시켜야 하죠. 그런데 지금 익스프레스 성 하나를 공략하는 데 거의 절반의 병력을 잃은 상태입니다. 바이오스로서도 익스프레스 성 함락을 빨리하고 싶을 거예요. 그래서 병력 대 병력으로 싸우느니 차라리 수장끼리의 대결에 응하겠죠. 바이오스 스스로 드래곤과 일 대 일로 싸울 만한 실력을 갖추었으니까요."

흐으, 레이뮤 씨가 내 생각을 정확히 짚으셨군. 거기에 내가 보충 설명을 해볼까.

"바이오스는 이 전쟁을 시작하기 전에 날 쓰러뜨리겠다고 선언했습니다. 물론 전쟁 중에 내가 죽는 것을 가리킬 수도 있지만, 아마 그는 날 직접 쓰러뜨릴 생각일 겁니다. 강한 카리스마를 통해 아이오 대륙을 통일한 바이오스가 대륙의 차기 영웅으로 지목된 나를 일 대 일로 쓰러뜨리면 그만큼 더욱 강한 지도력을 갖게 되는 것이니까요."

흐으, 내가 내 칭찬을 하려니까 얼굴 표면 온도가 올라갈 것 같다. 하지만 사실인 걸 어쩌겠어. 남들이 날 영웅으로 생각한다는데.

"그렇겠군요."

레이뮤뿐만 아니라 유리시아드도 동의 의사를 표시했다.

"바이오스 군은 바이오스 황제라는 구심점에 의해 만들어진 집단이에요. 만약 그 구심점을 잃어버린다면 승기는 우리 쪽에게로 확 기우는 거죠."

유리시아드는 내가 이긴다는 가정하에 그런 말을 했다. 그래서인지 슈아로에가 그 반대의 경우를 들고 일어났다.

"레지 군이 지면요? 우리도 구심점을 잃는 거잖아요."

"물론 총대장도 우리의 구심점이긴 하지만 절대적인 존재는 아니야. 우리에게는 대마법사도 있고, 나그네검객도 있고, 소성녀도 있어. 구심점이 사라져도 그 자리를 메울 사람들이 많이 있으니까."

유리시아드의 말에서 틀린 점은 하나도 없었다. 그녀는 자신을 빼먹었지만 자유기사 역시 나 대신 구심점으로 작용할 만한 능력을 갖추고 있었다. 바이오스 군에는 바이오스라는 구심점밖에 없지만 우리에게는 여러 개의 구심점이 존재하는 것이다.

"……레지 군, 이길 자신 있어요?"

슈아로에가 걱정스러운 표정으로 나에게 물음을 던졌다.

일단 내가 바이오스의 실력에 대해 알고 있는 것은 그가 화이트 드래곤 제룬버드와 일 대 일로 싸우고도 살아남았다는 것밖에 없었다. 그리고 마법이나 정령술도 아니고, 신력이나 내공도 아닌 힘을 사용한다는 제보도 들었다. 한마디로 바이오스는 이곳 세계에 존재하는 힘을 자신만의 능력으로 사용한다고 볼 수 있었다. 그런 바이오스를 상대로 용언 마법밖에 쓰지 못하는 내가 이길 수 있느냐는 것은 대답하기 쉽지 않은 질문이었다.

"승패는 장담할 수 없어. 하지만 절대 진다는 생각으로 싸우지는 않을 거야. 나한테는 레이뮤 씨와 슈아가 만들어준 String 제어 코드가 있으니까."

"......"

자신감이 있는 건지 없는 건지 알 수 없는 내 말을 듣고 슈아로에는 고개를 숙였다. 뭔가를 생각하는 것처럼 보였다. 그렇게 잠시 간의 침묵을 지킨 슈아로에가 숙였던 고개를 들며 느닷없는 제안을 내놓았다.

"내가 사신으로 레지 군의 뜻을 전하러 가겠어요!"

"......!"

전혀 생각하지 못한 제안이었기 때문에 나뿐만 아니라 다른 사람들도 모두 놀란 표정을 지었다. 보통 사신은 적의 진지로 들어가서 아군 수장의 뜻을 전달하는 역할을 하다 보니 적의 수장이 열 받으면 옥에 가두거나 목을 베어버릴 수도 있었다. 그만큼 위험한 일을 슈아로에가 자청하겠다니 나로서도 놀랄 수밖에 없었던 것이다.

"슈아, 그건 너무 위험……!"

"전쟁 중인데 위험하고 위험하지 않은 일이 어디 있어요? 남자를 사신으로 보내는 것보다 여자를 사신으로 보내는 게 바이오스 황제의 마음을 돌리는 데 더 유리하다고 생각해요. 바이오스 황제는 여자를 좋아하니까요."

"아니, 그러니까 그게 더 위험……!"

"괜찮아요. 나도 내 몸 하나 정도는 지킬 수 있어요."

어디서 자신감이 나오는 것인지 슈아로에는 전혀 물러섬이 없었다. 슈아로에가 자신의 주장을 철회할 뜻이 없어 보여서 난 최대한 빠르게 머리를 굴렸다.

흐으…… 일단 슈아는 매트록스 왕국의 차기 백작이니까 바이오스가 함부로 손을 댔다가는 매트록스 왕국의 분노를 사게 되겠지. 그럼 매트록스 왕국에서 병력을 차출해서 우리에게 보내줄 테고, 그 때문에 다른 국가에서도 덩달아서 병력을 지원해 줄 거야. 그래야 나중에 바이오스 제국의 침공을 물리쳤을 때 '우리도 그만큼 기여를 했다'라며 당당히 얘기할 수 있을 테니까. 총대장의 입장에서 봤을 때 슈아가 사신으로 가는 게 성공하든 실패하든 불리할 건 없어. 하지만……!

"아무리 그래도 슈아가 가는 건……!"

난 일단 반대의 뜻을 펼쳤다. 그리고 다른 사람들을 둘러보며 도움을 요청했다. 그런데 의외로 레이뮤가 슈아로에의 의견에 찬성하고 나섰다.

"나쁘지 않은 생각인 듯하군요."

"……!"

헉! 나쁘지 않은 생각이라니! 아니, 나도 나쁜 생각이라는 느낌은 없지만 어린 슈아를 적 진영 한가운데에 보낼 수는 없잖아? 그러다 무슨 일이라도 나면……!

"슈아는 대륙적으로 알려진 마법사예요. 그러니 바이오스라도 함부로 하지 못할 겁니다. 특히 아직 성년도 되지 않은 소녀를 어떻게 했다가는 모든 이들에게 분노를 사게 되겠지요. 그런 점에서 오히려 슈아이기 때문에 사신으로 가도 안전하리라 생각해요."

레이뮤의 주장은 그러했다. 사실 나 역시도 머릿속으로는 그렇게 생각하고 있었다. 하지만 이성적으로 인정을 하더라도 감성적으로는 절대 인정하고 싶지 않아 난 감히 찬성을 할 수가 없었다.

"그래도 어린애를 보내는 건……!"

"나도 이제 컸다구요! 올해 생일이 지나면 성인이란 말예요!"

내가 슈아로에를 애 취급하자 슈아로에가 발끈하여 소리쳤다. 그 말을 듣고 난 크게 놀라 버렸다. 슈아로에가 올해에 성년이 된다는 뜻은 내가 이 세계에 떨어진 지 3년째가 된다는 소리였기 때문이다.

으헉, 벌써 시간이 그렇게나 간 거야? 그럼 나 이제 28살이 잖아? Oh! Your God! 난 그대로인 것 같은데 벌써 3년이라니…… 군대에 있을 때는 시간이 무지하게 안 갔는데 사회 나오니까 시간이 아주 총알처럼 지나가는구나.

"아무튼 내가 사신으로 가서 바이오스와 담판을 짓고 오겠어요! 반드시 일 대 일 대결을 성사시킬 테니까 레지 군은 이길 궁리나 하고 있어요!"

슈아로에는 강하게 자신의 뜻을 관철시켰다. 그녀의 의지가 하도 확고했기 때문에 나로서는 더 이상의 반대를 할 수가 없었다. 그저 그녀의 안위를 걱정할 뿐이었다.

"조심해."

"걱정 말아요."

슈아로에의 사신 차출을 결정한 후 난 레이뮤, 슈아로에, 유리시아드와 함께 바이오스에게 보여줄 공문을 썼다. 그러면서 덩달아 바이오스와의 대결을 준비했다. 혹시라도 일 대 일 대결이 무산될 경우를 대비하면서 여러 가지 계획을 짜는 데 힘을 쏟았다.

그날 저녁.

모든 준비를 마치고 난 작전회의실에서 멍하게 앉아 있었다. 성내는 아직도 시체 처리를 하느라 분주했다. 아마도 처리 작업만으로 밤을 샐 듯 보였다. 만약 내가 아랫사람이었다면 투덜거리면서 작업을 했겠지만, 지금은 최고 자리에 앉아 있어서 이렇듯 편하게 휴식을 취할 수가 있었다. 그럼에도 불구하고 마음은 불편했다.

으으, 슈아 때문에 잠이 안 오네. 레이뮤 씨는 슈아가 사신으로 가도 안전하다고 했지만, 그 4가지 없는 바이오스 녀석이 무슨 짓을 할지 어떻게 알아? 나의 귀여운 슈아에게 무슨 일이라도 생기면……!

"……레지 군."

내가 혼자만의 생각으로 절규하고 있을 때 슈아로에가 작전회의실 문을 열고 들어왔다. 모두가 잠들어 있을 이 시간에 슈아로에가 작전회의실에 짱박혀 있는 날 찾아오니 놀랄 수밖에 없었다.

"어, 내가 여기 있는 거 어떻게 알았어?"

"방에 없었으니까요."

내 물음에 슈아로에는 매우 당연한 대답을 했다. 그러면서 내 옆에 와서 앉았다. 옆에 와서 앉으니 향기로운 냄새가 내 코를 자극했다. 게다가 창밖의 횃불과 달빛만이 비추고 있는 방이라서 그런지 슈아로에가 매우 여성스럽게 느껴졌다.

윽, 혈액 왕복 횟수가 많아지는 느낌이다. 하긴, 이제 슈아도 곧 성인이 되니까 여성스러워지는 건 당연한 건가…… 그에 비해 나는 점점 나이 먹어가고…… 흐윽, 슬퍼.

"왜 안 자요?"

내가 멍하니 앉아 창밖만 쳐다보자 슈아로에가 물음을 던졌다. 난 그녀의 몸에서 나는 향기를 맡으면서 천천히 입을 열었다.

"잠이 안 와서. 슈아 걱정도 되고."

"헤…… 내 걱정을 하는군요?"

"그럼 하지, 안 하겠어? 슈아는 내 동생 같은 존재인데."

난 일단 내 감정을 추스르기 위해 그렇게 말했다. 오늘따라 슈아로에가 유난히 여성스러워 보여서 조금이라도 이상한 말을 했다가는 그대로 분위기에 휩쓸릴 것 같았기 때문이다. 그런 날 보면서 슈아로에는 약간 삐친 어투로 말했다.

"난 레지 군을 내 오빠로 두고 싶은 생각 없어요."

"그래? 아하하."

왠지 슈아로에에게 거부당한 것 같은 느낌이 들어서 난 멋쩍게 웃었다. 슈아로에는 단순히 평소처럼 내 헐뜯기를 하고 있는 것일 수도 있지만 나로서는 그게 이상하게 마음이 아팠다. 아마도 불빛 희미한 방 안에서 여자와 단둘이 있으니 뭔가 미묘한 기대를 하고 있는 것 같았다.

"뭐, 나도 내가 믿을 만한 구석이 없는 건 알지만 그래도 조금은……!"

내가 나에 대한 변명을 하고 있을 때 갑자기 슈아로에의 얼굴이 내 쪽으로 다가왔다. 그리고 따뜻하고 향기로운 무언가가 내 입술에 닿았다. 슈아로에가 내 시야의 불빛을 모두 가렸기 때문에 난 아무것도 볼 수 없었지만 지금 상황이 어떻게 되었는지 아는 데에는 큰 어려움이 없었다.

"……."

"……."

잠시 간의 정적이 지나고 슈아로에는 조용히 원래대로 몸을 되돌렸다. 희미한 불빛을 통해서 보이는 그녀의 얼굴은 의외로 빨갛거나 상기된 표정이 아니었다. 오히려 담담해 보일 정도였다.

흐윽, 난 얼굴에 혈액이 몰리고 있는데 슈아는 별일 아니라는 듯한 얼굴이잖아? 나이 많은 내가 슈아보다 당황하면 안 되는데…… 그냥 단순히 입을 맞춘 것뿐이니까 당황할 것도 없다고. 그런데 내 얼굴 표면 온도는 왜 계속 올라가는 거야?

"꼭 성사시킬 거예요."

"……?"

내가 당황하고 있는 걸 아는지 모르는지 슈아로에는 결연한 표정으로 입을 열었다.

"바이오스와 레지 군과의 일 대 일 대결을 반드시 성사시키겠어요. 그리고 꼭 무사히 돌아오겠어요."

"……."

슈아로에의 말은 내 마음을 착잡하게 만들었다. 만약 이번

일이 정말로 안전하다면 슈아로에가 이 시간에 찾아와 그런 말을 할 이유가 없었을 것이다. 하지만 안전을 장담할 수 없기 때문에 슈아로에로서도 불안을 떨쳐 버리려고 날 찾아온 것이라 할 수 있었다.

흐으, 생각 같아서는 슈아를 말리고 싶지만 이미 각오를 단단히 한 슈아에게 무슨 말을 해도 통하지 않겠지. 내가 해줄 수 있는 건 그저 격려하는 것뿐.

"잘할 거야. 그러니 걱정하지 마."

난 평상시의 어조로 슈아로에를 격려했다. 그러자 내 말에 힘을 얻은 듯 슈아로에의 표정이 한결 밝아졌다. 그리고는 자리에서 일어나 작별 인사를 했다.

"고마워요. 그럼 잘 자요."

"어……? 그냥 가는 거야?"

슈아로에가 작별 인사를 하고 바로 작전회의실을 나가려고 하자 난 나도 모르게 그녀를 불러 세웠다. 그러자 오히려 슈아로에가 어리둥절한 표정을 지었다.

"에? 왜요? 그냥 가면 안 돼요?"

"아, 아니…… 그것이……."

속으로 뭔가를 기대하고 있던 나는 슈아로에의 순진한 표정을 보고 아득한 절망감을 느꼈다. 만약 이 상황에서 '오늘 밤 우리 끝까지 달려볼까?' 라고 말했다가는 나만 변태 취급을 당할 것 같았다.

"아냐…… 잘 자……."

결국 난 힘없는 말투로 슈아로에에게 작별 인사를 했다. 내 시커먼 속마음을 모르는 슈아로에는 밝은 표정으로 나에게 미소를 지어 보이고는 이내 작전회의실을 빠져나갔다. 아무도 없는 작전회의실에서 난 멍하게 창밖만 쳐다볼 수밖에 없었다.

제41장

대 결

다음날, 슈아로에는 리엔과 리에네를 대동하고 피시아이 성으로 출발했다. 일단 도착할 때까지는 셋이서 가지만 피시아이 성으로 들어가는 사람은 슈아로에 혼자뿐이었다. 리엔과 리에네는 슈아로에를 피시아이 성에 들여보내고 나서 바로 복귀했다.

"……."

슈아로에가 피시아이 성으로 간 뒤에 난 안절부절못하고 작전회의실을 왔다 갔다 하며 계속 서성였다. 나 스스로도 정신없을 정도로 안정을 취하지 못하고 있으니 보는 사람들은 더욱 정신 사납게 느껴질 수밖에 없었다.

"마음은 이해하지만, 일단 진정해요."

내가 하도 정신 사납게 굴자 레이뮤가 쏘아붙이듯이 한마디 내뱉었다. 일행 중 최연장자가 하는 말을 듣지 않을 수는 없어서 난 일단 내 자리에 털썩 주저앉았다. 그래도 불안한 마음은 전혀 가시지 않았다.

"우리는 슈아가 일 대 일 대결을 성사시킬 거라 믿고 그에 대한 준비를 해야 돼요."

내가 정신을 차리지 못하는 사이 유리시아드가 중심이 되어 일을 추진했다. 사실 준비란 건 별로 어렵지 않았다. 레이뮤와 슈아로에가 만들어준 String 제어 코드를 현 상황에 맞게 개량하고, 코드 실행을 할 준비를 하면 되기 때문이었다.

…….

단 3시간 만에 일 대 일 대결에 필요한 준비를 모두 끝냈다. 이제 남은 건 String 제어 코드 영역에서 바이오스와 일 대일로 싸울 경우 내가 녀석을 이길 방법을 몸에 익히는 것이었다. 이를 위해서 난 휴트로의 특강을 듣기로 했다.

"준비됐는가?"

휴트로는 주위를 둘러보며 소리쳤다. 나와 휴트로가 서 있는 곳은 성내 탑 뒤쪽의 조그만 공터였다. 그 공터를 튼튼해 보이는 장막으로 완전히 막아놓는 작업을 여러 명의 병사들이 하고 있었고, 휴트로의 외침은 그들에게 하는 소리였다.

"예, 다 됐습니다!"

사방이 2미터 높이의 장막으로 모두 가려지자 장막 바깥쪽에서 병사 한 명이 우렁찬 목소리로 소리쳤다. 준비 완료를 확인한 휴트로는 미리 들고 있던 검 한 자루를 나에게 휙, 던져 주었다.

철컥—

손으로 검을 받자 검신과 칼자루의 이음새 부분에서 금속 소리가 발생했다. 군대 가기 전에는 영화 같은 매체에서 총이나 칼을 쥘 때 소리가 나는 것을 원래는 소리가 나지 않지만 소리가 없으면 썰렁하니까 일부러 넣는 소리라고 생각했다. 그러나 군대에서 사용하는 소총이 조금만 움직이면 철컥철컥 소리가 나는 것을 확인하고 꽤나 놀랐다. 왜 적이 다 듣게 소리를 내게끔 만들었을까, 이해하지 못했던 것이다. 물론 지금은 대충 그 이유를 알고 있지만 휴트로에게 그 사실을 한번 물어보기로 했다.

"휴트로 씨, 왜 검신과 칼자루를 따로 만드는 거예요? 이음새가 있으니까 움직일 때마다 소리가 나잖아요."

"응? 너, 바보냐? 검신하고 칼자루를 하나로 만들면 손 다쳐. 검끼리 부딪칠 때 충격이 장난인 줄 아냐?"

내 물음을 받고 휴트로가 어이없다는 표정을 지었다. 그의 대답은 내가 생각했던 것과 일맥상통했다. 검도 그렇고, 총 역시 사격을 할 때 굉장한 충격이 생기기 때문에 그 충격을 최대한 분산시키기 위해 총의 결합 부분을 많게 하는 것이다. 결합 부분이 많으니 소리가 나는 건 당연하다.

"저기…… 그런데요."

검을 받아 들고 잠시 살펴봤던 난 휴트로를 쳐다보며 조심스럽게 말문을 열었다. 그러자 막 특강에 들어가려던 휴트로가 눈살을 찌푸리며 반문했다.

"왜?"

"이거…… 바이오스와 싸울 때에도 쓸 검인가요?"

"쳇, 검 쓸 줄도 모르는 녀석이 꼭 그런 걸 따져요. 어차피 당일에는 더 좋은 검을 줄 거니까 오늘은 그냥 그거 써."

휴트로는 귀찮다는 듯이 손을 휘저으며 더 이상 내 말을 듣지 않겠다는 뜻을 밝혔다. 나로서는 지금 들고 있는 검이 그냥 단순한 연습용이라는 사실이 다행스러웠다. 검술을 모르기 때문에 뽀대(!)를 내기 위해서라도 좋은 검을 가지고 있어야 하기 때문이었다. 명색이 최고 윗대가리의 대결이니만큼 겉치레에서 밀리면 안 되는 것이다.

"나도 믿고 싶지는 않지만 네가 만든 영역 안에서는 내공도 발동이 안 되니, 오직 자신의 완력만으로 바이오스를 쳐야 된다. 그러려면 베는 연습을 해야 되지."

휴트로는 그렇게 말하면서 장막 바깥에 있는 병사들을 향해 '들여보내!'라고 외쳤다. 그러자 갑자기 장막 사이에 틈이 생기며 열 마리 정도의 돼지가 우르르 몰려들어 왔다. 느닷없는 돼지들의 출현에 난 당황하여 잽싸게 한쪽으로 몸을 피했다. 그런 내 모습을 보고 휴트로가 혀를 끌끌 찼다.

"야, 돼지가 무서워서 피하냐? 그래 가지고 싸울 수 있겠어?"

"아뇨, 무섭다기보다는 냄새가…… 그나저나 돼지는 왜 들여보낸 거예요?"

"왜긴 왜야, 훈련용이니까 들여보낸 거지."

"훈련용?"

잉? 돼지가 훈련용? 돼지를 가지고 무슨 훈련을 한다는 거야? 나보고 돼지 삼겹살을 발라서 먹으라고? 흐음, 발라 먹어? 설마……!

"돼지 죽이는 훈련을 하라는 건가요?"

난 넘겨짚어 물었고, 휴트로는 당연한 듯이 대답했다.

"검으로 베는 연습을 하는 거다. 사람 가지고 하면 가장 좋지만, 그건 불가능하니까 돼지 목을 대신 치는 거지."

"……!"

헉, 역시……! 한마디로 나보고 돼지 멱을 따라는 소리로구나! 나, 돼지 멱따는 소리 듣게 되는 거야?

"돼지나 사람이나 피부는 부드럽다. 하지만 뼈는 부드럽지 않지. 사람의 목을 한번에 치기 위해서는 뼈를 잘라내야만 된다. 뼈 자르는 것도 별로 어렵지는 않은데, 제대로 검을 다룬 적이 없는 너는 아마 힘들 거다. 그러니까 돼지를 상대로 검을 제대로 휘두르는 연습을 하는 거지."

휴트로는 옹기종기 모여 있는 돼지들을 가리키며 입을 놀렸다. 돼지들은 자신들에게 무슨 일이 일어나는지도 모른 채 이리저리 돌아다니고 있었다. 그런 돼지들의 모습을 보다가 궁금한 점이 떠올라 난 휴트로에게 질문을 던졌다.

"이 돼지들 어디서 구해온 거예요?"

"그야……."

내 질문을 받고 휴트로는 잠시 말을 끌었다. 그러다가 씨익 웃으며 말했다.

"오늘 점심 메뉴에 들어가는 녀석들을 데려온 거다. 그러니까 몸에 흠집 내지 말고 목만 쳐. 먹어야 되니까."

"……."

흐으, 내가 요리사 대신이냐? 뭐, 내가 주로 마법이나 실프의 힘으로 간접 살인은 정말 많이 했지만 내가 직접 무기를 들고 찌르는 살인은 해본 적이 없으니 연습을 해야지. 돼지 목을 친다고 연습이 되는지는 모르겠다만…….

"자, 돼지고기 자르듯이 잡아!"

휴트로는 별거 아니란 듯이 검을 휘두르라는 제스처를 보였다. 그래서 나도 마음을 다잡고 칼자루를 꽉 쥔 상태로 가장 가까이에 있는 돼지에게로 다가갔다. 돼지는 아무것도 모른 채 꿀꿀대었고, 돼지와 나와의 간격이 좁혀진 순간 난 있는 힘껏 돼지의 목을 내려쳤다.

턱—

쾌애애액—!

내가 내려친 검은 돼지의 목을 얼마 파고들지도 못하고 뭔가에 걸려 버렸다. 아마도 목뼈를 자르지 못하고 제대로 걸려 버린 듯했다. 목에 큰 상처를 입은 돼지는 길고 높은 톤의 비명을 지르며 이리저리 날뛰기 시작했고, 다른 돼지들도 그에 자극을 받아 서로 날뛰면서 공터를 완전히 아수라장으로 만들어놓았다.

"계속해!"

돼지들이 정신없이 날뛰며 소리치는 와중에도 휴트로는 훈련을 중단할 의사가 없어 보였다. 그래서 나도 정신을 다잡고 날뛰는 돼지들 가운데 가장 가까이 있는 녀석을 골라 검을 휘둘렀다.

쾌애애액—!

하지만 나의 느린 검 스피드로 인해 돼지의 목이 아닌 옆구리를 그어버렸고, 돼지는 고통에 더욱 날뛰었다. 정신없이 날뛰는 돼지들 때문에 검을 마구 휘두르고 싶은 충동을 느꼈지만, 그러면 훈련의 의미가 없어서 충동을 자제하려고 애썼다.

후우— 진정하자. 여기서 충동에 휩싸여 발끈러쉬를 해버리면 아무것도 안 돼. 바이오스와 싸울 때에도 바이오스의 도발이 없을 리가 없어. 최대한 침착하게…… 돼지 한 마리를 노리고…….

스윽—

정신을 추스른 나는 천천히 걸어가면서 돼지들의 동선을 파악했다. 공터가 넓지 않은 데다가 장막으로 사방이 막혀 있어 돼지들은 이리저리 움직이지만 어디로 도망칠 수 있는 상태가 아니었다. 그러는 와중에 움직임이 가장 느려 보이는 돼지를 타깃으로 정해 녀석의 움직임을 추적했다. 그리고 녀석이 날뛰다 지쳐서 잠시 멈추었을 때, 그때를 노려 있는 힘껏 달려가 검을 휘둘렀다.

서걱—

마치 두부를 자르는 듯한 느낌이 칼자루를 통해서 전해졌다. 뭔가가 살짝 걸리는 듯한 느낌도 있었지만 저항감은 없다고 해도 과언이 아니었다. 그 기묘한 느낌에 난 돼지의 목을 깨끗하게 잘라내고도 멍하니 서 있었다.

"운 좋은 녀석! 뼈 사이를 잘랐구만!"

내가 돼지 머리를 깨끗이 잘라내자 휴트로가 그렇게 외쳤다. 그 말을 듣고서야 난 내 검이 돼지의 목뼈를 자르지 않고 목뼈 사이의 연골 부분을 뚫고 지나갔다는 것을 알게 되었다. 연골 부위가 넓지 않기 때문에 100% 운이 작용한 것이다.

"⋯⋯."

잘라낸 돼지의 목에서는 피가 분수처럼 뿜어져 나오고 있었다. 머리가 잘린다고 해서 심장의 기능이 바로 멎는 것은 아니라서 뇌로 향하는 피가 목의 혈관으로부터 뿜어져 나오는 것이었다. 하지만 이내 돼지의 몸은 머리를 잃고 바닥에 쓰러졌고, 그에 따라 출혈량도 점차 줄어들기 시작했다.

꽤액! 꽤애액!

자신들 동족의 피 냄새가 나기 시작하자 다른 돼지들이 위기를 느끼고 더욱 심하게 날뛰기 시작했다. 돼지들의 비명 소리 때문에 머리가 아픈 건지 휴트로는 나에게 버럭 화를 내었다.

"야! 빨리 다음 놈을 잡아! 오늘 10마리 다 잡을 때까지 점심 못 먹게 할 거니까 무조건 잡아! 무조건 머리만 노려! 몸에 흠집 내면 죽인다!"

"……!"

신경질적인 휴트로의 발언에 난 정신이 번쩍 들었다. 그리고 손에 남아 있는 감각을 애써 무시하고 다음 타깃을 설정해 돼지 사냥에 나섰다. 처음에는 돼지들이 불쌍하다고 느꼈지만 계속 시끄럽게 울어대는 것에 열 받아서 어느새 난 벌레 잡듯이 돼지들의 목을 내려치고 있었다.

……

돼지 잡기가 대략 1시간 정도 흘렀다. 돼지 잡는 게 쉬워 보일지 몰라도 도망 다니는 돼지를 따라잡아 목만 친다는 것은 절대 쉬운 일이 아니었다. 특히 운동을 게을리 했던 나로서는 체력적인 부담이 만만치 않았다. 그래도 1시간 안에

10마리의 돼지 목을 다 쳐낼 수 있어서 다행이었다. 물론 그중 3마리 정도는 목을 완전히 자르지 못하고 상처만 내서 과다출혈로 앓아서 드러누운 것이었지만.

"허억— 허억—"

난 거칠어진 숨을 집어삼키며 휴식을 취했다. 1시간 동안 검을 휘둘렀더니 별로 무겁지도 않은 검이 10배는 더 무겁게 느껴졌다. 그리고 겨울임에도 불구하고 이마에는 땀이 송골송골 맺혀 있었다. 또한 더 큰 문제는 이제 움직일 기력도 없다는 점이었다.

"웃차!"

내가 쓰러질 듯한 자세로 간신히 서 있는 동안 장막 밖에 있던 병사들이 장막 안으로 들어와서 돼지들의 사체를 나르기 시작했다. 오늘 점심에 쓰일 메뉴라서 곧바로 식당으로 옮겨졌다. 그리고 나머지 병사들은 돼지의 선혈로 낭자한 공터를 깨끗하게 청소하기 시작했다. 그 모습을 보던 휴트로가 나를 향해 입을 열었다.

"야, 장소를 옮겨서 훈련을 계속한다."

"……!"

헉! 또 훈련을 한다고? 난 움직일 힘도 없는데?!

"아니…… 점심은 먹고 해야……."

"뭘? 아직 점심 먹으려면 1시간 남았잖아. 그동안 훈련이다! 따라와!"

휴트로는 강압적으로 날 끌고 성내 탑 앞쪽으로 자리를 옮겼다. 이번에는 나와 휴트로의 일 대 일 대련이기 때문에 장막 같은 걸 칠 필요가 없었다. 그저 공터에서 휴트로와 검 대련을 하면 되는 것이었다.

"자, 덤벼라."

점심 시간이 되기 전까지 훈련을 끝낼 생각이 없는 듯 휴트로는 연검을 뽑아 들고 날 도발했다. 생각 같아서는 그냥 드러누워 자고 싶었지만, 그랬다가는 연검으로 흠씬 두들겨 맞을 것 같아서 이를 악물고 공격을 감행했다.

챙!

나의 검과 휴트로의 연검이 부딪치자 명쾌한 금속 소리가 났다. 휴트로가 연검에다 내공을 주입해 그의 연검이 단단해진 결과였다.

"야! 쉬지 말고 공격해!"

"으윽!"

챙!

재촉하는 휴트로의 말에 떠밀려 난 다시 검을 휘둘렀다. 하지만 검을 제대로 써본 적도 없고, 지친 상태라서 내 검술은 매우 형편없었다. 그래서인지 휴트로는 내 행동 하나하나를 지적하기 시작했다.

"야! 더 빨리 휘둘러! 그렇게 느리게 휘두르다가는 먼저 맞는다!"

챙!

"야! 상대가 멀리 떨어져 있는데 검을 휘두르면 어떡해! 무슨 파리 잡냐?! 상대한테 접근해서 휘둘러야 할 거 아니야!"

챙!

"아주 지랄을 해라! 지금 춤추냐?! 똑바로 안 할래?!"

챙!

휴트로와의 일 대 일 대련은 매우 힘들었다. 특히 내가 지쳐서 쉴라치면 큰 목소리로 지적을 하는데, '저러면 목이 안 아플까?' 하는 생각이 들 정도였다. 어찌 됐든 1시간 동안 휴트로의 밑도 끝도 없는 지적을 받으면서 난 검술 훈련을 했다.

*　　　*　　　*

땡— 땡—

슈아로에가 피시아이 성으로 간 지 3일 뒤, 바이오스 군의 사신이 한 명 찾아왔다. 젊은 남자 사신은 우리에게 공문 하나를 가지고 와서 읽었다.

"바이오스 황제는 검은 천사 총대장의 제안을 받아들여 일 대 일 대결에 응할 것이다. 날짜는 이틀 뒤 오후 3시. 장소는 익스프레스 성과 피시아이 성 중간 지역인 '데런' 지역."

바이오스의 사신은 나와 바이오스의 일 대 일 대결 성사를 알렸다. 일단 대결이 성사된 것은 좋은데 슈아로에가 오지 않고 바이오스 쪽의 사신이 왔다는 게 마음에 걸렸다.

"우리가 사신으로 보낸 소녀는 어떻게 됐지?"

상대가 적의 사신인 데다가 나이도 나보다 많지 않아 보여 난 말을 놓았다. 어차피 바이오스 쪽 사신도 존댓말을 기대한 게 아니라서 아무렇지도 않은 표정으로 내 물음에 대답했다.

"현재 그쪽 사신은 성에 머물고 있습니다. 대결 당일에 바이오스 황제님과 같이 갈 테니, 그때 볼 수 있을 겁니다."

"......!"

헉! 지금 슈아가 바이오스의 수중에 떨어져 있다고?! 이런 4가지 없는 바이오스 녀석! 내 이놈을 당장……!

슥—

순간 울컥하려는 걸 알아챘는지 레이뮤가 내 어깨를 짚으며 날 만류했다. 사실 슈아로에가 피시아이 성에 묶인 건 바이오스의 강압이 작용한 것이라 볼 수 있었다. 백작 작위 수여식 때에도 레이뮤와 슈아로에를 보고 군침을 흘렸던 녀석이니 일단 슈아로에를 곁에 두고 싶어 하는 것이다.

크으, 아마 녀석은 슈아의 요구를 받아들이면서 피시아이 성에 남으라는 조건을 내걸었겠지. 어쩌면 이번 대결에서 이기면 같이 자자는 황당무계한 요구를 했을지도 몰라. 으윽, 생각하면 할수록 Brain에 Steam이 받는 것 같다.

"바이오스 황제에게 그 날짜와 장소를 받아들이겠다고 전해요."

열 받아 하는 나 대신 레이뮤가 바이오스 쪽 사신에게 우리의 뜻을 전달했다. 그 말을 듣고 바이오스 쪽 사신은 유유히 성을 빠져나갔고, 우리들은 슈아로에를 걱정하면서도 바이오스와의 일 대 일 대결을 준비했다.

이틀 뒤.

저벅— 저벅—

5천 명의 병력이 이동을 시작하자 땅에 큰 진동이 발생했다. 발을 맞추어 이동하고 있었기 때문에 자연적으로 진동이 일어날 수밖에 없었다. 내가 5천 명의 병력을 이끌고 대결 장소인 데런 지역으로 이동하는 이유는 간단했다. 구경꾼 없이 싸우면 심심하기 때문이었다. 그런 이유에서 바이오스 황제도 우리와 비슷한 규모의 병력을 이끌고 데런 지역으로 왔다.

뎅— 뎅— 뎅—

둥— 둥— 둥—

아군의 종소리와 바이오스 군의 북소리가 공허한 데런 지역에 메아리쳤다. 데런 지역은 밭농사를 하는 평지라서 주변에 듬성듬성 집이 있을 뿐 거의 무인 지대라고 볼 수 있었다.

"……."

"……."

난 아군의 가장 앞쪽에 서 있었고, 바이오스도 마찬가지였기 때문에 나와 바이오스는 서로의 모습을 가장 먼저 확인했다. 일단 오랜만에 만났지만 둘 다 서로 달라진 점은 거의 없는 것 같았다. 단지 예전에 비해서 바이오스의 표정이 조금 나빠 보이는 느낌이 들었다.

헉! 바이오스 녀석의 옆에 슈아가 있잖아?! 다행히 별일은 없어 보이는 표정이긴 한데…… 슈아가 바이오스의 옆에 서 있으니 기분이 상당히 나쁜걸? 빨리 일 대 일 대결을 마치고 슈아를 복귀시켜야겠다.

저벅저벅―

저벅저벅―

내가 먼저 앞으로 걸어나가자 바이오스도 그에 맞추어서 내 쪽으로 걸어나오기 시작했다. 대략 서로의 간격이 5미터 정도 되었을 때 난 걸음을 멈추고 바이오스에게 인사를 날렸다.

"오랜만이다."

"그래, 오랜만이다."

서로 썰렁한 인사를 주고받고 나서 잠시 침묵의 시간이 흘렀다. 특히 내 머릿속에는 빨리 끝내고 돌아가자라는 이미지가 강하게 박혀 있어서 할 얘기가 전혀 없었다. 그런데 바이오스가 의외의 말을 꺼냈다.

"원래는 네놈을 가장 마지막에 쓰러뜨리려고 했는데 한계에 부딪쳐서 지금 싸우기로 결정했다."

"……!"

잉? 한계? 뭔 한계? 바이오스 녀석, 무슨 임계점이라도 돌파하려는 건가?

"한계라니, 그게 무슨 뜻이지?"

"내가 전에 얘기 안 했던가?"

"안 했다. 다음에 만나면 둘 중 하나는 죽는다는 말밖에 안 했어."

"흐음, 그렇군."

자신이 전에 무슨 얘기를 했는지도 기억하지 못하는지 바이오스는 잠시 머리를 갸웃했다. 그러다가 어차피 이번이 마지막이라는 생각 때문에 자세한 설명을 하기 시작했다.

"난 너를 흡수해 보다 완벽한 내가 된다."

"……?"

뜬금없는 바이오스의 말에 도리어 내가 고개를 갸웃했다. 전에도 흡수라는 표현을 듣긴 했지만 그 의미가 정확히 와 닿지 않았기 때문이다.

"흡수한다는 게 무슨 뜻이지?"

내가 질문을 날리자 바이오스는 친절하고도 퉁명스럽게 대답했다.

"말 그대로의 의미다. 정확히는 너의 인격을 나와 융합시키는 거지. 네놈의 몸이나 기억 따위는 필요없으니까."

"인격을 융화? 융화시켜서 뭐 하려고?"

"난 권강한의 버리지 못한 욕망으로부터 탄생한 존재다. 그래서 시간이 지나면 지날수록 나 스스로가 내 욕망을 이기지 못하게 된다. 그렇기 때문에 욕망에 짓눌려 이성을 잃기 전에 또 다른 권강한을 소환해서 녀석의 인격을 흡수하는 것이다. 그러면 내 욕망을 억누를 수 있는 자제력이 생기게 되지. 세상을 지배하려면 자제력이 있어야 하니까."

"……!"

바이오스의 말은 간단했다. 자신의 욕망을 억누를 수 있는 이성을 다른 존재로부터 흡수한다는 뜻이었다. 하지만 난 단순히 그 이유 때문에 나를 이곳으로 소환했는지 의심이 갔다.

"단순히 욕망을 억누를 수 있는 자제력을 얻으려고 날 소환한 거냐?"

난 의구심을 가지고 질문을 했는데 바이오스는 당연하다는 듯이 답했다.

"그렇다. 난 지금의 내 모습에 만족한다. 그래서 네놈의 육체나 기억은 필요가 없다. 그리고 내 능력은 누구보다 강하기 때문에 다른 능력도 원치 않는다. 나에게 반드시 필요한 것은 오직 욕망을 억누를 수 있는 이성뿐이다."

"……."

흐으, 이성만 있으면 된다고? 물론 이성(異性)이 아니라 이성(理性)이겠지만…… 달랑 자제력을 얻으려고 나 같은 녀석을 소환해서 흡수하고, 또 그 짓을 계속 반복해?

"그럼 넌 대체 언제까지 이 짓을 계속할 거지? 죽을 때까지 나 같은 존재를 소환하고 흡수하고 할 거냐?"

"귀찮긴 하지만 어쩔 수가 없다. 내가 수명을 다할 때까지 그렇게 되겠지."

"……."

너무나 당연하다는 듯이 말하는 바이오스의 태도에 난 고개를 설레설레 저었다. 그러고 나서 난 딱 한 마디만 했다.

"그냥 나가 죽어라. 왜 사냐?"

"후후."

내가 욕을 해도 바이오스는 아무렇지도 않게 웃었다. 하지만 난 단순히 욕만 하려는 의도가 아니었기 때문에 다음 말을 덧붙였다.

"자신의 욕망도 절제하지 못하면 어디 그게 사람이냐? 자신을 유지시키기 위해서 남을 죽이는 게 옳다고 생각하냐? 네가 살기 위해서 잘살고 있는 남을 끌어들여서 죽일 만큼 네놈 목숨이 가치있다고 생각하냐고!"

난 나도 모르게 목소리를 높였다. 생각하면 생각할수록 화가 났기 때문이었다. 그런데 바이오스는 그런 내 분노에 더욱 불을 지폈다.

"물론이다. 난 이 세상 누구보다 위대한 존재이다. 온 세상을 지배할 수 있는 능력을 가진 자에게 희생당하는 걸 영광으로 생각해라!"

"......."

크으…… 바이오스 녀석, 정말 짜증나는 사고방식을 가지고 있군. 진짜 이렇게까지 말하고 싶지는 않았는데, 휘발유를 뿌린 건 바이오스 녀석이니 내가 라이터를 켜주마.

"네놈이 위대한 존재라고 생각하냐? 아무런 고생도 하지 않고 쉽게 능력을 얻은 녀석이 뭐가 위대해? 좋은 집안에서 태어나 호의호식하는 자식이 '나 잘났으니 받들어 모셔라'라고 하면 누가 호응해 준다냐? 너, 바보냐?"

내가 열을 내고 있음에도 불구하고 바이오스는 히죽거렸다.

"후후, 내 능력이 부럽냐? 하지만 어쩌냐. 네놈이 그따위로 태어난걸. 널 낳은 네놈 부모를 탓해라."

"......!"

그 말을 듣고 순간 눈이 뒤집힐 뻔했다. 만약 이곳에 1만 명에 달하는 병사들이 없었다면, 그리고 전쟁의 승부를 결정 짓는 대결이 아니었다면 난 분명 두 눈을 부릅뜨고 바이오스에게 달려들었을 것이다. 하지만 난 계획대로 바이오스와의 대결을 이기기 위해 들끓는 분노를 억지로 삭여야만 했다.

"후우…… 차라리 그 능력을 포기하는 게 어때? 그러면 굳이 다른 사람을 소환하지 않아도 되잖아."

난 분노를 억누른 상태에서 다시 질문을 날렸다. 하지만 역시 바이오스의 대답은 한결 같았다.

"이 아까운 능력을 버리라고? 미쳤냐?"

"……."

흐으, 역시 권력의 맛을 본 자는 권력에 미련을 버리지 못하고 돈맛을 본 사람은 돈을 잊지 못하는군. 뭐, 그게 인간이긴 하지만 그렇다고 그걸 인정해 주고 싶지는 않아. 내가 가지지 못한 걸 가진 사람에 대한 피해 의식이라고 하면 할 말 없어. 하지만 확실한 건, 지금 눈앞에 있는 녀석이 매우 재수 없는 인간이라는 것!

"쓸데없는 말은 그만 하고 대결을 시작하자. 이 대결에서 살아남는 쪽이 이 전쟁에서 승리하는 것이다."

난 바이오스의 눈을 똑바로 쳐다보며 그렇게 말했다. 그러자 바이오스도 기다렸다는 듯이 소리쳤다.

"물론이다! 그리고 그 승자는 내가 된다!"

"과연 그럴까? 네가 철썩같이 믿고 있는 그 힘이 얼마나 덧없는 것인지를 뼈가 시리도록 느끼게 해주마."

난 일부러 사악한 웃음을 흘렸다. 그리고 대결이 시작된 시점에서 난 내 마나에 저장되어 있는 String 제어 코드를 실행했다. String 제어 코드에는 정신력 제어 코드가 없기 때문에 단순히 단축키 코드를 실행시키는 것으로 String 제어 코드를 실행시킬 수 있었다. String 제어 코드의 영역은 날 중심으로 반경 10미터. 그러다 보니 나와 바이오스가 String 제어 코드 영역 내에 완전히 들어가 있게 되었다.

"응? 뭐 한 거냐?"

내가 마법을 실행했는 데도 별반 달라진 것이 없자 바이오스는 고개를 갸웃했다. 하지만 곧 그런 것은 상관없다는 듯이 자신의 공격을 개시했다.

"마지막이니만큼 화려하게 끝내주마! 영광으로 알아라!"

바이오스는 마치 공격 명령을 내리는 것처럼 나를 향해 한 손을 뻗으며 우렁차게 소리쳤다. 하지만 바이오스로부터 어떠한 힘도 느낄 수 없었다. 지금 String 제어 코드 영역 안에서는 그 어떤 능력도 통용되지 않기 때문이었다.

"엇?! 뭐야?!"

자신의 능력이 전혀 발동되지 않음을 깨달은 바이오스의 얼굴에 경악의 표정이 떠올랐다. 한 번도 이런 경우를 당한 적이 없기 때문에 나올 수 있는 표정이었다.

"에잇! 크윽! 왜! 왜 안 되는 거야?!"

바이오스는 신경질을 부리듯 나를 향해 수차례 손을 뻗었다. 그러나 아무런 일도 일어나지 않았다. 그에 따라 바이오스의 얼굴에는 경악, 불안, 초조, 공포 등의 감정이 얽히고설켜서 굉장히 다채롭고 바람직한 표정이 형성되었다.

"어때? 네 능력이라는 것이 얼마나 덧없는지를 깨달았냐?"

난 천천히 검을 뽑으면서 바이오스를 놀렸다. 그런 내 모습을 보고 바이오스도 황급히 자신의 허리에 찬 검을 뽑았으나 그의 자세는 매우 불안정했다. 한눈에 보기에도 검을 다루어 본 적이 없는 모습이었다.

흐으, 역시 내 생각이 맞았어. 너무 특출한 능력을 가진 사람은 그 능력에 기대기 때문에 다른 수단을 이용할 생각을 하지 않지. 바이오스 녀석도 그냥 뽀대용으로 검을 가지고 있을 뿐 실제로 써본 적이 없는 거야. 그건 나도 거의 마찬가지이긴 하지만 그래도 난 휴트로에게 특훈을 받았고, 녀석은 아예 검을 쓸 줄 모른다. 이건 큰 차이지.

"무슨 짓을 한 거냐?! 네놈도 마법을 못 쓰잖아!"

자신뿐만 아니라 나 역시 마법이나 정령술을 쓸 수 없다는 것을 알았는지 바이오스가 검을 꼬나쥔 채로 소리를 고래고래 질렀다. 난 천천히 바이오스에게 다가가며 비웃음을 흘려주었다.

"아무리 뛰어난 프로그램 사용자라고 해도 프로그램 자체에 버그가 생기면 어떻게 할 수가 없어. 그리고 컴퓨터 자체가 작동되지 않으면 더더욱 할 일이 없지. 지금 딱 그런 상황이야. 난 지금 네놈이 쓸 수 있는 컴퓨터 자체를 망가뜨린 거니까."

"……!"

"네가 만약 네 힘이 어떤 식으로 구현되고 실행되는지를 알고 있었다면, 컴퓨터가 망가진 이 상황에서 직접 수리를 하던가 하는 방식으로 뭔가 해결책을 찾았을 거다. 하지만 그런 경험이 없고, 그럴 생각이 없던 너는 당황만 할 뿐 아무것도 할 게 없어. 따라서 이 일 대 일 대결은 나의 승리다."

"……!"

나와 바이오스의 거리가 서로의 검이 맞닿을 만한 위치까지 좁혀졌다. 조금만 정신을 놓았다가는 서로의 검에 의해 큰 상처를 입을 만한 거리에서 난 바이오스의 다음 행동을 기다렸다.

"내가 진다고?! 웃기지 마라! 난 이 세상을 지배할 위대한 인물이다!!"

자신이 진다는 말에 화가 났는지 바이오스가 이를 악물고 내 머리를 향해 검을 휘둘렀다. 초심자가 그렇듯 공격 루트가 매우 단순했기 때문에 난 검을 들어 바이오스의 공격을 맞받아쳤다.

챙!

"허억!"

검과 검이 부딪침과 동시에 바이오스의 검이 날아가 버렸다. 내 힘이 부족한 탓에 멀리 날아가지는 않았지만 바이오스가 검을 다시 주워 들기에는 무리가 있는 거리였다. 검을 쥐는 법도 모르고 무작정 검을 휘둘렀다가 검과 검의 충돌에 의한 충격이 전해지자 그대로 검을 놓친 것이었다.

"이, 이이……!"

바이오스는 무슨 뜻인지 알 수 없을 정도로 심하게 말을 떨었다. 하지만 그의 심리 상태는 뻔했다. 일 대 일로 싸우는데 나에게는 검이 있고, 바이오스 자신에게는 검이 없다. 그렇다고 바이오스 자신이 격투기를 배운 것도 아니다. 따라서 결과는 나의 승리라는 결론이 도출되므로 바이오스로서는 공포를 느낄 수밖에 없는 것이다.

"넌 끝이야."

난 사악한 미소를 날려주면서 검을 대각선으로 치켜들었다. 표적은 바이오스의 목이었다. 내 완력으로 사람의 목을 치는 건 쉽지 않기 때문에 양손으로 칼자루를 쥐었다. 바이오스는 궁지에 몰린 쥐처럼 도망칠 생각조차 못하고 내 얼굴만 쳐다보고 있었다. 이제 내가 검을 내리치기만 하면 나의 승리가 확실시되는 순간이었다.

피잉—

그때 갑자기 날카로운 파공음이 들려왔다. 그리고 느닷없이 내 왼손에 굉장한 통증이 전해져 왔다. 왼팔이 완전히 마비되는 느낌이 들어서 급히 왼손을 내리고 고개를 돌려 보니 내 왼팔의 손목 위쪽 부근에 화살이 하나 박혀 있는 걸 확인할 수 있었다. 팔꿈치 부분에서 손목까지의 팔뼈는 요골과 척골, 두 개로 나뉘는데, 화살이 그 두 뼈 사이를 관통한 것 같았다.

"크윽……!"

화살에 관통당한 팔에서 굉장한 통증이 엄습해 왔다. 아마도 바이오스가 위험에 처한 것을 보고 바이오스 군의 어떤 망할 인간이 규정을 어기고 화살을 날린 듯했다. 애초에 릴리나 다른 사람들에게 String 제어 코드 영역의 바깥 부분을 바람의 장막 같은 걸로 막아놨다면 이런 불의의 공격을 당할 이유가 없었을 것이다. 그러나 감히 일 대 일 대결 중에 훼방을 놓을 정신 나간 녀석이 있으리라고는 미처 생각지 못했기 때문에 나로서는 뒤늦은 후회를 해야만 했다.

이런 망할……! 뼈는 멀쩡해도 근육이 망가졌으니 팔을 움직일 수가 없어! 아니, 그보다 너무 아파서 당장이라도 쓰러져 울고 싶다! 어떤 자식인지 모르겠지만 나한테 걸리면 아주 내장을 다 꺼내서 개 먹이로 줄 테다!

타타타—

그때 두려움에 떨고 있던 바이오스가 떨어뜨린 검 쪽으로 내달리기 시작했다. 내가 전투 불능 상태라는 걸 파악하고 잽싸게 검을 주우려고 하는 것이다. 그것을 본 순간 난 정신이 번쩍 들었다. 아무리 바이오스가 검을 쓸 줄 모른다 하더라도 왼팔에 화살이 박혀 제대로 싸울 수 없는 사람한테 두려움을 느낄 바보는 아니었다.

"……!"

난 지금 전투를 할 수 있는 상태가 아니야. 만약 바이오스가 검을 집어 든다면 내가 질 수밖에 없어. 그렇다고 지금 String 제어 코드를 해제하고 아군에게 도움을 요청하면 바이오스가 마음대로 활개치게 내버려 두게 돼. 그러면 아군은 전멸이야. 결국 내가 어떻게 해서라도 지금 이 순간에 바이오스를 없애야 해. 그 수밖에 없어!

탁—

화살이 박혀 움직일 수 없는 왼손은 내버려 둔 채 난 오른손에 힘을 주었다. 그리고 검을 집어 들려는 바이오스를 향해 뛰어갔다. 나의 모든 정신은 바이오스의 머리에 집중되어 있었다. 다른 모든 요인을 제외하고 오직 바이오스의 목을 친다는 것만 머릿속에 인식시켰다.

"이제 너 같은 건……!"

나와 바이오스와의 거리가 2미터 이내로 좁혀졌을 때, 바이오스가 떨어뜨린 검을 주워 들며 득의에 찬 표정을 지었다. 하지만 검을 줍고 돌아서는 순간 바이오스는 움직임이 없는 상태가 되었다. 내가 표적으로 삼은 바이오스의 목도 움직임이 없었다. 가까운 거리에서 고정 표적을 검으로 베는 것은 그렇게 어려운 일이 아니었기에 난 그저 오른손에 힘을 준 채 검을 힘차게 휘둘렀다.

…….

검에 미세한 저항만이 느껴졌을 뿐 검은 미끄러지듯이 바이오스의 목을 훑었다. 너무 깔끔한 느낌이라 기분이 좋아질 정도였다. 하지만 긴장하고 있는 내가 그런 기분을 제대로 느낄 리 없었다. 나에게 있어 중요한 것은 바이오스의 목이 떨어졌느냐, 떨어지지 않았느냐일 뿐이었다.

툭—

검을 휘두른 뒤에 고개를 들어 보니 바이오스의 몸뚱이로부터 머리가 하나 툭 떨어져 내렸다. 그리고 머리를 잃어 잠시 서 있던 몸뚱이도 이내 앞으로 꼬꾸라졌다. 지면을 빨갛게 적시는 피가 바이오스의 죽음을 명확하게 보여주고 있었다. 이 세계를 지배하려고 했던 자의 허무한 최후였다.

스윽—

난 바이오스의 머리를 검을 쥔 오른손으로 잡았다. 생각 같아서는 왼손으로 잡고 싶었지만 마비되어 버린 왼손으로는 바이오스의 머리를 들어 올릴 수가 없었다. 그래서 힘들지만 검과 바이오스의 머리를 둘 다 오른손으로 쥐어야만 했다. 그리고 바이오스의 목을 보란 듯이 높이 들어 올리며 될 수 있는 한 크게 외쳤다.

"너희들의 대장은 죽었다! 이 전쟁은 나, 검은 천사의 승리다!"

"……."

모든 병사들이 입을 다물었다. 들리는 것이라고는 내 외침 소리에 의한 메아리뿐이었다. 그 소리를 듣고 있으니 갑자기 정신이 아득해지기 시작했다. 긴장을 놓아서는 안 되는데 왼손의 통증이 내 머리를 마비시키고 있었던 것이다.

"우와와와—!"

그 순간, 갑자기 우리 아군 쪽에서 굉장한 함성이 터져 나왔다. 수장끼리의 대결에서 내가 이겼으니 그들로서는 기쁠 수밖에 없었던 것이다.

"Break……."

난 일단 String 제어 코드를 해제하기 위해 Break 코드를 실행시켰다. 그러자 String 제어 코드 영역이 사라지면서 나 스스로 마법을 사용할 수 있는 상태가 되었다. 하지만 난 마법으로 내 왼손의 부상을 치료할 수가 없었다. 이미 시야가 흐려지고 이성이 마비되어서 그렇게 해야 한다는 것조차 느끼지 못했기 때문이다.

"레지 군! 레지 군!"

정신이 흐려져 가는 상황에서 귀에 익숙한 목소리가 들려왔다. 그 목소리가 슈아로에의 것임을 직감했지만 난 그 어떤 반응도 할 수 없었다. 갑자기 몸과 머리로부터 이상한 느낌이 마구 들어왔던 것이다.

우우웅—

머릿속은 혼란스럽고 몸은 움직이지 않았다. 마치 무언가가 내 머리와 몸으로 들어오는 듯한 느낌이었다. 그것이 무엇인지 정확히 알 수는 없었다. 하지만 내 머리와 몸은 마치 스펀지처럼 그 무언가를 끊임없이 받아들였다. 마치 그래야만 하는 것처럼.

＊　　　＊　　　＊

"……."

난 천천히 눈을 떴다. 보통 자고 일어나면 더 자고 싶은 충동이 일어나기 마련인데 지금은 그런 게 없었다. 잘 걸 다 잔 것처럼 기분이 개운했다.

"깨어났군요!"

내가 눈을 뜨자마자 슈아로에의 반가운 목소리가 들려왔다. 어차피 몸 상태는 컨디션 100%였기 때문에 난 천천히 몸을 일으켰다. 여태까지는 이런 경우에 보통 내가 흐느적거려서인지 바로 몸을 일으키자 슈아로에는 화들짝 놀랐다.

"에? 일어나도 괜찮아요?"

"괜찮아. 아픈 데는 없……!"

난 아무 생각 없이 말을 하다가 문득 바이오스 군의 예고 없는 화살 공격을 받고 왼팔이 관통당한 사실을 떠올렸다. 그 순간 여태 느끼지 못했음에도 왼팔에 엄청난 통증이 일어나는 듯한 착각을 일으켰다.

"……."

잉? 그런데 왼팔에는 상처 하나 없다? 내가 자빠져 자고 있을 때 레이뮤 씨나 네리안느가 치료해 준 건가?

"내 왼팔, 크게 다쳤잖아? 제대로 뚫렸는데 지금은 멀쩡하네?"

"아, 네리안느 씨가 치료해 주었어요. 하지만 부상이 심해서 레이뮤님도 네리안느 씨와 같이 치료를 했어요. 그래서 상처가 빨리 나은 거예요."

내가 왼팔을 쳐다보며 입을 열자 슈아로에가 친절하게 답변해 주었다. 확실히 화살에 왼팔을 관통당했으니 웬만한 치유 마법이나 신력으로는 치료하기가 쉽지 않다. 네리안느와 레이뮤가 아니었다면 이 정도로 완벽하게 상처를 치료할 수는 없었을 것이다. 그런 면에서 난 운이 매우 좋았다.

"다른 사람들은?"

난 내가 누워 있는 곳을 둘러보며 물었다. 일단 여기가 익스프레스 성의 내 방이라는 건 쉽게 알 수 있었는데, 방 안에는 나와 슈아로에 둘뿐이었다.

"기다려요. 불러올게요."

슈아로에는 나보고 얌전히 침대에 앉아 있으라는 손짓을 해 보이고는 방문을 열고 밖으로 나갔다. 슈아로에가 나가자 방 안에는 나 혼자 덩그러니 남게 되었다. 그 순간, 갑자기 머릿속에서 여러 가지 생각이 떠오르기 시작했다. 그것은 여태까지 내가 알고 싶었지만 전혀 알 수가 없었던 사실들이었다.

……

"레지 군! 모두 오셨어요!"

약 3분 정도의 시간이 지나자 슈아로에가 레이뮤, 유리시아드, 네리안느, 휴트로, 리엔, 리에네, 릴리를 데리고 왔다.

레이뮤는 내가 침대 위에 앉아 있는 걸 보고 표정을 누그러뜨리며 물음을 던졌다.

"몸은 괜찮은가요?"

"예, 괜찮아요."

많은 인원이 한꺼번에 방에 들어와서 앉을 자리가 턱없이 부족했다. 그래서인지 나를 제외한 모두가 선 채로 나를 쳐다보고 있었다. 마음 같아서는 그들에게 침대라도 양보해 주고 싶었지만 그랬다가는 내가 일어서야 했기 때문에 일단 나만 침대에 앉아 입만 놀렸다.

"전쟁은 어떻게 됐어요?"

"전쟁은……."

내 물음에 레이뮤가 천천히 대답을 했다.

"우리의 승리로 끝났습니다. 바이오스를 잃은 직후, 바이오스 군은 피시아이 성에서 퇴각했어요. 수장이 없어졌으니 싸울 의지를 잃어버린 거죠."

흐음, 그렇군. 순순히 퇴각을 하셨군. 역시 바이오스가 사라지니 바이오스 군은 오합지졸이 되어버렸어.

"바이오스 군은 바이오스라는 독재자 하나만을 구심점으로 했으니 구심점 소멸과 동시에 와해된 거예요. 그에 비해 우리도 총대장이 쓰러졌지만 대신할 구심점은 많죠. 게다가 총대장이 죽은 것도 아니라 전쟁을 계속할 경우 우리가 승리할 가능성이 높으니 그들로서는 퇴각을 결정한 게 현명한 판단이었어요."

레이뮤도 나와 같은 생각을 했다. 한 사람에게만 모든 권한을 넘겨주면 프로젝트의 진행이 매우 빨라지지만 잘못된 방향으로 갈 확률이 높고, 그 사람이 사라져 버리면 프로젝트도 같이 끝나 버리는 경우와 마찬가지였다. 바이오스 군이 무서울 수밖에 없었던 이유는 바이오스가 있었기 때문이고, 바이오스가 없는 바이오스 군은 치즈 빠진 피자 신세인 것이다.

"팔에 화살이 박히고도 바이오스의 잘린 머리를 들고 승리를 선언한 레지 군의 모습에 바이오스 군이 겁을 집어먹은 점도 크게 작용했지요."

"……."

흐으, 나도 그걸 노리고 아픔을 죽어라 참고 그 짓을 했다고. 생각해 봐, 바이오스의 머리를 잘랐는데 팔에 화살이 박혀서 아프다고 징징대면 얼마나 X팔려? 총대장이라는 직책만 아니었다면 아프다고 발악을 했을 텐데, 그놈의 직책 때문에…….

"이번 전쟁의 승리로 사베루트 황제가 만족하고 있어요. 아마 그쪽에게 명예 공작 지위를 내릴 것 같아요."

나와 레이뮤의 대화가 끝나기를 기다려 유리시아드가 입을 열었다. 그 소리는 또 처음 듣는 거라서 난 조금 놀랐다.

"나한테 명예 공작?"

"그래요. 다른 나라들보다 먼저 그쪽을 우리 편으로 끌어들이려는 오라버니의 수법이죠. 다른 방법을 쓰는 것보다 그게 확실하니까요."

"……."

흐으, 자기 오라비의 행동을 수법이라고 하다니…… 원래부터 사베루트 황제에게 부담을 느끼는 건 알고 있었지만, 황제로서의 행동도 별로 좋게 보질 않는군. 아, 하긴 유리시아드는 남자 자체를 별로 신뢰하지 않으니까 당연한 건가.

"곧 귀환할 거니까 그쪽도 준비해요."

유리시아드는 쌀쌀맞은 목소리로 말을 이었다. 그 말을 끝으로 모두들 돌아갈 준비를 하려는 것 같아서 난 급히 제동을 걸었다.

"모두에게 할 말이 있어요."

"……?"

내가 갑자기 정색을 하자 모두들 어리둥절한 표정을 지었다. 그들 모두 내가 과연 무슨 말을 하려고 하는지 전혀 상상조차 하지 못하는 분위기였다. 그렇게 모두의 시선을 집중시킨 나는 폭탄선언과도 같은 말을 꺼냈다.

"내가 바이오스를 제거했을 때, 녀석으로부터 일부 능력을 흡수했습니다. 그래서인지 원래 내가 살던 곳으로 돌아갈 수 있는 방법을 자연스럽게 알게 됐습니다."

"……!"

내 말을 듣는 순간 모두의 얼굴에 경악의 빛이 흘렀다. 나 역시 그 사실을 처음 알았을 때 무척이나 놀랐으니 다른 사람들 역시 놀랄 수밖에 없었다. 아니, 어쩌면 내가 다른 세계의 사람이라는 것을 한동안 잊고 있었다가 내 말로 인해 갑자기 깨달은 탓도 있을지 몰랐다. 어찌 됐든 일행 모두가 크게 놀랐고, 그중에서 슈아로에가 가장 크게 놀란 듯 보였다.

"도, 돌아갈 방법을 알았다구요?"

그렇게 되묻는 슈아로에의 표정은 왠지 애처로워 보였다. 어쩌면 나 혼자 그렇게 느끼는 것일지도 모르지만 마음 한구석이 아려왔다. 그래도 사실을 숨길 생각은 없었다.

"그래. 그리고 그 방법이 지금의 나에게 가능하다는 것도 알았어."

"……!"

또다시 모두의 얼굴에 경악의 표정이 떠올랐다. 그렇게 잠시 침묵의 시간이 흐른 뒤 레이뮤가 대표 격으로 질문을 던졌다.

"방법은 무엇인가요?"

"시간을 들여서 포스를 모으고, 그 포스를 일곱 개로 만들어 특정 마법진을 그리면 내가 살던 세계로 갈 수 있는 길이 생겨요. 포스 모으는 방법과 특정 마법진을 그리는 것 모두 알고 있고, 지금의 내 능력으로 포스를 모으는 데 7개월의 시간이 필요합니다."

"……!"

난 좀 더 구체적인 설명을 해주었다. 한마디로, 7개월이 지나면 난 이 세상과 바이바이 할 수 있다는 소리였다.

흐으, 나도 7개월 뒤면 원래 세상으로 돌아가리라고는 생각하지 못했어. 뭐, 사실 애초에 돌아갈 수 있느냐보다는 어떻게 하면 바이오스를 이길 수 있을까에만 초점을 맞추고 있었으니 당연한 거지. 하아…… 돌아갈 수 있다라…… 돌아갈 수 있다…….

"……그렇군요."

잠시 동안 침묵이 이어지다가 결국 레이뮤가 꺼낸 한마디는 그것이었다. 뭔가 할 말이 있어 보이긴 했지만 지금 당장은 별다른 말을 하지 않을 것 같았다. 그리고 그것은 레이뮤뿐만 아니라 다른 사람들도 마찬가지였다. 비록 전쟁에서는 승리했지만 우리 사이에는 이상한 기류만이 흐를 뿐이었다.

제42장

귀 환

전쟁은 바이오스 제국 토벌대의 승리로 돌아갔다. 이 전쟁의 병력 구성을 주도했던 센트리노 제국의 사베루트 황제는 모든 공을 나에게 돌리면서 나를 추켜세웠다. 그리고 유리시아드가 말했던 대로 나에게 명예 공작 지위를 내리기 위해 날 센트리노 제국 수도 소노마로 불러들였다. 이번 공작 작위 수여식에는 나를 비롯해 이번 전쟁에 참가했던 사람들 모두가 한꺼번에 참가했다.

띠리링— 땡—

공작 작위 수여식은 순식간에 끝났다. 그냥 공작 증명용 검과 소형 펜던트를 받는 것을 끝으로 행사는 매우 간략했다.

어차피 오늘은 내 공작 작위 수여식보다 전쟁 승리 기념 파티가 주이기 때문에 수여식이 끝나자마자 하프 소리와 함께 바로 승리 기념 파티가 시작되었던 것이다.

"훌륭합니다, 검은 천사!"

파티가 시작되자마자 사베루트 황제는 나에게 가장 먼저 다가와서 직접 와인 잔을 건넸다. 와인 잔에는 붉은색의 포도주 같은 술이 담겨 있었다. 원래 난 알코올하고는 별로 친하지 않지만 황제가 건네주는 거라서 그냥 받았다.

"고맙습니다."

"하하, 감사는 내가 해야 하지요. 어려운 싸움을 이겨줬으니까 말입니다."

사베루트 황제는 기분이 매우 좋아 보였다. 이번 전쟁을 통해 가장 많은 이득을 본 나라가 바로 센트리노 제국이기 때문이었다. 나 스스로 이런 말을 하긴 뭐하지만 대륙의 영웅으로 칭송받는 나와 가장 밀접한 관계를 형성했고, 사베루트 황제 역시 불안정했던 황제로서의 입지를 다지게 된 계기였다고 말할 수 있다.

"건배합시다."

"예."

쨍—

마시고 싶지는 않았지만 사베루트 황제가 술을 권했기에 난 할 수 없이 와인 잔에 들어 있는 술을 한 모금 들이마셨다.

순간 알코올의 강한 자극이 혀와 목구멍을 들쑤셔 놓았다.

크윽, 역시 내 몸은 알코올을 거부하는구나. 아니, 그런데 와인 잔에 담긴 게 포도주인 줄 알았는데 왜 이렇게 독해? 원래 포도주가 이렇게 독한가? 이거 전부 마셨다가는 바로 우웨엑! 하는 거 아니야?

"오라버니, 검은 천사는 술을 못하니 더 이상 권하지 마세요."

내가 강한 알코올로 인해 정신을 못 차리고 있을 때 유리시아드가 구원 등판을 했다. 전쟁 승리 기념 파티라서 그런지 그녀는 장미가 수 놓아진 붉은색 드레스에 화장까지 해서 그런지 상당히 아름다운 자태를 뽐내고 있었다. 물론 그녀뿐만 아니라 이 파티에 참석한 레이뮤, 네리안느, 슈아로에, 릴리 모두 드레스를 입었다. 휴트로는 귀족들의 파티가 싫다고 아예 불참했고, 리엔과 리에네는 언제나 자신들이 입는 옷만을 입은 상태였다.

"그러고 보니 레지 군이 술 취한 모습을 본 적이 없어요. 이 기회에 한번 취할 때까지 마셔보는 게 어때요?"

기껏 유리시아드가 구원 등판을 했는데 슈아로에가 훼방을 놓으려고 했다. 그래서 난 슈아로에에게 말로써 태클을 걸었다.

"난 술 취하면 짐승 돼."

"아, 그렇다면 별로……."

내 말을 듣고 슈아로에는 반사적으로 자신의 말을 거두어 들이려 했다. 그런데 말하는 사이에 뭔가를 생각했는지 갑작스럽게 말을 바꾸었다.

"레지 군이 짐승 되는 모습을 보는 것도 재미있을 것 같아요."

"……."

흐으, 어떻게든 나한테 술을 먹이려고 하는 저 사악한 수작……. 그러고 보니 나 스스로가 취할 때까지 술을 마셔본 적이 없구나. 진짜 술에 취하면 어떻게 될까? 그런 생각을 하니 정말 궁금해지는 것도 같은걸?

"검은 천사, 불쾌해하지 말고 들었으면 합니다."

"……?"

나와 슈아로에가 신경전을 벌이고 있을 때, 갑자기 사베루트 황제가 진지한 표정을 지으며 입을 열었다. 황제의 간섭으로 인해 술 취하느냐 마느냐의 문제는 허공으로 사라져 버렸고, 우리들은 황제의 다음 말을 긴장하며 기다렸다. 일행이 쳐다보든 말든 사베루트 황제는 나에게 시선을 고정시킨 채 말을 이어 나갔다.

"검은 천사도 이제 가정을 꾸릴 나이가 되지 않았습니까. 마음에 둔 사람이 없다면 내 여동생을 배우자로 맞이하는 건 어떠한지?"

"……!"

"……!"

사베루트 황제의 말은 그야말로 청천벽력이었다. 전쟁 승리 기념 파티에서 혼사 문제를 논의하는 그의 센스도 그렇거니와, 자신이 흑심을 품고 있었던 여동생을 나한테 넘겨준다고 말을 하니 놀라지 않을 수 없었던 것이다. 그 말을 듣는 즉시 난 유리시아드를 쳐다보았다. 난 아무런 잘못이 없지만 유리시아드가 사베루트 황제의 말에 뚜껑이 열려서 날 베어버릴지도 모르기 때문이었다.

"……."

"……?"

잉? 왜 유리시아드가 가만히 있지? 아니, 황제의 말이라서 함부로 반박하지 못하는 건 이해하겠는데 얼굴에 화난 표정 하나 없잖아? 어차피 오라비 말 따위는 듣지도 않을 거고, 관심도 없다는 뜻인가? 사베루트 황제는 여동생에게 철저히 무시당하고 있구만.

"말씀은 고맙지만 본인은 아직 결혼할 생각이 없습니다."

유리시아드의 분노를 사긴 싫어 난 사베루트 황제의 제안을 정중히 거절했다. 그런데 의외로 사베루트 황제는 쉽게 물러설 기미를 보이지 않았다.

"아니, 유리시아드가 마음에 안 드십니까?"

"아닙니다. 오히려 과분하죠. 단지 지금은 결혼할 생각이 없을 뿐입니다."

"마음에 둔 여자도 없는 것입니까?"

"에…… 예, 그렇습니다."

"그렇습니까. 그럼 유리시아드에게도 기회가 있다는 뜻이군요."

"……."

흐으, 대체 왜 날 유리시아드하고 연결시키려는 거지? 뭐, 생각해 보면 날 자기편으로 끌어들이기 위한 정략결혼의 일환인 건 알겠는데…… 자기 여동생을 나 같은 녀석한테 주고 싶을까?

"잘 생각해 보시기 바랍니다. 그럼 파티를 편히 즐기십시오."

사베루트 황제는 의미심장한 웃음을 지으며 이내 다른 귀족들에게로 걸어갔다. 황제가 쓸데없는 말을 한 관계로 우리 일행들의 분위기가 매우 미묘해졌다. 특히 내 배우자로 거론된 유리시아드의 생각이 어떠한지 짐작하기가 어려워서 나로서는 뭐라 할 말이 없었다.

"유리시아드 씨, 왜 아무런 말이 없어요?"

유리시아드가 말을 할 생각이 없어 보이자 슈아로에가 먼저 입을 열었다. 그런데 유리시아드의 대답이 가관이었다.

"왜?"

"…유리시아드 씨는 아무런 생각이 없는 거예요? 사베루트 황제님이 유리시아드 씨하고 레지 군을 결혼시킬 거라잖아요."

"그거야……."

슈아로에가 구체적으로 파고들자 유리시아드는 간단명료
한 대답을 했다.

"정략결혼이잖아. 귀족들 사이에서 많이 하는 결혼 형태인
걸."

"……."

정략결혼은 당연한 거다. 뭐, 이런 분위기로군. 보통 나이
가 어릴수록 결혼할 상대를 누군가가 정해 버리는 것에 심한
반발심을 가지고 있는데…… 유리시아드는 그런 게 전혀 보
이지 않는군. 결혼 따위는 아웃 오브 안중이라는 건가?

"유리시아드 씨는 화나지도 않아요? 아무리 황제라지만 다
른 사람이 배우자를 정해 버리는 거잖아요."

파티에서 시끄럽게 떠들고 싶지는 않았는지 슈아로에는
약간 작은 소리로, 하지만 진지한 표정으로 유리시아드를 다
그쳤다. 그러나 유리시아드의 대답은 한결 같았다.

"어차피 남자는 전부 욕망으로 뭉쳐져 있어서 더럽기는 매
한가지니까 누구랑 결혼해도 상관없어. 결혼을 한다고 해도
지금의 내 생활과 크게 달라지지는 않겠지."

"……."

흐으, 저 완벽한 남자 불신. 뭐, 상대의 욕망을 느낄 수 있
다니까 할 수 없는 거겠지만, 여자도 어차피 욕망을 가지고

있잖아. 여자나 남자나 욕망덩어리인 건 마찬가지 아닐까?

"각자 생각은 다른 거니까 그거 가지고 싸우지 말자. 먹을 거 앞에 두고 먹지 않으면 아무 의미가 없잖아?"

난 일단 슈아로에와 유리시아드 사이에서 중재 역할을 맡았다. 전쟁 승리 기념 파티인 만큼 준비되어 있는 음식은 호화롭고 먹음직스러웠다. 먹을 것에 한없이 약해지는 게 사람이라서 슈아로에와 유리시아드는 더 이상 정략결혼 문제로 다투지 않았다. 그런데 일행이 음식을 골라 먹기 직전에 유리시아드가 나를 향해 한마디 했다.

"남자든 여자든 가지고 있는 욕망을 분출하면 짐승이 되는 거고, 가지고 있는 욕망을 절제하면 사람이 되는 거예요. 그런 면에서 난 욕망덩어리 씨를 사람이라고 생각해요."

"......!"

유리시아드의 말은 날 사람으로 인정해 준다는 뜻이었다. 여태까지 날 동물 취급했다면, 앞으로는 인간 취급을 하겠다는 소리인 것이다. 서로 알게 된 지 거의 3년이 되어가는데 이제야 인간 취급을 받으니 만감이 교차했다.

"레지 군."

여태까지 우리들의 대화를 말없이 듣고 있던 레이뮤가 나에게 다가와 작은 목소리로 날 불렀다. 내가 쳐다보자 레이뮤는 진지한 표정을 지으며 말을 이었다.

"이제 대답을 할 때가 오지 않았나요? 이 세계에 남을 것인지, 원래 살던 세계로 돌아갈 것인지."

"……!"

"……!"

전쟁 승리 기념 파티에서 결혼 문제를 꺼낸 사베루트 황제의 센스도 그렇지만 레이뮤의 센스도 만만치가 않았다. 이 자리에 전혀 어울리지 않은 얘기를 강요하니 나로서는 참 난감하기 그지없었다. 하지만 레이뮤의 말대로 돌아갈 것이냐 남을 것이냐의 대답을 해야 할 필요성이 있었다. 그 문제가 해결되어야 뭘 하든지 간에 진행이 될 수 있는 것이다.

"그동안 생각을 해왔는데요……."

입이 잘 떨어지지는 않았지만 난 계속 말을 이어 나갔다.

"원래 살던 세계로 돌아가기로 했습니다."

"……!"

내 선언은 어찌 보면 매우 당연한 것이었다. 그리고 어찌 보면 매우 의외의 것이었다. 그래서인지 그 말을 들은 사람들의 반응도 제각각이었다.

"본인들도 인간 세계에 있긴 하지만 언제나 엘프들의 고향으로 돌아갑니다. 레지스트리가 고향으로 돌아가려는 건 당연합니다."

리엔과 리에네는 내 결정에 강한 지지를 보냈다. 그들도 인간 세계에 뿌리를 내리고 살기보다는 자신들의 고향인 노스브릿지 산맥으로 돌아가서 지내고 있기 때문이었다.

"그 세계에는 레지스트리 군의 가족이 있으니까 돌아가는 게 옳겠군요."

"거의 3년이나 소식이 없었으니 가족들이 어떻게 생각할지."

네리안느와 유리시아드는 가족에 초점을 맞추었다. 확실히 그녀들 말대로 가족들이 어떻게 지내고 있는지 알고 싶은 마음도 있었다. 그러나 바이오스의 능력을 흡수한 뒤로는 지금 돌아간다 해도 내가 살던 곳의 시간이 그다지 많이 지나지 않았다는 근거없는 확신이 있어서 가족들 걱정은 별로 없었다. 아니, 아예 없었다.

"가족들이 보고 싶은 건 알아요. 하지만……!"

슈아로에는 자신의 뜻을 제대로 전달하지 못한 채 울먹거릴 듯한 표정을 지었다. 이곳이 전쟁 승리 기념 파티장이 아니었다면 정말 울먹거렸을지도 모른다는 생각이 들었다. 그녀의 입장에서 보면 내 마음은 이해하지만 가능하면 이 세계에 남았으면 하는 쪽인 듯했다.

"내가 알고 있는 레지 군은……."

릴리를 제외한 모두가 한 번씩 입을 연 상태에서 마지막 남은 레이뮤가 자신의 생각을 밝혔다.

"내가 알고 있는 레지 군은 가족을 걱정할 사람이 아니에요."

"……."

허억, 역시 500년 짬밥이 있어서 바로 내 마음을 알아차리는구나. 역시 우리들 중에서 제일 무서운 사람은 레이뮤 씨야.

"레지 군이 가족 때문에 돌아간다면, 그것이야말로 가장 말도 안 되는 이유지요. 지난 3년 동안 레지 군이 가족들 걱정을 하는 걸 단 한 번도 본 적이 없으니까요."

레이뮤의 말은 한 치의 오차도 없었다. 보통 사람이 타지에 나가게 되면 가족들 생각이 나지만, 나 같은 경우는 가족들 생각이 나지 않았다. 군대에서 2년 이상을 보냈을 때에도 가족들보다는 자유가 그리웠을 정도니까. 이 세계에 갑자기 떨어졌을 때에도 가족들의 걱정보다는 내 앞길에 대한 걱정이 더욱 많았다. 그런 내가 가족들이 보고 싶어서 돌아간다? 레이뮤의 말대로 그것은 정말 어불성설 중에 어불성설이었다.

"레지 군은 지금 이 세계에서 굉장한 위치까지 올라왔습니다. 아무것도 없는 일반 평민에서 대륙의 영웅으로 칭송받는 검은 천사가 되기까지 쉽지 않은 길이었지요. 이곳에 있으면 영웅으로서 영예롭고 호화로운 삶을 살 수 있는데 굳이 돌아가겠다는 이유는 무엇인가요?"

레이뮤는 차분한 어조로 나에게 질문을 던졌다. 그녀의 질문은 내가 정말 죽어라 하고 고민하고 있던 부분이었다.

"예, 그렇죠. 이곳에서 난 성공한 셈이니까요. 원래 세계로 돌아가게 되면 이 모든 걸 버리게 되는 거구요."

일단 이렇게 운을 떼놓고.

"본의 아니게 이 세계로 떨어져서 당황했지만, 어쨌든 성공한 것에 대해 감사하고 있습니다. 그렇지만 난 내가 살던 곳에서 목표로 삼았던 것이 있어요. 그것을 이루고 싶어서 돌아가고자 하는 것입니다."

"……."

그것이 내가 돌아가고자 하는 이유였다. 이곳에서의 성공이 나쁜 것은 아니다. 하지만 내 꿈은 게임 개발자였고, 그 꿈을 이루고 싶었던 것이다.

"돌아가면 그 목표를 이룰 수 있는 것인가요?"

레이뮤는 쉽게 수긍을 하지 않고 반론을 제기했다. 문제는 그 반론의 강도가 만만치 않다는 점이었다.

"돌아가서 목표를 이룰 가능성은…… 높지 않다고 봅니다."

"……!"

돌아가겠다는 의지와는 달리 목표 가능성이 없다는 말에 모두들 경악하는 표정을 지었다. 그중에서 슈아로에가 가장 격렬한 반응을 보였다.

"아니, 목표를 이룰 가능성이 낮다면서 왜 돌아가려는 거예요? 가족들이 보고 싶은 것도 아니잖아요?"

"특별히 가족들이 보고 싶은 건 아니야. 어차피 돌아가도 가족들과 눈물 흘리면서 상봉할 것도 아니니까. 단지 실현 가능성이 낮다고 해도 난 내 꿈을 이루고 싶어. 그 꿈을 위해서 이곳에 오기 전까지 노력하고 있었어. 그 노력을 헛되이 하고 싶지는 않아."

"……."

내 말에 슈아로에는 말문을 닫았다. 얼핏 들어보면 맞는 말처럼 느껴지기 때문이었다. 그러나 500년 짬밥의 레이뮤는 내 말의 허점을 놓치지 않았다.

"단순히 그동안 들인 노력이 아까워서 돌아가겠다는 건가요?"

"……."

흐으, 역시 레이뮤 씨는 무섭다니까. 다른 사람들은 그냥 다 그렇구나 하고 넘어가려고 하는데 혼자서 태클을 걸다니.

"그럴지도 모릅니다. 목표를 이루기 위해서 들인 노력이 꽤 컸으니까요."

"……!"

내가 순순히 레이뮤의 지적에 수긍을 하자 모두들 또다시 놀란 표정을 지었다. 단순히 들어보면 주식 투자를 해서 손해 본 사람이 그 손해를 메우려고 다시 주식 투자를 하는 꼴처럼 보이기 때문이었다. 하지만 난 그들이 뭐라고 말을 하기 전에 바로 추가 설명을 덧붙였다.

"하지만 반대로 생각해 보면 내가 이곳에 남는다는 것 역시 이곳에서 들인 노력과 결과를 버리기 아까워서라는 건 마찬가지입니다. 문제는 이곳에서는 그 노력이 결과로 이어졌지만, 내가 살던 곳에서의 노력은 결과로 이어질지 아닐지 알 수 없다는 것이죠."

"……."

나 스스로가 부정적인 말을 하고 있으니 일행으로서는 내 말에 동조를 해야 할지 반대를 해야 할지 갈피를 잡지 못했다. 그런 와중에 레이뮤가 또다시 질문을 던졌다.

"결과를 내지 못할 수도 있다는 것을 알면서도 시작하고 싶을 만큼 그 꿈을 이루고 싶은가요?"

우힛, 이제 이쯤에서 충격적인 말을 던져야겠다.

"아니오. 나도 잘 모릅니다. 내가 정말 그 꿈을 이루고 싶은지 어떤지."

"……!"

내 대답으로 인해 일행은 모두 패닉 상태에 빠졌다. 도대체 내가 무슨 의도로 그런 말을 하는지 알 수가 없었기 때문이다. 내 대답이 하도 종잡을 수가 없자 레이뮤도 당황하는 기색을 보이기 시작했다.

"꿈이 아닌가요? 목표가 정확하지 않으면 사람은 방황하게 되어 있어요."

"보통은 그런데, 꼭 그런 것만은 아니라고 생각합니다."

난 레이뮤의 질문에 대답하면서 나 자신을 예로 들었다.

"난 이곳에 와서 앞만 보고 살았습니다. 대륙의 영웅이 되겠다는 목표 따위는 전혀 없었어요. 그런데 어찌어찌하다 보니 영웅이라는 칭호를 받게 되었죠. 만약 나에게 영웅이 되겠다는 목표가 있었다면, 오히려 영웅이 되지 못했을 수도 있습니다. 사람 앞일은 알 수 없는 것이니까요."

"……."

실제로 내 말이 맞았기에 모두들 반박을 하지 못했다. 사실 이 중에 그 누구도 내가 대륙의 영웅이 될 것이라는 생각은 하지 못했다. 나 스스로도 그렇게 생각했으니 당연한 것이었다. 그럼에도 불구하고 난 영웅이 되었다. 영웅으로서의 자질은 무시하고, 어쨌거나 영웅이 된 것이다. 말하자면 운이 크게 작용했다고 할 수 있었다.

"어찌어찌 노력하다 보니 뜻하지 않게 목표를 이룬 경우도 있고, 뚜렷한 목표를 가지고 행동하다가 자멸해 버리는 경우도 있어요. 원래 살던 곳에서의 내 앞날이 어떻게 될지는 나도 알 수 없습니다. 그곳에서 가지고 있는 목표가 있지만 언제 목표 수정이 될지도 알 수 없죠. 그런데도 돌아가겠다고 한 이유는 간단합니다. 그저 그렇게 하고 싶으니까요."

"……."

모두들 여전히 말이 없었다. 이미 내 마음이 굳어져 버린 걸 느꼈기 때문에 무슨 말을 해도 소용없다는 걸 깨달은 것이다. 그래서 레이뮤도 더 이상 내 마음을 돌리지 않기로 했다. 대신 이 말 한마디만을 던졌다.

"레지 군의 행동이 용기가 될지 객기가 될지 알 수 없지만, 용기가 되었으면 해요."

"예. 용기가 되도록 노력해야죠."

나의 컴백 월드 문제는 그렇게 종결되었다. 그런데 네리안느가 갑자기 의외의 제안을 해왔다.

"레지스트리 군이 돌아가는 날짜를 알려주세요. 송별회라도 해야 하니까요."

"……"

흐으, 뭔 송별회씩이나. 그냥 '잘 먹고 잘살아라' 라고 하면서 보내주면 되지. 아니, 애초에 굳이 모일 필요가 있어? 어차피 다른 사람들에게는 알려지지 않도록 쥐도 새도 모르게 사라져야 하는데.

"그렇군요. 레지 군의 귀환 일자가 잡히면 모두에게 연락을 하겠어요."

내 마음을 아는지 모르는지 레이뮤는 선뜻 네리안느의 제안을 받아들였다. 나로서는 가기 전에 이들을 또 보는 게 나쁘지 않아서 그냥 가만히 있었다. 그렇게 네리안느의 제안에 레이뮤가 찬성을 하고 다른 이들도 모두 동의해서 내 귀환 일자에 맞추어 모두 모이기로 합의를 보았다.

*　　　*　　　*

봄의 계절인 5월이 되었다. 물론 봄은 3월부터 시작하지만 왠지 봄은 5월인 듯한 느낌이 들었다. 특별히 난 계절을 타지 않아서 봄이 되든 여름이 되든 상관없지만, 오늘은 좀 특별했다. 성인이 되는 슈아로에가 매지스트로를 떠나기 때문이었다.

"슈아도 이제 성인이 되었구나. 보고 싶을 거야."

레이뮤는 마차 옆에 서서 슈아로에와 작별 인사를 나누었다. 그동안 정들었던 학교를 완전히 떠나는 것이라 슈아로에의 얼굴에는 아쉬움의 표정이 떠올랐다. 물론 나는 중학교나 고등학교를 졸업할 때 아쉬움의 감정이라고는 눈곱만큼도 없었기 때문에 솔직히 슈아로에의 아쉬움을 이해하기는 무리였다.

"……."

"……."

레이뮤와 작별 인사를 끝낸 슈아로에가 내 앞에 와서 섰다. 처음 만난 날로부터 거의 3년이 다 되어간 탓인지 슈아로에의 키는 어느새 내 턱 밑까지 자라 있었다. 이미 성장이 끝나서 그 이상으로는 자라지 않을 것 같았지만, 어쨌든 슈아로에는 보통 여성의 키만큼 큰 것이다.

"잘 가."

"……."

나의 간단한 작별 인사에 슈아로에는 실망스런 표정을 지었다. 그러다가 퉁명스럽게 쏘아붙였다.

"뭐예요? 그게 끝이에요?"

"아니, 또 볼 건데 뭘."

"레지 군이 떠나는 날에요?"

"그때 모두 모이기로 했으니까."

나와 슈아로에 사이에서는 짧고 간결한 대답만이 오고 갔다. 예전부터 그런 식으로 문답을 하긴 했지만 최근 들어서는 그런 경향이 더욱 심해졌다. 어차피 난 이 세계를 떠나고 슈아로에는 남는다는 생각이 서로의 관계를 서먹서먹하게 만들고 있었던 것이다.

"난 성인식을 치르면 백작 작위를 받아요. 레지 군은 공작이지만 나라가 다르니 계급이 낮다고 날 무시하면 안 돼요."

일단 그 말을 꺼낸 슈아로에는 잠시 입을 닫았다. 다음 말을 할 것이냐, 말 것이냐 갈등하는 표정이었다. 그러다가 결심을 했는지 그녀의 입이 열렸다.

"백작 작위를 받으면 아마 혼사 문제가 오갈 것 같아요. 유명한 가문의 귀족 자제와 결혼할 가능성도 높구요. 유리시아드 씨가 말했던 대로 귀족들끼리는 정략결혼을 하니까요."

"……."

그렇게 말하는 슈아로에의 눈은 나에게 고정되어 있었다. 마치 무엇인가를 애타게 구하는 듯한 눈빛. 그것을 보고 난 슈아로에가 날 좋아하고 있다는 사실을 확실히 깨달았다. 그리고 나 역시 슈아로에를 좋아하고 있다는 것도 알게 되었다.
그러나 난 그 마음에 대답을 할 수가 없었다.

"정략결혼이라고 해도 그중에는 괜찮은 남자도 있을 테니
까 잘 골라봐."

"……."

스리슬쩍 넘어가는 내 말에 슈아로에는 결국 애절한 눈빛
을 거두어들였다. 그리고는 평소와 마찬가지의 표정으로 입
을 열었다.

"날짜 잡히면 알려줘요. 레지 군을 배웅하러 가야 하니까
요. 어쩌면 그때는 남편이 같이 있을지도 몰라요."

"……."

슈아로에의 말은 내 마음 한구석을 강하게 찔렀다. 그러나
우리들은 그냥 간단히 작별 인사를 주고받기만 했다. 잠시 후
슈아로에가 마차에 올라탔고, 마차는 매트록스 왕국을 향해
출발했다. 마차의 모습이 완전히 시야에서 사라질 때까지 난
제자리에서 움직이지 않았다.

"슈아의 마음을 알고 있지 않나요?"

내가 가만히 서 있자 레이뮤가 조심스럽게 물음을 던졌다.
그래서 난 고개를 끄덕이며 대답했다.

"알고 있어요. 하지만 난 곧 떠나니까요."

"……꼭 떠날 필요가 있을까요?"

"……."

레이뮤의 말에 난 아무런 대답도 하지 못했다. 떠나는 슈아로에의 모습을 보니 갑자기 마음이 흔들렸기 때문이다. 이미 이민을 해서 시민권도 획득하고 잘살고 있는데 굳이 고국으로 돌아가서 고생할 필요는 없지 않을까 하는 생각이 들었던 것이다.

　"의뢰가 들어왔어요."

　"……?"

　내가 한창 갈등하고 있을 때 레이뮤가 뜻밖의 말을 꺼냈다.

　"아이오 대륙에 있는 슬롯 산맥에서 그린 드래곤 한 마리가 광포화되어서 날뛰고 있어요. 그 때문에 바이오스 제국, 아니, 지금은 분열됐으니 이름은 없어졌지만 아이오 대륙 연합에서 우리에게 드래곤을 잡아달라는 의뢰를 해왔어요."

　"……."

　흐으, 그러고 보니 난 아직도 검은 천사 용병단의 단장이구나. 그동안 활동이 없어서 난 자연스럽게 해체된 줄 알았는데 아직 존재했군. 단장이 용병단이 존재하는지 안 하는지도 모르는 이 어이없는 상황.

　"드래곤을 잡으러 슬롯 산맥까지 가면 내가 돌아가는 날짜가 정해지겠네요. 그때까지 귀환 문제에 대해서 천천히 생각해 볼게요."

　난 바로 의뢰를 받아들였다. 일을 하면서 미래에 대해 생각하는 편이 낫다고 판단했기 때문이다. 레이뮤 역시 내 생각에 찬성했다.

"그래요. 시간은 많으니까 천천히 생각해요. 긍정적인 대답을 기대하겠어요."

"……"

흐으, 레이뮤 씨는 나보고 남아달라는 요청을 하시는군. 뭐, 레이뮤 씨 입장에서는 내가 밥줄이니까 남아줬으면 하는 거겠지. 그런데 난 아직 모르겠어. 내가 이곳을 떠나야 할지 남아야 할지. 난 왜 애초에 이 세계를 떠나야겠다고 생각했던 걸까? 아…… 모르겠다…….

*   *   *

슈아로에가 떠나고 5일 뒤에 나도 슬롯 산맥을 향해 출발했다. 레이뮤는 그린 드래곤을 잡는 데 몇 명의 용병을 지원해 주겠다고 했지만 난 오직 릴리만을 데리고 원정길에 나섰다. 사실 난 릴리만 데리고 가겠다고 했을 때 레이뮤가 당연히 반대를 할 것이라 생각했다. 그러나 레이뮤는 반대는커녕 오히려 릴리보고 날 잘 보필하라는 말로 내 결정을 존중해 주었다.

덜컹덜컹—

슬롯 산맥까지는 마차를 타고 이동했다. 어차피 난 말을 타지 못하고 릴리와 같이 가기 때문에 마차가 훨씬 편했다. 레이뮤로부터도 여행 경비를 충분히 지급받아서 돈 걱정 없이 이동할 수 있었다.

"……."

"……."

원래 두 명이서 마차를 타면 보통 맞은편에 한 명씩 앉는 게 보통인데 릴리는 마차에 오르자마자 내 옆에 줄곧 앉았다. 그렇게 한동안 이동을 하다가 난 문득 릴리의 앞날에 대해서 걱정스러운 마음이 들기 시작했다.

흐으, 릴리는 지금 자아가 별로 형성되어 있지 않아서 내가 없으면 거의 인형이나 마찬가지잖아. 물론 레이뮤 씨가 교육을 잘 시키겠지만 걱정되는군. 이건 꼭 어린아이만 집에 남겨 놓고 여행 가는 부모의 마음 같은걸?

"내가 돌아가면 혼자 잘 지낼 수 있겠어?"

"……."

난 릴리의 얼굴을 보며 물음을 던졌지만 릴리는 내 얼굴을 빤히 쳐다만 볼 뿐 대답을 하지 않았다. 아마도 내 말의 의미 파악이 잘 안 되는 듯했다. 어떤 질문을 해도 인간다운 대답을 듣기는 힘들 것이라는 생각이 들어서 난 그냥 머릿속으로만 걱정을 했다.

…….

슬롯 산맥까지 가는 동안 여러 가지 편의를 받았다. 이동하는 동안 자기가 검은 천사라고 사칭하는 사람들을 몇 명 본

적이 있어서 난 사람들에게 내가 검은 천사라는 사실을 알리는 게 힘들 것이라 생각했다. 그런데 의외로 사람들에게 내 정체를 말하기도 전에 날 검은 천사라 생각하거나 내 말을 듣고 나서 날 믿어주었다.

흐으, 아무래도 릴리가 있으니까 사람들이 날 믿어주는 것 같다. 뭐, 검은 천사를 사칭하는 인간들은 커널이랍시고 데리고 다니는 여자가 없지만 난 있으니까 그런 거겠지. 그나저나 검은 천사라는 이름으로 대부분의 민간 시설을 공짜로 이용하고 있는데…… 왜 하나도 기쁘지 않은 걸까?

"꾸에에에엑ー!"

나와 릴리가 슬롯 산맥에 도착했을 때, 그린 드래곤 한 마리가 근처 마을을 미친 듯이 공격하는 장면을 목격했다. 그린 드래곤이라면 이곳 세계의 서열상 최강인 화이트 드래곤 다음으로 센 드래곤이라 절대 쉬운 싸움이 아니었다.

역시 그린 드래곤이라 무섭게 노는군. 독가스를 함유하고 있는 브레스를 뿜으니까 마을이 완전 죽음의 땅으로 변하는데? 계속 구경만 하고 있다가는 마을이 전멸하겠다. 자, 그럼 드래곤 사냥에 나가볼까.

"릴리, 시작한다."

"알겠습니다, 주인님."

나와 릴리는 그린 드래곤과 멀리 떨어진 곳에 서서 마법 준비를 했다. 내가 바이오스의 힘을 흡수하기 전에는 드래곤을 잡을 방법이 캐논 슈터밖에 없었지만 지금은 아니었다. 캐논 슈터보다도 효과가 더 확실하고 피해가 훨씬 적은 마법을 사용할 수 있게 된 것이다.

"콜랩스."

난 조용히 마법 이름을 외쳤다. 본래 단축키 코드는 마법 코드를 저장해 놓아야 하지만 지금 나는 그냥 콜랩스 마법의 이미지만을 떠올린 채 마법 이름만 말했다. 그러자 내 몸의 포스와 릴리의 포스가 반응하면서 자연스럽게 콜랩스 마법이 발동되기 시작했다.

우우웅—

콜랩스 마법이 시작되자 날뛰는 그린 드래곤 주위에 강력한 진동이 발생했다. 그리고 그 진동은 점차 그린 드래곤을 한 점으로 끌고 들어갔다. 갑작스런 흡입력에 그린 드래곤은 마법을 난사하면서 발버둥을 쳤지만 그 마법들조차 콜랩스 마법에 의해 한 점으로 흡수되어 버렸다. 그렇게 어느 정도의 시간이 지나자 그린 드래곤은 콜랩스 마법의 압력에 견디지 못하고 하나의 점이 되어 사라졌다.

"……"

허무했다. 그린 드래곤이라는 강력한 존재와 싸웠는 데도 아무런 긴장감이 없었다. 그냥 벌레 한 마리를 죽이는 것처럼 너무 싱겁게 끝내 버렸다. 혼자서 그린 드래곤을 잡겠다고 했을 때부터 어느 정도 내 힘의 강력함을 알고 있긴 했지만 이 정도까지일 줄은 정말 몰랐다.

흐으…… 너무 허무하다. 뭐야, 이 허무함은. 바이오스 녀석의 힘을 흡수하기 전에는 캐논 슈터를 써가면서 가까스로 이겼는데…… 아니, 이기면 되는 거지만 너무 허무하잖아.

"……."

난 하늘을 올려다보았다. 하늘은 기분 좋은 파란색이었다. 하지만 내 기분은 결코 좋지 않았다. 이번 드래곤 사냥으로 인해 내가 무엇을 바라고, 무엇을 하려는지 확실히 알아낸 듯한 기분이 들었다. 이곳에서는 내가 더 이상 이룰 게 없는 것이다.

하아…… 결국 돌아가는 수밖에 없는 건가. 쓸데없이 강력한 힘을 가진 존재는 정말 이 세상에 필요가 없어. 내가 아무리 절제를 한다고 해도 이 강력한 힘을 내 욕망을 위해 쓰지 않는다고 보장할 수도 없고. 나 스스로가 무서워진다. 바이오스가 자신의 욕망을 절제하기 위해서 또 다른 자신을 소환해서 절제력을 흡수하고자 했던 마음을 이제는 알 것 같다. 이대로 있으면 나는 악마가 될 수밖에 없어.

"돌아가자."

생각을 마친 나는 릴리를 데리고 그 자리를 떴다. 미련이 있으니 이곳에 남는 게 어떨까 하는 생각도 지금은 전혀 하지 않았다. 이곳 사람들을 위해, 그리고 나 자신을 위해 내가 사라지는 게 가장 낫다는 결론을 내렸기 때문이다.

그리고 넉 달이 지났다.

이미 난 대부분의 포스를 모았고, 귀환 일자에 맞춰 모이기로 한 사람들에게 날짜를 알려줬다. 가을이 시작되는 9월 1일 정오에 이 세계를 떠나기로 한 것이다. 그리고 장소는 당연하지만 매지스트로 마법학교였다.

"......."

나와 릴리, 그리고 레이뮤는 모래 운동장에서 손님들의 도착을 기다렸다. 학교 수업이 시작되기 전이라서 학교는 매우 조용했다. 내가 초대장을 보낸 사람들은 슈아로에, 유리시아드, 네리안느, 리엔, 리에네, 휴트로였는데 휴트로만이 오지 않겠다는 서신을 보낸 상태였다. 휴트로는 남자 녀석의 배웅 따위는 하고 싶지 않다면서 거절한 것이다.

"아, 왔군요."

내가 몰래 하품을 하는 사이 레이뮤가 그렇게 말했다. 그래서 앞을 쳐다보니 리엔과 리에네가 나란히 걸어오고 있는 모습을 볼 수 있었다. 보통 인간이라면 마차나 말을 타고 오는게 정상인데 두 엘프는 노스브릿지 산맥부터 걸어왔을 것이라는 추측을 가지게 만들었다.

"어서 오세요."

난 반갑게 두 엘프를 맞았고, 리엔이 대표로 입을 열었다.

"오랜만입니다. 본인들이 가장 먼저 도착한 듯합니다."

"예, 1등이에요. 근데 1등으로 왔다고 혜택주는 건 없어요."

"일찍 오는 것만큼 레지스트리를 더 오래 볼 수 있으니 혜택이 없는 것은 아닙니다."

"……."

흐으, 대체 날 오래 보는 게 뭐가 혜택이야? 나 같으면 정오되기 바로 직전에 와서 얼굴만 비추고 가겠다.

"7개월 전이나 지금이나 레지스트리는 별로 달라진 게 없어 보입니다."

"……?"

갑자기 가만히 있던 리에네가 그런 말을 해서 난 머리를 갸웃했다. 내가 뭐라고 대답을 하지 못하자 리에네는 이어서 말을 했다.

"많이 야위었을 거라고 생각했는데 그대로입니다."

"그래요? 왜 야위었을 거라고 생각했는데요?"

"고민이 있으면 야위게 마련입니다."

"……."

아, 리에네는 내가 돌아갈 것이냐, 말 것이냐 무지하게 고민해서 밥도 제대로 안 먹고 방구석에서 폐인처럼 생활할 것이라 생각한 모양이군. 뭐, 내가 그린 드래곤을 잡지 않았다면 지금까지 고민을 하고 있었겠지만…… 그때 결심을 굳힌 후로는 오히려 몸 관리를 조금 했지.

"레지스트리가 떠난다고 하니 많이 아쉽습니다."

리엔은 무표정한 얼굴로 그런 말을 했다. 웬만하면 조금 안타까워하는 빛이라도 있으면 좋으련만 그런 게 없으니 오히려 내가 더 안타까웠다. 그래도 리엔이 거짓 위로를 하는 게 아니라는 느낌이 강했기 때문에 그 마음은 고맙게 받기로 했다.

"리엔 씨와 리에네 씨하고 같이 있었던 시간은 즐거웠어요. 나만 도움을 받은 것 같아서 미안하구요."

"아닙니다. 레지스트리 덕분에 본인들은 인간들과 꽤 많은 친분을 쌓을 수 있었습니다. 그래서 레지스트리에게는 언제나 고마워하고 있습니다."

"하하."

리엔과 리에네가 나한테 감사의 표시를 하니 나로서는 그저 웃을 수밖에 없었다. 확실히 나하고 다니면서 인간들과 많은 교류를 했으니 '난 아무것도 한 게 없으니까 감사해하지 마!' 라고도 할 수 없는 것이다. 아무튼 그렇게 리엔과 리에네와 대화를 나누고 있는 도중에 말 한 마리가 달려오는 모습이 보였다. 그 말 위에는 부착식 경장갑 차림의 유리시아드가 타고 있었다.

"워워."

히이잉—

우리들 앞까지 온 말이 멈춰 서자 유리시아드는 날렵한 자세로 말에서 내렸다. 마지막으로 본 지 몇 개월이 지났지만 그녀는 달라진 게 없어 보였다. 아니, 달라진 게 있긴 했다. 예전에는 나만 보면 눈에서 살기를 줄기줄기 내뿜었는데 지금은 그냥 평범한 시선으로 날 바라보고 있다는 점이었다.

"안녕. 계속 자유기사로 생활하고 있는 거야?"

난 유리시아드가 레이뮤, 리엔, 리에네와 인사를 나누기를 기다려 물음을 던졌다. 유리시아드는 인사를 마치고 나서 내 물음에 답변해 주었다.

"그래요. 고국으로 돌아가면 오라버니가 빨리 결혼하라고 하니까요."

"결혼? 정략결혼 말이야?"

"맞아요. 지금 오라버니는 내 남편을 검은 천사로 완전히 점찍은 모양이지만."

"……!"

헉, 사베루트 황제가 전에 했던 말이 농담이 아니었던 거야? 아직도 그 얘길 하고 있을 줄이야…….

"하지만 어차피 곧 사라질 사람이니 오라버니는 헛물만 삼키는 거죠."

유리시아드는 날 '사라질 사람'이라고 명명했다. 듣기에는 거북했지만 사실은 사실이라 뭐라고 할 말이 없었다. 대신 유리시아드에게 말장난이나 걸어보자고 생각했다.

"만약 내가 이 세계에 남는다고 하면 유리시아드는 어떻게 할 거야? 사베루트 황제가 나하고 계속 결혼하라고 압력을 넣을 거잖아."

"결혼하는 수밖에 방법이 없죠. 어차피 당신하고는 본의 아니게 잠자리도 같이한 상태니까요."

"……!"

만약 내가 뭔가를 먹거나 마시고 있었다면 확 쏟아낼 만한 대답이었다. 확실히 각국 방문 때에 유리시아드와 같은 방을 쓴 적이 있어서 그녀의 말이 완전히 틀린 것은 아니었다.

흐으, 만약 그때 무슨 일이 일어나기라도 했다면 과연 어떻게 됐을까…… 지금이라도 같은 방을 쓰게 된다면, 그때와는 달리 분명히 눈이 뒤집혀서 유리시아드를 덮칠……!

"……."

내가 이상한 쪽으로 생각을 전개시키자 유리시아드가 날카로운 눈빛으로 나를 살짝 노려보았다. 하지만 예전에 비해서 살벌한 느낌은 없었고, 그냥 '그런 생각하지 마!' 정도의 압박만을 느꼈다. 그렇게 약해진 유리시아드의 반응을 보니 왠지 그녀가 더욱 여성스럽게 느껴지는 것 같았다.

덜컹덜컹—

유리시아드가 온 지 얼마 지나지 않아 마차 한 대가 매지스트로 쪽으로 다가왔다. 아무래도 슈아로에나 네리안느는 마차를 타고 올 것이 분명했기에 지금 마차에 타고 있는 사람은 슈아로에 아니면 네리안느 둘 중에 하나였다. 그래서 난 유리시아드와 내기를 걸었다.

"난 슈아로에가 타고 있다는 데 걸겠어."

"뭘 걸 건데요?"

"뭘 걸까?"

"당신한테서 뭔가 받고 싶은 건 없어요."

유리시아드는 딱 잘라서 내기를 거절했다. 방금 전에도 들었지만, 그때는 잘못 들은 줄 알았는데 이제는 확실히 들었다. 유리시아드가 나를 '당신'이라고 지칭하기 시작했다는 것이다. 여태까지는 '욕망덩어리 씨', '그쪽'이라고만 말을 해서 나를 상당히 껄끄럽게 봤는데 이제는 '당신'이라는 인칭 대명사를 쓰고 있었다. 가능하면 '레지님'이나 '레지 오빠'와 같은 말을 듣고 싶었지만 인간 취급을 받기 시작했다는 것만으로도 감사했다.

흐으, 그러고 보니 곧 떠날 건데 그런 게 중요하진 않잖아. 하긴, 떠날 사람이니까 유리시아드가 그나마 인간 대접을 해주는 거겠지. 아니면 유리시아드가 날 배웅하려고 일부러 여기까지 오겠어?

히이잉—

마침내 마차가 멈추고 마차 문이 열렸다. 그리고 마차에서 내린 사람은 놀랍게도 슈아로에와 네리안느 두 사람이었다.

"어떻게 둘이서 같이 온 거야?"

난 인사를 하기도 전에 대뜸 질문을 날렸다. 슈아로에와 네리안느가 같이 올 줄은 꿈에도 생각지 못했기 때문이다. 하지만 슈아로에와 네리안느는 내 말을 무시하고 먼저 레이뮤 등과 인사를 나누었다. 그러고 나서 날 쳐다보며 말했다.

"레지 군으로부터 서신을 받았을 때 네리안느 씨가 우리 왕국에 있었거든요. 그래서 매트록스 왕국에서부터 같이 온 거예요."

"그렇구나."

흐으, 어쨌든 두 사람이 같이 왔으니 따로따로 기다릴 시간이 확 줄어들었군. 이제 모든 사람들이 다 모인 건가? 남은 건 정오가 다가오는 일뿐이군.

"자리를 옮기도록 해요."

모두 모이게 되자 레이뮤는 일행을 이끌고 등산을 시작했다. 아무래도 학생들이나 선생들 눈에 잘 띄는 매지스트로에서 귀환 의식을 하게 되면 소문이 날 수 있기 때문에 장소를 옮겨야만 했다. 내 귀환 사실은 쥐도 새도 모르게 할 필요성이 있었기 때문이다.

"이쯤이 좋을 것 같군요."

일행을 이끌고 가던 레이뮤는 비교적 나무가 울창한 곳에 멈춰 섰다. 미리 나와 레이뮤가 준비해 놨던 곳이라서 사람 10명 정도가 누워 잘 수 있는 공터였다. 난 구경하는 사람들이 편하게 관람하라고 큰 돌을 주워서 자리까지 마련했지만 일행 중 돌 위에 앉는 사람은 없었다.

"그럼 시작하겠습니다."

일행이 모두 조용했기 때문에 난 곧바로 귀환 의식을 거행했다. 귀환 의식이라고 해봤자 내 머릿속에 떠오르는 마법진 이미지를 실프를 통해 땅바닥에다 그려놓으면 끝이라서 매우 간결했다.

스슥— 스슥—

소환된 실프는 내 머릿속의 이미지에 따라 땅바닥에 마법진을 그려 나가기 시작했다. 마법진의 형상이 매우 복잡해서 다음번에 나에게 마법진을 그리라고 하면 절대 그리지 못할 것이다. 어쨌든 실프의 마법진 그리기는 1분 정도 만에 끝이 났다.

"그럼 난 가볼게요."

마법진이 다 그려지는 것을 기다려 난 모두에게 작별 인사를 했다. 뭔가 여러 가지 말을 해야 할 것 같았지만 막상 떠오르는 말이 없었다. 그것은 나뿐만 아니라 모두들 마찬가지인 듯했다.

"조심히 가요."

"그동안 즐거웠어요."

내가 들은 말은 그 정도뿐이었다. 송별식을 이렇게 끝낼 거라면 굳이 모두를 모아놓고 귀환 의식을 할 필요는 없어 보였다. 하지만 이미 모두 모인 상태라 이제 와서 '행사 취소되었습니다, 돌아가 주세요' 라고 할 수는 없었기 때문에 난 그냥 모두를 한 번씩 쳐다보는 정도로 작별 인사를 끝냈다.

우우웅—

내가 마법진 한가운데에 서자 땅 위에 그려놓은 마법진에서 빛이 나기 시작했다. 곧 발광 현상과 동시에 내 몸속에 미리 생성해 놓았던 일곱 개의 특정 포스가 진동을 일으켰다. 그 진동이 최고조에 달한 순간 난 모두를 향해 씨익, 웃어 보였다. 마지막이니까 웃는 모습을 보여야 한다고 생각했기 때문이다. 그런데 그 짧은 순간 슈아로에가 나에게로 달려오려는 모습이 보였다. 그것이 내 마음을 아프게 했지만 이미 귀환 의식이 끝나가는 상태였다.

우우웅—

"……!"

슈아로에의 모습을 제대로 보지도 못한 채 내 시야는 완전히 차단되었다. 그리고 청각, 후각, 미각, 촉각 등도 차례대로 사라져 버렸다. 모든 감각이 마비된 채 내 정신도 희미하게 사라져 갔다. 마치 처음 이 세계에 넘어왔을 때처럼 그런 기묘한 느낌을 받은 것이다.

*　　　　*　　　　*

"……."

난 천천히 눈을 떴다. 눈을 뜨자마자 내 시야에 들어온 것은 3D 프로그램이 실행되어 있는 컴퓨터 모니터 화면이었다. 프로그램만 실행되어 있고 아무것도 하지 않은 초기 상태의 화면. 순간 내가 지금 어디에 있는지 알 수가 없어서 급히 주위를 둘러보았다.

"......!"

내가 있는 곳은 3D 컴퓨터 학원이었다. 10명 안팎의 사람들이 열심히 3D 모델링을 하고 있었고, 학원 선생은 그들의 틀린 점을 지적하고 있었다. 그 모습을 보고 순간 난 머리가 멍해지는 느낌을 받았다.

잉? 뭐지? 설마…… 나 지금까지 꿈을 꾼 건가? 아니, 그럴리가 없어. 아무리 꿈에 시간 개념이 없다지만 3년이나 되는 시간을 단 몇 분 만에 모두 꿀 리가…… 잠깐, 그럼 난 대체 얼마 동안 정신을 놓고 있었던 거지?

탁—

난 컴퓨터 본체 옆에 놓인 내 가방을 뒤져서 핸드폰을 찾았다. 그런데 핸드폰의 전원이 나가 있었다. 전원 버튼을 눌러도 핸드폰이 켜지지 않는 것으로 봐서는 배터리가 모두 나간 상태인 듯했다.

잉? 난 원래 밖에 나갈 때 핸드폰 배터리를 만땅으로 해놓고 가니까 배터리가 나갈 리가 없어. 그런데도 배터리가 나갔다는 건 적어도 하루 이상의 시간이 흘렀다는 건데…… 뭔가 어떻게 된 거지?

"왜 그래요, 고수 씨?"

내가 핸드폰을 붙잡고 당황하고 있자 학원 선생이 나에게 다가와 물음을 던졌다. 그러다가 아무것도 안 해놓은 3D 프로그램 화면을 보고 질책하듯이 말했다.

"이틀 동안 나오지를 않으니까 모르는 거지! 옆의 사람이 어떻게 하나 봐요!"

"아, 예……."

학원 선생의 질책에 난 찍소리도 못하고 옆에 있는 사람이 하는 것을 쳐다보았다. 하지만 내 눈이 옆 사람 모니터에 꽂혀 있는 것과는 달리 내 머리는 다른 생각을 하고 있었다.

내가…… 이틀 동안 나오지를 않았다? 그럴 리가 없어. 취업에 대한 압박감 때문에 난 여태까지 학원에 하루도 안 빠지고 충실히 나왔다고. 내가 학원에 있다가 블루 스크린을 본 후에 그 세계로 넘어간 거니까, 그로부터 거의 3일이 지났다고 해야 맞는 건가? 아니, 그런 그렇고, 내가 이틀 동안 안 나왔다면서 갑자기 이 자리에 앉아 있는데 왜 안 놀라는 거지?

"딴생각하지 말고 잘 보라니까!"

내 딴짓을 알아차렸는지 학원 선생은 날 질책했다. 그래서 난 할 수 없이 생각을 접고 학원 수업에 집중하기로 했다. 그렇게 생각하자 곧 한 가지 문제가 생겼다. 학원에서 무엇을 배웠는지 하나도 기억이 나지 않는 것이다.

으헉! 이곳 시간으로는 3일밖에 지나지 않았지만 난 3년 동안 다른 곳에 있어서 그동안 배운 게 뭐가 있었는지 기억이 안 나! 망했다! 이건 군대 갔다 왔을 때보다도 상황이 심각해! 모든 게 낯설어!

…….

학원 선생한테 욕만 진창 먹고 학원 수업을 끝냈다. 그리고 난 집에 가기 위해 학원을 나왔다. 처음에는 집에 어떻게 가야 하는지 기억나지 않아서 애를 먹었지만 간신히 가는 방법을 떠올리고는 집에 도착할 수 있었다.

띵동— 띵동—

아파트 몇 층에 우리 집이 있었는지 기억도 안 나서 한동안 헤매다가 간신히 기억을 떠올리고 초인종을 누르자 잠시 후에 문이 열렸다. 문이 열리면서 나타난 사람은 어머니였다.

"다녀왔어요."

"그려."

어머니는 평소와 마찬가지로 날 대했다. 3일이나 지나서 아들이 왔는 데도 어머니의 반응은 썰렁하기 그지없었다. 마치 내가 3일 동안 무엇을 했는지 알고 있거나, 아예 신경조차 쓰지 않는다는 모습이었다. 그래서 난 어머니에게 직접적인 질문을 던졌다.

"엄마, 나 어제하고 그저께 뭐 했어요?"

"음? 뭘 하긴? 학교 갔다가 학원 갔다가 했잖아?"

"구체적으로 뭘 했는데요?"

"그걸 내가 아냐? 뭘 그런 걸 물어보노?"

난 나의 이틀간의 행적을 알아보려고 어머니를 추궁했지만 어머니는 시큰둥한 반응만 보였다. 아무리 어머니를 닦달해도 어머니로부터 그 어떤 해결의 실마리도 얻지 못할 것 같아서 그냥 알았다고 하면서 추궁을 끝냈다.

흐으, 이틀이나 사흘 동안 다른 사람들에게는 거짓 기억이 만들어진 건가? 잉? 거짓 기억이 만들어졌다? 난 왜 그렇게 생각하지? 학원 선생이 거짓말을 하거나 엄마가 거짓말을 할 수도 있잖아? 그런데도 그렇게 생각한다는 건…… 역시 바이오스 녀석의 기억 때문인가?

"……."

내 방에 들어와서 달력을 봐도 과연 정말로 3일이 지난 것인지 알 수가 없었다. 내가 몇 월 며칠에 다른 세계로 넘어갔는지 정확히 기억이 나지 않아 진실 여부를 판별하기 어려웠다. 그나마 내 정신을 온전하게 붙들어주는 것은 이곳으로 오기 전에 바이오스의 기억에서 시간이 얼마 지나지 않았을 것이라는 느낌과 모든 게 그럭저럭 잘 풀렸다는 알 수 없는 안도감 때문이었다.

후우, 뭔가 뒤죽박죽이지만 어쨌든 난 돌아온 모양이다. 정신적으로는 3년이나 더 살았는데 육체적으로는 3일밖에 지나지 않아서 느낌이 미묘해.

띠리링—

핸드폰을 충전시키고 전원 버튼을 누르자 핸드폰이 켜졌다. 그리고 방에 있는 컴퓨터 파워 버튼을 누르자 컴퓨터가 구동되었다. 현 세계의 가장 대표적인 두 개의 기계를 보고 있으니 내가 확실히 본래의 세계로 돌아왔다는 느낌을 강하게 받았다.

하아, 군대 나올 때는 나이스를 외치며 뒤도 돌아보지 않고 나왔는데…… 지금은 기분이 미묘하구나. 역시 보고 싶은 사람들이 있으니까 이렇게 안타까운 건가. 그래도 이미 이곳에서 죽이 되던 밥이 되던 살아야겠다고 마음을 먹었으니 추억으로 남기는 수밖에. 좋은 추억거리가 있으니까 기분 좋게 출발하자!

제43장

도 전

꿈을 꾸었다.

특히 아침에 눈을 뜨기 전 한두 시간 사이에 꿈을 자주 꾸기 시작했다. 그 시간대에 처음 꿈을 꾸었을 때, 가장 먼저 보인 것은 매지스트로 마법학교의 건물이었다.

어…… 눈에 익은 건물 모습을 보니 뭔가 상당히 반가운걸? 근데 나, 꿈꾸고 있는 거 아닌가? 확실히 그런 느낌이 들긴 하는데…… 뭐, 일단 학교 안으로 들어가 볼까.

……

난 조용히 매지스트로의 본관으로 들어갔다. 가장 먼저 들른 곳은 내가 머물던 방이었다. 마치 유령이라도 된 것처럼 내 몸은 건물 벽을 자유자재로 넘나들었다. 어쨌든 내 방에 아무도 살지 않는 것을 확인한 뒤 이번에는 도서실에 가보았다. 도서실에는 여전히 아름다운 자태를 뽐내고 있는 레이뮤가 의자에 앉아 창밖을 바라보고 있었다.

"하아……."

레이뮤는 그녀답지 않게 한숨을 내쉬었다. 그녀의 손에 마법 코드집이 들려 있는 것을 봐서는 마법 코드 개발을 하다가 쉬고 있는 듯했다. 내가 알고 있는 레이뮤는 집중력이 상당히 높아 코드 개발을 하다가 쉬는 경우는 거의 보질 못했다. 그런데 레이뮤가 창밖을 쳐다보면서 한숨을 내쉬는 모습을 보고 있으니 뭔가 안쓰러운 느낌을 지울 수가 없었다.

"의욕이…… 생기지가 않아……."

레이뮤는 의기소침한 얼굴을 한 채 혼잣말로 중얼거렸다. 그녀가 말하는 의욕이라는 것은 마법 코드 개발을 말하는 듯 보였다. 마법에 모든 것을 바쳐 왔던 그녀가 마법 코드 개발에 의욕이 생기지 않는다니 충격이 아닐 수 없었다.

흐으, 설마 레이뮤 씨가 슬럼프에 빠진 건가? 아니면 매너리즘? 하긴, 500년 동안 마법만 줄기차게 파왔으니 질리지 않는 게 이상하지.

"레지 군."

헉! 날 부른 건가? 설마 내가 보고 있다는 걸 눈치 챈 거야?!

"당신은 날 원래대로 되돌려주었지만, 그로 인해 내 욕구까지 원래대로 되돌아와 버렸어요. 새로운 걸 하고 싶다는 욕구를요."

레이뮤는 여전히 창밖의 하늘에 시선을 던지며 중얼거렸다. 내가 옆에서 쳐다보고 있다는 사실은 전혀 알지 못하는 듯했다. 사실 지금 난 꿈을 꾸고 있는 것이니 레이뮤가 날 알아챈다는 것 자체가 말이 되지 않았다. 그리고 지금 꾸고 있는 이 내용도 실제 레이뮤의 말이라고 할 수도 없었다. 그럼에도 난 이것을 레이뮤의 본심이라 생각하고 있었다.

스륵—

그때 도서실 문이 열리면서 릴리가 안으로 들어왔다. 그녀의 손에는 찻잔 두 개가 들려 있었는데, 그녀는 찻잔 하나를 레이뮤에게 건네주었다.

"고마워."

"……."

레이뮤는 릴리가 건네주는 차를 받아 마시기 시작했고, 릴리도 의자에 앉아 천천히 차를 마셨다. 둘 사이에서는 아무런 대화가 오고 가지 않았다. 그러다가 레이뮤가 먼저 입을 열었다.

"릴리, 난 새로운 도전을 하고 싶어."

"……."

릴리는 여전히 대답이 없었다. 하지만 레이뮤는 릴리의 대답을 기대하고 말한 것이 아닌 듯 계속 자기 할 말만 했다.

"슈아에게 나 대신 이 학교를 맡기겠어. 그리고 나는……
새로운 도전을 해봐야지."

"……."

레이뮤의 얼굴에는 확고한 의지가 피어올랐다. 방금 전까지의 의욕이 상실된 표정은 찾아볼 수가 없었다. 그녀의 눈빛은 반짝반짝하게 살아 있었다.

이번에도 꿈을 꾸었다.

내 시야에 들어오는 것은 슈아로에의 방이었다. 이미 성인이 된 슈아로에의 모습은 숙녀 티가 철철 흘러넘쳤다. 누가보더라도 아름답다고 할 수밖에 없는 모습이었다. 그런 그녀의 손에는 서신 하나가 들려 있었다.

"레이뮤님……."

서신의 내용은 간단했다. 슈아로에게 매지스트로의 학교장 자리를 주겠다는 것이었다. 그 서신을 받고 슈아로에는 많이 갈등하는 표정을 지었다.

"학교장이라……."

흐으, 갈등하는 슈아의 모습이 왜 이렇게 여성스럽지? 진짜 갈수록 내 눈이 이상해져 가는 건가?

"레지 군이라면 반대를 했을까, 찬성을 했을까?"

슈아로에는 느닷없이 날 거론했다. 그래서 슈아로에게 몰래 손을 뻗치려던 나는 뜨끔했으나, 슈아로에는 그저 내 생각을 떠올린 듯했다.

"아아, 난 아직도 레지 군한테 너무 의지하고 있어. 이러면 안 되는데."

흐으, 갑자기 자책이 시작되는군.

"이건 내 문제야. 내가 잘 생각해서 결정을 내려야 해."

슈아로에는 결연한 표정으로 입술을 굳게 깨물었다. 확실히 그녀의 말대로 어린 나이에 매지스트로의 학교장을 맡는다는 것은 큰 결심을 필요로 하는 것이었다. 차라리 매트록스 왕국의 이안트리 백작으로 살아가는 게 더 쉬울 수도 있었다. 그녀는 지금 선택의 기로에 서 있는 것이다.

"레지 군, 잘 봐줘요. 나 스스로 결정을 내릴 거니까요."

슈아로에는 내가 자신을 보고 있는 줄도 모르고 그렇게 말했다. 그런 그녀의 모습을 보니 내가 당장이라도 가서 조언을 해주고 싶었지만 지금의 나는 그럴 수가 없었다. 그저 그녀가 어떤 선택을 할 것인지 지켜봐야만 했다.

역시 꿈을 꾸었다.

오늘은 유리시아드가 있는 센트리노 제국의 소노마 황궁인 것 같았다. 유리시아드는 여행을 떠났다가 돌아온 듯 붉은색의 드레스를 입고 있었다. 경장갑을 입고 있을 때도 예쁘긴 했지만 확실히 드레스를 입고 있을 때가 제일 예뻐 보였다.

"유리야."

유리시아드가 황궁의 정원을 산책하고 있을 때 사베루트 황제가 그녀에게 다가왔다. 처음 사베루트 황제를 봤을 땐 음침하다는 인상을 받았는데, 지금의 그에게는 그런 인상이 거의 남아 있지 않았다. 오히려 황제다운 강인한 인상이 뿜어져 나오고 있었다.

"무슨 일인가요, 오라버니?"

"묻고 싶은 말이 있다."

사베루트 황제는 유리시아드에게 가까이 다가왔다. 예전 같으면 유리시아드가 그런 사베루트 황제를 경계했겠지만, 지금은 그냥 오든지 말든지 내버려 두고 있었다. 또한 사베루트 황제도 흑심을 품고 유리시아드에게 접근한 게 아니라서 그들은 그냥 평범한 오누이처럼 보였다.

"요새 검은 천사의 소문이 안 들려서 그러는데, 넌 혹시 알고 있느냐?"

흐으, 갑자기 내 얘기를 하네? 대체 내가 사라지고 나서 얼마나 시간이 지난 걸까?

"저도 몰라요."

유리시아드는 매우 간결하게 대답했다. 그래도 사베루트 황제는 화제를 돌리지 않았다.

"너에게 어울리는 남자는 검은 천사밖에 없다. 검은 천사를 제외하고는 이 세상의 어떤 남자도 네게 어울리지 않아."

"……."

흐으, 자기 여동생에 대한 흑심을 완전히 다른 방향으로 선회를 시켰군. 검은 천사가 아니면 유리시아드를 결혼시키지 않겠다는 소리잖아. 그런데 난 이미 이곳에서 사라졌으니 결국 유리시아드는 독신으로 지내겠네? 유리시아드는 오히려 그걸 바라고 있지 않을까?

"넌 검은 천사를 어떻게 생각하느냐?"

사베루트 황제는 내가 이 세상에 없는 것도 모르고 유리시아드의 의중을 떠보았다. 유리시아드는 아마도 '그 사람, 이제 없어요'라고 수도 없이 말하고 싶겠지만, 내 귀환 사실은 극비 중에 극비이기 때문에 그녀로서는 말하고 싶어도 말할 수가 없었다.

"검은 천사는…… 괜찮은 남자라고 생각해요."

잉? 생각보다 나한테 후한 점수를 주는데? 역시 이 세계에 내가 없으니까 후한 점수를 줘도 상관없다, 이건가?

"내가 널 꼭 검은 천사와 결혼시킬 테니 걱정 말아라. 어떻게든 검은 천사의 행방을 찾으마."

"……."

사베루트 황제의 의지는 확고했다. 그런 황제의 모습을 보니 쓸데없는 일에 돈을 많이 투자할 것만 같았다. 어차피 난 이 세계에 없으니 아무리 탐문 수사를 한다고 해도 내 행방은 찾을 수가 없기 때문이었다.

"……."

사베루트 황제가 돌아가고 나자 유리시아드는 하늘을 올려다보았다. 그리고 조금 한심스럽다는 표정으로 입을 열었다.

"이럴 줄 알았으면 차라리 당신이 돌아가기 전에 결혼이라도 할 걸 그랬군요. 그럼 오라버니한테 결혼하라고 시달리지도 않았을 텐데."

흐으, 이미 늦은 걸 이제와서 후회하면 뭘 하시나.

"그냥 레이뮤님이나 뵈러 가야겠다. 그리고 뭔가 다른 걸 찾아야지."

그러면서 유리시아드는 산책을 끝마쳤다. 뭘 찾겠다는 것인지 나로서는 알 수가 없었지만, 뭔가를 결심한 듯 그녀의 얼굴 표정은 조금씩 살아나기 시작했다.

*   *   *

시간이 흐르자 더 이상 꿈을 꾸지 않게 되었다. 가끔씩 꿈에서 레이뮤나 슈아로에, 유리시아드를 만나는 게 즐거웠지만 꿈을 꾸지 않게 되자 아쉬운 마음이 크게 들었다. 그래도 다행인 건 꿈을 꾸지 않아서 그런지 편한 잠을 자게 되었다는 점이었다.

꿀꺽꿀꺽―

학교 강의가 끝난 공강 시간에 난 과방에 가서 음료수를 마섰다. 군대 전역 후 학교 수업을 잘 따라가지 못해 굉장히 고생했지만, 이번에는 어느 정도 학점을 잘 받을 수 있었다. 물론 장학금을 노릴 능력은 안 되는 평균 점수였지만 그 정도만으로도 나로서는 만족스러웠다.

흐으, 한때는 학교를 때려치우고 바로 취직 전선에 뛰어들까도 생각해 봤다. 뭐, 그게 꼭 나쁜 건 아니지만 아무래도 대학 중퇴와 대졸은 사회적인 인식상 차이가 있을 수밖에 없으니 대학은 졸업해야겠지. 그리고 부모님이 등록금을 대주시는데 졸업도 하지 않고 자퇴하는 건 불효니까.

"형! 고수 형!"

내가 막 음료수를 다 마시고 일어나려고 할 때 한 덩치 큰 후배 녀석이 날 불렀다. 녀석은 내가 복학했을 때 만난, 선배인 줄 알고 깍듯이 인사했던 후배였다. 어쨌든 후배 녀석은 날 보더니 부탁 하나를 던져 왔다.

"형, 오늘 미팅이 있는데 남자 한 명이 모자라요. 같이 갈래요?"

"⋯⋯."

흐으, 이 녀석은 나만 만났다 하면 미팅을 나가자고 하네? 이 인간, 공부는 하긴 하는 거야? 어째 공부하는 모습을 한 번도 본 적이 없는 것 같다? 여기저기 들리는 소문을 봐서도 여자 만나러 대학에 온 듯한 느낌이고⋯⋯. 뭐, 자기 인생이니까 자기가 알아서 하겠지.

"안 가. 그런데 그렇게 미팅만 하다가는 성적 떨어지잖아?"

"괜찮아요. 많은 여자를 만나봐야 진짜 인연을 잡죠."

"그러세요?"

후배 녀석의 사상에 대해서 난 할 말이 없었다. 실제로 여자든 남자든 많이 만나봐야 이성에 대해 뭔가 안다고 말하는 사람들이 많기 때문이었다. 물론 그런 사상은 나하고는 그다지 맞지 않았다.

"아무튼 난 안 가니까 다른 사람을 알아봐라."

"알았어요. 그럼 갑니다."

후배 녀석은 내가 미팅에 응하지 않자 재빨리 다른 사람을 찾아 나섰다. 그런 녀석의 모습을 보고 있자니 평생 여자만 찾아다니다 일생을 마감할 것 같은 느낌이 들었다.

"하…… 푸움."

후배 녀석이 가고 나자 갑자기 졸음이 밀려왔다. 공강 시간이 1시간 정도 있었기 때문에 굳이 서두를 필요가 없었다. 그래서 휴대폰 알람을 1시간 뒤 진동으로 맞추어놓고 과방에서 잠을 청하기로 했다. 학교 내에서 이렇게 잠을 자는 것은 처음이었지만 자고 싶다는 느낌 때문에 과감히 한숨 자기로 한 것이다.

……

사방을 살펴보니 난 매지스트로 학교 도서실 안에 서 있었다. 도서실 안에는 여전히 질리도록 많은 숫자의 책들이 빼곡하게 꽂혀져 있었다. 그러나 사람의 모습은 보이지 않았다.

잉? 아무도 없네? 지금이…… 이른 아침인가 보군. 아직 해가 지평선 가까이에 있으니까 말이야. 그런데 이 꿈, 참 오랜만에 꾼다? 한동안 꿈을 꾸지 않아서 이제 더 이상 볼 수 없겠구나 하고 생각했는데 말이야.

"……?"

도서실을 살펴보던 내 눈에 테이블 위에 펼쳐진 큰 종이 한 장이 포착되었다. 그 종이에는 하나의 마법진이 그려져 있었는데, 그것은 내가 원래 살던 곳으로 넘어가기 위해 사용했던 마법진의 모습과 상당히 유사했다. 그러나 어디까지나 유사할 뿐, 완전히 똑같지는 않았다.

흐음, 누가 여기서 이 마법진을 연구하고 있었나? 이 마법진은 내 귀환 의식 때 있었던 사람들밖에 모를 텐데……. 그렇다는 건 일행 중 누군가가 마법진 연구를 시작했다는 거군. 유력한 건 레이뮤 씨나 슈아로에……. 그런데 마법진이 틀렸잖아. 이건 이게 아니고 이렇고, 이건 이렇게…….

난 아무 생각 없이 종이 옆에 있는 펜을 집어 들어서 마법진의 틀린 곳을 수정했다. 그러다가 문득 내가 직접 펜을 만지고 종이 위에 마법진을 그리고 있다는 사실을 깨달았다. 여태까지 이런 적은 한 번도 없었기 때문에 나로서는 크게 놀랄 수밖에 없었다.

잉? 이럴 수가? 펜이 만져진다? 마법진도 그릴 수 있다? 그럼 나, 지금 꿈을 꾸고 있는 게 아니란 말인가? 아니면 꿈속에서 물건을 만질 수 있도록 바뀐 건가? 그리고 내 기억 속에 그때의 마법진의 모습이 남아 있다니…… 이건 기적인걸?

"……!"

내가 마법진의 틀린 곳을 모두 수정했을 때, 갑자기 내 뒤에서 따가운 시선이 느껴졌다. 그래서 급히 뒤를 돌아보니 도서실 문 앞에 릴리가 서 있는 모습을 보게 되었다. 릴리는 아주 똑바른 시선으로 내 얼굴을 정확히 쳐다보고 있었다.

잉? 지금 릴리가 날 보고 있는 건가? 내 모습이 보이는 건가? 그렇다면 내가 한번 말을 걸어봐야……!

"……!"

난 열심히 입을 열어 말을 해보려 했지만 내 입에서는 아무런 소리도 새어 나오지 않았다. 마치 꿀 먹은 벙어리가 된 듯했다. 결국 소리는 낼 수 없다고 판단한 나는 펜을 놓고 릴리에게로 걸어갔다. 걸어갈 때 일부러 옆으로 이동하면서 릴리의 시야를 벗어나려고 했다. 그럴 때마다 릴리는 내가 이동할 때마다 시선을 돌려 내 위치를 정확히 파악해 내었다. 그것은 릴리가 분명히 나를 보고 있다는 증거였다.

흐으, 내가 이동할 때마다 날 쳐다보고 있으면 조금 무섭다는 느낌이 들어야 하는데…… 그런 느낌이 안 드는 건 왜일까? 릴리의 눈빛이 부드럽게 느껴지기 때문일까?

"……."

"……."

난 릴리의 바로 앞에 가서 섰다. 내 키가 릴리보다 커서 릴리는 고개를 들어 내 얼굴을 쳐다보고 있었다. 얼굴 표정에는 변화가 없었지만 그녀의 시선은 줄곧 내 두 눈에 꽂혀 있었다.

"……."

릴리가 쳐다보고 있는 걸 확인하면서 난 손을 흔들어 그녀의 시선을 분산시켜 보려고 했다. 하지만 내가 손을 흔들어도 그녀의 시선은 내 두 눈에만 머물렀다. 그래서 난 과감히 그녀의 몸에 손을 대보기로 했다. 기왕 손을 댈 거면 좀 더 과감하게 할 생각으로 그녀의 가슴을 겨냥했다.

"……!"

"……."

내가 가슴을 만져도 릴리의 시선은 전혀 변하지 않았다. 대신 나는 내가 릴리의 가슴을 만질 수 있다는 사실에 경악하고 있었다. 펜을 잡는 데에는 성공했지만 사람의 몸에 손을 댈 수 있다고는 기대하지 않았기 때문이다. 경악을 하는 와중에 내가 차마 손을 떼지 못하고 있을 때, 두 뺨이 약간 붉어진 릴리가 입이 열렸다.

"주인님……."

부르룽—

"……!"

그 순간 갑자기 몸에서 진동이 일어났다. 그 때문에 눈을
뜬 나는 진동의 정체가 휴대폰 알람이라는 사실을 알게 되었
다. 그리고 방금 전까지 내가 이상한 꿈을 꾸고 있었다는 것
또한 깨달았다.

으윽! 아까 분위기 좋았는데! 이 망할 놈의 휴대폰이 분위
기 다 망쳤어! 으으윽…… 내가 왜 1시간 알람을 맞춰놨을
까…… 그냥 계속 잘걸…….

"……."

눈은 휴대폰에 고정되어 있었지만 머리는 아까 전의 꿈을
재생하고 있었다. 그러나 녹화가 잘못된 것인지 기억해 내려
고 하면 할수록 점차 그 꿈이 사라져만 갔다. 그러다가 결국
좋은 꿈을 꾸었다는 느낌만 남은 채 꿈 내용은 하나도 기억하
지 못하게 되어버렸다.

후우, 내가 무슨 꿈을 꾸었던 걸까? 그리고 난 그 꿈을 다시
꿀 수 있는 걸까? 이제는 꿈이란 걸 꾸지 않게 된 줄 알았는
데…… 느낌이 참 미묘하구나…….

*   *   *

내가 원래 세계로 돌아온 후로 3년이 지났다. 그동안 나는
학교를 무사히 졸업하고 꽤 네임벨류가 있는 큰 게임 회사에

운 좋게 입사했다. 내가 맡은 업무는 게임 프로그래밍이었고, 처음에는 많이 욕도 먹고 헤맸지만 이제는 어느 정도 자리를 잡아가는 상태였다.

"끄응— 끝났다!"

하나의 프로젝트를 끝내고 난 크게 기지개를 켰다. 비교적 늦게까지 회사에 남아 잔업을 하느라 막차 시간이 아슬아슬했다. 그래도 밤을 새지 않은 것에 안도하면서 퇴근할 준비를 하려고 했다. 그런데 그 순간 내 회사 이메일 주소로 하나의 이메일이 도착하는 것을 보았다.

잉? 이 시간에 웬 이메일? 제목을 보니 스팸 메일은 아닌 것 같은데…… 그냥 집에 가서 확인을 할까, 아니면 여기서 볼까? 으음…… 뭐, 대충 훑어보고 말자.

딸칵—

난 별 생각 없이 이메일을 열어 보았다. 제목이 '처음 뵙겠습니다, 매직쇼핑몰 나혜리입니다' 였다. 제목을 보건대 스팸 메일이라기보다 평범한 광고 메일인 것 같았다. 그래서 대충 보고 지우려고 했다.

안녕하세요. 매지스트로를 기억하신다면 이번 주 일요일에 만나고 싶습니다. 장소와 시간은…….

메일 내용은 이러했다. 매우 짧은 메일이라 머릿속에서 정리할 필요조차 없었다. 그러나 난 '매지스트로'라는 단어 하나에 커다란 충격을 받고 있었다.

뭐지? 이 매지스트로라는 건? 새로운 낚시 메일인가? 아니, 아무리 낚시라도 아무도 모르는 단어를 사용하면서까지 낚시를 할 리가 없잖아. 만약 나 아닌 다른 사람이 본다고 하면 이 메일은 그저 헛소리를 해대는 스팸 메일일 뿐이라고. 그렇다는 건……!

"……."

프로젝트를 끝냈을 때 이 메일을 본 게 다행스럽게 느껴졌다. 만약 프로젝트를 끝내기도 전에 이 메일이 날아왔다면 난 분명 심적으로 크게 흔들릴 것이 분명했기 때문이다. 어쨌든 난 이메일에 적혀져 있는 장소와 시간을 확인했다. 주말 오후의 한 레스토랑이었고, 그 위치는 인터넷 검색으로 쉽게 찾을 수 있었다. 그래서 난 혼란스러운 마음을 다잡고 주말이 되기만을 기다렸다.

주말은 금방 찾아왔다.

꽤나 비싼 레스토랑으로 가는 거라서 난 일단 정장을 입고 레스토랑으로 향했다. 상대방이 어떤 의도로 날 만나는지 모르기 때문에 캐주얼보다는 정장이 낫다고 판단했기 때문이다.

"어서 오십시오."

내가 레스토랑 안으로 들어가자 남자 웨이터가 공손히 인사했다. 난 그에게 나혜리라고 예약된 자리를 물어보았고, 웨이터는 어느 한 자리를 손으로 가리켰다. 그 자리는 창문 쪽에 위치한 약간 구석 자리였는데, 그곳에 세 명의 여자가 앉아 있는 모습을 볼 수 있었다.

잉? 한 명이 아니었던 건가? 하긴, 메일에 한 명이 나온다는 말은 없었으니 두 명이 나오든 세 명이 나오든 자기 마음대로겠지. 그래도 뭔가 힌트라도 줘야 할 거 아니야? 여자 세 명의 수다를 나보고 어떻게 감당하라고?

저벅저벅―

난 긴장된 마음으로 세 명의 여자에게로 향했다. 그런데 그들 세 명의 모습이 어딘지 많이 익숙해 보였다. 특별히 뭐가 익숙한지는 말할 수 없었지만 내 심장 고동은 점차 빨라져 가고 있었다. 나 스스로 뭔가를 느끼기 시작한 것이다.

"어서 와요."

내가 테이블 가까이에까지 다가오자 세 여인 중 한 명이 일어나 나를 반겼다. 그녀는 그냥 일반적인 여성 정장을 입고 있었는데, 나이는 20대 중반 정도로 보였다. 물론 기품이랄까, 풍겨 나오는 분위기는 거의 30대의 커리어우먼을 연상케 했다. 겉모습보다 상당히 경력이 많아 보이는, 길고 검은 생머리의 모습을 보며 난 한 여인의 모습을 반사적으로 떠올렸다. 하지만 머리카락 색도 다르고 해서 감히 내 생각을 말할 수는 없었다.

"안녕하세요. 최고수입니다."

상대방이 이미 나에 대해서 다 알고 있다는 느낌이 들어서
난 간단하게 이름만 밝혔다. 그러자 상대방도 자신의 프로필
을 알려주었다.

"매직쇼핑몰 사장 나혜리입니다. 그리고 이쪽은 내 동생
나유리, 나소리입니다."

그러면서 나혜리 사장은 옆에 있는 두 명의 여자를 가리켰
다. 한 명은 목까지 내려오는 짧은 검은색 커트 머리에 쌀쌀
해 보이는 인상을 가진 20대 초반의 여성이었다. 그리고 또
한 명은 조금 백치미가 보이는 긴 검은 생머리의 10대 소녀였
다. 솔직히 생김새로 보면 그들을 자매로 보기에는 무리가 있
었다. 그러나 한 가지 확실한 것은 그녀들이 모두 미인이라는
점이었다.

"앉으세요."

나혜리 사장은 나에게 자리를 권했다. 난 당장이라도 그녀
들의 정체를 캐물어보고 싶었지만 초면에 실례인 것 같아서
일단 자리에 앉았다. 하지만 그녀들의 모습을 자세히 보면 볼
수록 자꾸 특정 인물들이 떠오르고 있었다.

"우리가 누군지 알겠어요?"

갑자기 나혜리 사장이 내 얼굴을 보며 그렇게 물었다. 그것
은 내 심증을 확실하게 만들어주는 것이었다. 그래서 난 과감

하게 그녀들을 지목하면서 입을 열었다.

"나혜리 사장님은 레이뮤 씨, 나유리 씨는 유리시아드, 나
소리 씨는 릴리. 아닌가요?"

"……."

내가 차례대로 지목하자 그녀들은 순간 말이 없었다. 하지
만 그녀들의 표정에서는 놀라움이 떠올라 있었다. 그것은 내
가 헛소리를 해서 당황한 것이 아니라 정곡을 찔렀기 때문에
나올 수 있는 반응이었다. 한마디로 내 생각이 맞았던 것이
다.

"그래요. 다행히 기억하고 있었군요."

내가 자신들을 기억하고 있다는 것에 나혜리 사장, 아니,
레이뮤는 안도했다. 일단 내 기억이 멀쩡하다는 것을 확인하
자 레이뮤는 웨이터를 불러 주문을 했다. 이제부터는 먹으면
서 이야기를 하기로 한 것이다.

흐으, 아니, 먹는 건 좋은데 왜 나한테는 메뉴판을 안 보여
줘? 그냥 자신들이 주문한 대로 먹으라는 건가? 아, 난 매운
건 싫어하는데…….

"식사 나왔습니다."

웨이터는 우리에게 주문한 음식들을 가져다주었다. 모두
초밥과 돈까스였는데, 나한테는 돈까스를 주고 세 여자에게
는 초밥을 주었다. 나한테 있어서는 비교적 무난한 요리라서
난 별 불만을 가지지 않았다.

"어서 먹어요."

레이뮤는 초밥을 먹으면서 나에게 먹을 것을 권했다. 솔직히 난 별로 먹고 싶은 마음이 없었지만 세 여자가 전부 먹고 있는데 나만 안 먹기도 좀 그래서 그냥 돈까스를 먹었다. 별기대를 하지 않았는데 기대보다 훨씬 맛있어서 만족스럽게 먹는 도중, 레이뮤가 입을 열었다.

"우리들이 어떻게 이 세계로 왔는지 궁금하지 않나요?"

흐으, 당연히 궁금하지. 근데 먹느라고 정신이 없어 보여서 물어볼 수가 없었잖아.

"예, 궁금합니다."

내가 궁금하다는 표정을 지어 보이자 레이뮤는 입가를 냅킨으로 한 번 닦고는 나를 쳐다보며 말을 이었다.

"레지 군이 했던…… 아니, 여기서는 최고수니까 고수 씨라고 하겠어요. 예전 저쪽 세계에서 고수 씨가 사용했던 방법 그대로 재현했어요. 일곱 개의 포스를 모으고, 마법진을 통해 건너오는 것이죠."

"……."

흐으, 갑자기 고수 씨라는 말을 들으니까 조금 당황스럽군. 그래도 취직하고 나서는 그런 말을 많이 들은 터라 익숙하긴 한데……. 그나저나 내가 썼던 방법을 재현했다고? 무슨 수로? 어떻게?

"그게 가능한가요?"

"네, 릴리가 있어서 가능했어요. 릴리 스스로가 일곱 개의 포스를 모을 수 있었으니까요. 그리고 결정적으로 마법진을 알고 있었기 때문에 성공할 수 있었지요. 처음 우리가 생각했던 마법진과 실제 사용한 마법진에 차이가 있었는데, 누군가가 수정을 했는지 마법진이 옳게 그려져 있더군요."

"……!"

그 말을 듣자 갑자기 예전에 대학교 공강 시간에 꾸었던 꿈이 되살아났다. 그때는 꿈 내용이 기억이 나지 않아 그냥 좋은 꿈이라고만 생각했는데, 그 당시 내가 수정했던 마법진을 레이뮤가 실제로 사용했다고 하니 알 수 없는 감정이 들었던 것이다.

그럼…… 그 꿈이, 꿈이 아니라 사실이었던 건가? 아니, 꿈은 꿈이었으니까 꿈이 맞는데…… 내가 유체 이탈이라도 해서 그쪽 세계까지 날아갔던 거야? 알 수가 없군.

"릴리를 이용해서 넘어온 것은 어느 정도 알겠는데…… 어떻게 이 세계에서 살고 있는 거예요? 그리고 그 매직쇼핑몰인가 하는 건 뭐죠?"

일단 난 릴리라면 다른 세계를 넘나들게 할 수 있을 거라고 생각했기 때문에 그 문제보다는 현재에 초점을 맞추었다. 그러자 레이뮤가 먼저 입을 열었다.

"이 세계로 넘어온 건 거의 2년 반 정도 전이에요. 유리시아드, 그리고 릴리와 같이 이 세계로 넘어왔어요. 릴리가 있

어야만 다른 세계로의 이동이 가능해서 릴리까지 대동한 것
이지, 사실 나와 유리시아드만 이 세계로 넘어오려고 했어
요."

잉? 레이뮤 씨와 유리시아드만? 왜?

"우리 세 명이서 이 세계로 넘어온 뒤로 이 세계에 적응을
하는 데 시간이 좀 걸렸고, 적응한 뒤로는 매직쇼핑몰이라는
인터넷 쇼핑몰을 운영하고 있어요. 돈을 벌어야 먹고사니까
요."

레이뮤는 지금까지의 3년을 간단하게 설명해 버렸다. 하지
만 난 여러 가지로 많은 의문점을 가지고 있었다.

"왜 넘어오신 거예요? 매지스트로에 남는 게 더 낫잖아
요?"

"나는……."

내 질문에 레이뮤는 유리시아드와 릴리를 둘러보다가 먼
저 답변을 했다.

"새로운 걸 도전하고 싶었어요. 고수 씨도 알잖아요. 내가
그 세계에서 500년이나 살았다는 거. 사람이 500년 동안 하
나의 일만 파고들 수 있다고 생각해요?"

"하지만 레이뮤…… 아니, 혜리 씨는 그렇게 했잖아요?"

"그건 나에게 인간의 감정이 거의 남아 있지 않았기 때문
이에요. 500년의 세월은 내 감정을 무디게 만들었고, 마법 하
나에만 정진하게 만들어준 거죠. 하지만 고수 씨의 지략에 의

해서 날 원래대로 돌려놓은 뒤에는 난 평범한 사람이 되었어요. 이것저것을 하고 싶어 하고, 금방 싫증을 내는 평범한 인간으로요."

"……."

난 레이뮤의 말을 수긍할 수밖에 없었다. 일단 나 스스로가 하나의 일을 줄기차게 하지는 못하기 때문에 그녀의 마음이 쉽게 이해되었다. 그래도 여전히 의문점은 남아 있었다.

"그래도 그 세계에서 다른 일을 하면 되잖아요?"

"물론 그 방법도 있어요. 하지만 대마법사라고 불리는 내가 무엇을 해도 대마법사라는 꼬리표는 항상 따라다녀요. 그 꼬리표를 떼어놓고 다른 일을 하기란 사실…… 힘들어요."

"……."

흐으, 그렇군. 잘못된 것이 아니니 레이뮤 씨에게 해가 되는 일은 없겠지만… 아무래도 신경이 쓰이겠지. 뭘 해도 '대마법사가 하는 일이니까!' 하는 기대감이 작용한다고나 할까? 그나저나 그런 게 부담스러울 정도로 레이뮤 씨도 많이 연약해졌군.

"난 나를 알지 못하는 곳에서 새롭게 시작하고 싶었어요. 나이가 더 들기 전에 뭔가 하고 싶은 욕구가 생겼다고나 할까요? 그래서 고수 씨가 있는 이 세계로 넘어오는 방법을 강구했고, 결국 넘어오는 것에 성공했지요. 그리고 이렇게 어느 정도 성공을 이루어 살고 있어요."

레이뮤의 얼굴에는 이곳으로 넘어와서 후회하는 빛이 전혀 없었다. 원래 세계에 있던 때보다 훨씬 힘들고 치열한 삶을 살고 있을 텐데도 그녀의 얼굴빛은 밝았다. 오히려 대마법사로 칭송받을 때보다도 더 밝아 보였다. 그런 그녀의 모습을 보니 내 모습이 겹쳐졌다.

　흐으, 나도 너무 강한 힘을 가지고 있어서 그냥 원래 세계로 돌아와 버렸지. 그냥 남아 있었으면 여러 가지 혜택도 누리고 했을 텐데. 그래도 지금은 나름대로 괜찮은 회사에 들어가서 만족하고 있어. 고생은 하고 있지만, 어차피 모든 일이 다 힘드니까 참아가면서 하고 있지. 이리로 돌아온 것에 대해 후회는 하지 않는다…… 레이뮤 씨도 그런 생각이 아닐까?

　"그럼 유리시아…… 아니, 유리 씨는요?"

　"존댓말할 필요 없어요. 어차피 당신이 나보다 나이가 많으니까요."

　내 말에 유리시아드는 퉁명스러운 반응을 보였다. 확실히 그녀보다 내가 더 나이가 많아 우리나라의 정서상 내가 반말을 해도 별 문제는 없었다.

　"유리는 왜 이곳으로 넘어온 거야?"

　난 바로 반말로 전환하여 유리시아드에게 질문을 날렸다. 유리시아드의 이곳 이름이 유리라서 외우기도 쉬웠다. 아무튼 유리시아드는 내 질문을 받고 잠시 대답을 할까 말까 망설이다가 이내 말문을 열었다.

"나도 혜리 언니와 거의 같은 경우예요. 조금 다른 점은 혜리 언니는 자신의 의지로 결정한 거지만 난 자의 반 타의 반으로 온 거죠."

잉? 자의 반 타의 반? 누가 유리시아드의 등이라도 떠밀었나?

"아무리 자유기사라지만 고국으로 돌아가서 재정 지원을 받지 않으면 살아가기가 힘들어요. 그래서 고국으로 돌아가는데, 그때마다 오라버니가 검은 천사를 찾아서 결혼시키겠다고 압박을 했죠. 그 소리를 듣는 것도, 결혼을 하는 것도 싫고 다른 것을 해보고 싶었죠. 그때 혜리 언니에게서 그럼 같이 다른 세계로 넘어가는 게 어떻겠냐는 제의를 받았어요. 그래서 이곳으로 넘어오게 된 것이죠."

"……."

흐으, 이런 말하기는 뭐하지만…… 결국 가출했다는 소리잖아?

"유리는 이곳 생활에 만족해?"

난 내 마음속의 생각을 숨기고 유리시아드의 만족도를 물었다. 그러자 유리시아드는 당연하다는 듯이 입을 열었다.

"만족하지 않았다면 벌써 돌아갔을 거예요. 일단은 혜리 언니와 같이 쇼핑몰을 운영하고 있지만, 난 지금 경호원이 될 준비를 하고 있어요. 경호원 일 쪽이 나한테 잘 맞는 것 같으니까요."

오호, 경호원이라. 생각보다 유리시아드한테 잘 어울릴 것 같은걸? 물론 남자 고객의 경호를 맡았다가는 남자 고객으로부터 작업이 걸려오겠지만, 여자 고객을 맡을 경우에는 믿음직스럽겠다. 아니, 오히려 여자 고객으로부터 질투를 받으려나? 잘 모르겠군.

"그럼 릴리, 아니, 소리는……?"

난 시선을 릴리에게 돌리며 물었다. 레이뮤의 말을 들어보면 레이뮤와 유리시아드를 이 세계로 보내기 위해서 그냥 끌려온 셈이었기 때문에 그녀의 앞날이 걱정되었던 것이다. 그런데 릴리는 무표정하지만 분명하게 자신의 의사를 말했다.

"고수 씨가 없는 세계에 남아 있어봐야 아무런 의미가 없어서 혜리 언니, 유리 언니와 같이 왔어요."

"……!"

헉! 릴리가 날 주인님이 아니라 고수 씨라고 불렀어! 으악! 이제 릴리는 내 수중에서 완전히 벗어난 거야? 어느새 자신의 생각까지 확실하게 말하고…… 으으, 나의 릴리를 돌려줘!

"아까도 말했지만 우리 세 명은 지금 친자매로 되어 있어요. 내가 장녀이고, 유리가 둘째, 소리가 막내지요."

내가 예전 릴리의 모습을 그리워할 때 레이뮤가 현 상황에 대해서 말하기 시작했다. 그 말을 듣고서 문득 궁금한 점이 떠올라 난 즉시 질문을 던졌다.

"이곳에서 살아가려면 주민등록증 같은 게 필요한데……

어떻게 한 거예요?"

"그게 좀 시간이 걸렸어요. 다행히 자원봉사 단체의 도움을 받아서 우리의 호적을 만들고, 주민등록증을 발급받았지요. 지금은 이제 이곳 사람들과 똑같이 살아가고 있어요."

흐음, 그렇군. 나도 그 자원봉사 단체라는 곳에 가서 '나돈 없으니 돈 좀 빌려줘!' 하면 돈을 빌려주려나? 아니, 어쨌든 레이뮤 씨 자매가 잘 지내고 있다니 다행인데…… 어떻게 이렇게 금방 적응을 했을까? 난 과거로 간 셈이라서 적응하는데 별 어려움은 없었지만, 레이뮤 씨 같은 경우는 미래로 온거잖아? 그 수많은 기계들과 복잡한 규칙 때문에 적응하기가 쉽지 않았을 텐데?

"그런데 모두들 이 세계에 금방 적응을 했네요? 나 같으면 처음 보는 것들이 많아서 적응을 제대로 못했을 텐데."

난 별 의미 없이 그렇게 말했다. 그런데 그 말을 들은 레이뮤의 반응은 독특했다.

"그렇지 않아요. 만약 고수 씨가 없었더라면 이곳에 적응해서 사는 게 더 어려웠을 거예요."

"……?"

잉? 내가 없었더라면? 아니, 난 원래 그쪽 세계에 없었잖아? 그리고 이쪽에 넘어온 뒤에도 레이뮤 씨 자매와 접촉이 전혀 없었는데? 대체 내가 무슨 도움을 줬다는 거지?

"무슨 소리예요? 내가 없었더라면이라니?"

"이 세계로 넘어오기 전에 꿈을 꾸었어요. 고수 씨가 이 세계에서 어떻게 생활을 하는지에 대한 꿈이죠. 마치 곁에서 고수 씨의 일거수일투족을 지켜본다는 느낌이었달까요? 고수 씨가 어떻게 행동하느냐를 꿈에서 지켜보면서 많이 배웠어요. 그 때문에 이곳 세계에 금방 적응할 수 있었던 것이구요."

"……!"

나로서는 놀랄 수밖에 없는 말이었다. 그 꿈은 마치 내가 이곳에 와서 어느 정도 저쪽 세계에 대한 꿈을 꾼 것과 마찬가지였기 때문이다.

놀랍군. 내가 그런 꿈을 꿀 때는 레이뮤 씨는 그런 꿈을 안 꾸다가 내가 그런 꿈을 안 꾸기 시작해서 레이뮤 씨가 그런 꿈을 꾼 것인가? 에고, 그런 꿈이라는 단어가 계속 반복되니까 정신이 없다.

"유리도 그런 꿈을 꿨어?"

"네. 꿨어요. 별로 꾸고 싶지는 않았지만."

유리시아드 역시 나를 통한 꿈을 꾸었다고 말했다. 그런 말을 들으니 왠지 나의 사생활이 침해된 듯한 느낌이 들어서 많이 부끄러웠다. 하지만 내가 그녀들의 꿈을 꿨다고 하면 따가운 비난의 화살이 쏟아질 것 같아서 일단 그 사실은 숨기기로 마음먹었다.

"고수 씨는 잘 지내고 있나요?"

레이뮤 자매에 대한 얘기가 끝나자 이번엔 레이뮤가 나에 대해서 물어보기 시작했다. 그래서 난 자신감을 가지고 대답했다.

"예, 잘 지내고 있어요. 아직 내가 원하는 목표까지 도달하려면 한참 남았지만, 이제 시작이니까 천천히 목표를 향해 준비하고 있구요."

"그렇군요. 얼굴 표정이 정말 좋아 보여요."

레이뮤는 내 칭찬을 했다. 하지만 난 내 얼굴색보다 그녀들의 얼굴색이 더 좋다는 느낌을 받았다.

"혜리 씨나 유리, 소리의 얼굴색도 굉장히 좋아요. 즐겁게 사는 듯한 느낌이 들거든요."

"사실 별로 즐겁게 사는 건 아니에요. 그래도 저쪽에 있을 때보다는 마음이 편해요. 이곳에서의 성공은 순전히 나의 힘이니까요."

우리들이 너무 대화만 했는지 음식이 거의 그대로 남아 있는 상태였다. 그래서 일단 음식을 먹고 나서 나머지 얘기를 하기로 했다. 그렇게 돈까스를 입 안에 꾸역꾸역 밀어 넣고 있던 나는 문득 레이뮤가 매지스트로 마법학교의 학교장이라는 사실을 떠올렸다.

"근데…… 혜리 씨가 여기 있으면 매지스트로의 학교장은 어떻게 된 거예요?"

"그건……."

먹는 도중에 질문을 날린 거라 레이뮤는 먹던 걸 일단 삼키고 나서 대답을 했다.

"지금 매지스트로 학교장은 슈아예요. 내가 슈아에게 학교장 자리를 부탁했고, 슈아는 그 부탁을 받아들였어요. 지금 3년째 학교장을 맡고 있을 거예요."

흐음, 슈아가 학교장이라…… 그런데 '맡고 있을 거예요'면 이곳에 온 뒤로 슈아가 어떻게 됐는지 모른다는 소리잖아? 하긴, 레이뮤 씨 자매가 이쪽 세계와 저쪽 세계를 마음대로 왔다 갔다 할 수 있는 건 아니니까.

"혜리 씨도 이곳에 온 뒤로는 슈아 소식을 모르겠네요?"

"그래요. 이곳에서 생활하는 것에 적응하느라 정신이 없었으니까요."

"……."

레이뮤가 슈아로에의 소식을 모른다고 하자 난 급격한 실망감에 빠졌다. 그리고 마음 한구석에는 왜 슈아로에가 레이뮤를 따라 이 세계로 넘어오지 않았을까 하는 원망도 들었다. 하지만 나 스스로가 슈아로에를 버리고 이 세계로 온 셈이라서 그녀를 탓할 수만도 없었다. 그 세계에는 슈아로에의 부모들과 슈아로에가 하고자 하는 것이 있기 때문이었다.

"슈아가 보고 싶나요?"

"……!"

느닷없는 레이뮤의 말에 난 크게 놀랐다. 그 말은 마치 지금이라도 슈아로에를 보러 갈 수 있다는 것처럼 들렸기 때문이다.

"보고 싶기는 하지만…… 갈 방법이…….'

내가 말끝을 흐리자 레이뮤는 의미심장한 미소를 지었다.

"방법이 있으니까 물어보는 거예요."

"……!"

갈 방법이 있다? 슈아를 만나러 갈 수…… 있다?

"어떻게?"

난 억지로 흥분을 가라앉히며 레이뮤에게 물었다. 레이뮤는 여전히 얼굴에 미소를 머금은 채 내 물음에 대답해 주었다.

"소리의 능력을 이용하면 넘어갈 수 있어요. 물론 지금 소리는 아무런 힘도 낼 수 없지만, 잠재 능력이 있기 때문에 6개월간 천천히 포스를 모으면 가능해요. 그리고 우리에게는 그때의 마법진 그림이 있어요. 다시 말하자면, 지금부터 준비할 경우 6개월 후에 저쪽 세계로 넘어갈 수 있다는 뜻이지요."

"……!"

충격이었다. 애초에 이동이 불가능하다고 생각해서 넘어갈 방법도 찾지 않았던 나에게 레이뮤의 말은 충격으로 다가왔다.

6개월 후에 저쪽으로 넘어갈 수 있다고? 그렇다면 6개월 후에 슈아를 볼 수 있다는 말이잖아…… 아, 안 돼. 진정하자,

진정해.

"슈아를 보러 가고 싶나요?"

레이뮤는 다시 한 번 나에게 물음을 던졌다. 이미 난 마음속으로 결심을 굳혔기 때문에 강한 어조로 말했다.

"예, 보러 가겠습니다."

"알았어요. 그럼 준비가 되면 내가 연락할게요. 그에 맞춰서 스케줄 비워놔요."

그 말로써 저쪽 세상으로 넘어가자는 화제는 종결되었다. 그리고 우리들은 식사를 마저 하면서 가볍게 대화를 주고받았다. 서로의 휴대폰 번호나 이메일 주소 등등을 교환하면서 연락처까지 확실히 교류했다.

날짜가 잡혔어요.

레이뮤 자매와 만난 지 5개월이 흐른 어느 날, 레이뮤로부터 하나의 이메일이 도착했다. 그 이메일에는 준비가 다 끝나가고 있으며, 날짜와 장소가 결정되었다는 사실이 적혀 있었다.

그리고 다시 한 달이 지났다.

레이뮤의 연락처대로 난 일요일을 맞아 그녀들의 집으로 찾아갔다. 남자가 여자들만 사는 집에 가는 건 조금 부담스럽긴 했지만, 어쨌든 레이뮤가 불렀기 때문에 난 과감히 레이뮤

의 집으로 향했다. 그녀들은 서울 외곽에 있는 빌라에서 지내
고 있었다.

띵동— 띵동—

"잠깐만 기다려요."

내가 초인종을 누르자 안에서 레이뮤의 목소리가 들려왔
다. 그녀는 초인종을 누른 사람이 누구인지 전혀 묻지도 않고
벌컥 문을 열어주었다.

"안녕하세요."

"들어와요."

집에 있음에도 레이뮤의 옷차림은 거의 정장이었다. 그리
고 레이뮤를 따라 안으로 들어가니 방 2개, 거실 하나, 부엌
하나, 화장실 하나 등이 있는 전형적인 방의 모습이 보였다.
하지만 제일 먼저 눈에 들어온 것은 거실 한가운데에 그려져
있는 마법진의 모습이었다. 당연하게도 그 마법진은 내가 이
세계로 돌아올 때 사용했던 것과 똑같았고, 그녀들은 그 마법
진을 수성 매직 같은 걸로 방바닥 장판에 그대로 그려놓은 상
태였다.

"이거 내가 그린 거예요."

내가 마법진에 시선을 두고 있을 때 유리시아드가 작은 방
에서 걸어나오며 입을 열었다. 그리고 그 뒤를 이어 릴리도
모습을 드러내었다. 둘 다 정장을 입고 있어서 마치 무슨 의
식이라도 거행할 것 같은 분위기를 풍겨내고 있었다.

"저기…… 그런데 나만 혼자 가는 건가요?"

난 일단 여행객 숫자가 어떻게 되는지 알 수가 없어서 레이뮤에게 물어보았다. 그러자 레이뮤는 당연하다는 듯한 표정으로 대답했다.

"모두 같이 가요. 그냥 짧게 가는 거라 모두 갔다가 돌아올 생각이죠."

"예……."

흐으, 모두들 저쪽 세계로 갔다가 다시 돌아올 생각이로군. 근데 만약 내가 '나 안 돌아가!' 라고 하면 어떻게 되지? 레이뮤 씨가 억지로 날 끌고 오려나?

"자, 마법진 한가운데에 가서 서요."

레이뮤는 날 끌고 마법진 한가운데로 들어갔다. 그리고 유리시아드와 릴리도 우리들을 따라 마법진 한가운데에 가서 섰다. 미모의 여성 3명과 마주 보고 서 있으니 상당히 긴장이 됐지만 그나마 내 키가 가장 커서 난 시선을 그녀들의 머리 위에 둘 수가 있었다.

"소리야, 포스를 개방해."

"네, 언니."

레이뮤의 지시가 내려지자 릴리는 눈을 감고 무엇인가를 하기 시작했다. 릴리 정도의 포스를 가진 커널이 포스를 개방하게 되면 엄청난 압력이 나타나야 정상이었지만, 지금의 릴리에게서는 그 어떤 힘도 느껴지지 않았다. 그래도 릴리가 포스를 개방했다고 여겨지는 순간에 바닥에 그려진 마법진에서 빛이 뿜어져 나오기 시작했다.

우우웅―

강한 진동이 계속되자 서서히 내 시야가 차단되어 갔다. 그 것은 내가 원래 세계로 넘어올 때의 느낌과 똑같은 것이었다. 그래서 난 당황하지 않고 몸을 그 진동에 맡겼다. 그렇게 시 간이 조금 흐르자 나의 모든 감각은 차단되고 오직 머릿속을 울리는 진동만이 남게 되었다.

…….

"음…….."

난 약간의 신음 소리를 내면서 눈을 떴다. 일단 가장 먼저 눈에 들어온 것은 내 앞에 서 있는 세 여인의 모습이었다. 그녀들은 아직 의식을 찾지 못한 듯 제자리에 선 채로 눈을 감고 있었다. 아름다운 세 여인이 눈을 감은 채 앞에 서 있 으니 갑자기 내 머릿속으로 이상한 생각이 떠오르기 시작했 다.

흐으, 만약 이때 내가 몰래 손을 댄다면…… 뭐, 그러다가 타이밍 좋게 눈을 뜨면 나만 황사 낀 날 먼지 나듯이 맞겠지. 아니, 아직도 눈을 뜨지 않네? 내가 이런 쓰잘데기없는 생각 을 하지 않고 바로 행동에 옮겼다면 들키지 않고……!

"으음…….."

내가 그렇게 생각하는 도중에 레이뮤를 필두로 유리시아

드와 릴리가 차례대로 눈을 떴다. 순간 평생에 다시는 오지 않을 절호의 기회를 놓친 것 같아 난 마음속으로 크게 후회했다. 그렇지만 중요한 건 우리들이 제대로 다른 세계로 넘어왔느냐였기 때문에 일단 그 후회는 가슴속 깊이 처박아두었다.

"여기는……."

난 그녀들의 머리 위로 주위를 둘러보며 소재 파악에 힘썼다. 일단 상당히 낯익은 모습들이 눈에 들어왔다. 헤아릴 수도 없이 많은 책들이 가득 들어차 있는 공간. 바로 매지스트로의 도서실이었던 것이다.

"제대로 왔네요."

난 감탄하면서 그렇게 말했다. 그러자 레이뮤는 도서실 창문으로 다가가서 입을 열었다.

"아직 이른 아침인 모양이군요."

"이제 어떻게 할 거예요, 언니? 슈아를 찾을 거예요?"

유리시아드는 테이블 위에 손을 살짝 올려놓으며 레이뮤의 의사를 물었다. 그러다가 나와 릴리가 아직 옆에 바짝 붙어 있는 것을 보고 눈을 부라리며 떨어지라는 신호를 보냈다. 그래서 내가 급히 릴리에게서 떨어졌을 때 레이뮤의 대답이 들려왔다.

"어차피 여기서 6개월은 있어야 하니까 서두를 필요는 없어."

"……?"

잉? 잠깐, 지금 레이뮤 씨가 뭐라고 했지? 여기서 6개월은 있어야 한다고? 아니, 난 그런 사실을 사전에 들어본 적이 없는데?!

"레이뮤 씨! 여기에 6개월은 있어야 한다는 게 무슨 뜻이죠?!"

매지스트로에 돌아오자 난 나도 모르게 레이뮤를 레이뮤 씨라고 불렀다. 아무래도 이 세계까지 와서 나혜리라는 이름으로 부르기는 뭔가 어색했기 때문이다. 아무튼 내가 레이뮤에게 항의를 하자 레이뮤는 의미심장한 웃음을 지으며 말했다.

"말하는 걸 깜빡했군요. 다른 세계를 넘어가기 위해서는 적어도 6개월의 시간이 필요해요. 릴리가 포스를 모으는 데 6개월은 걸리니까요. 그러니까 이 세계로 오는 데 6개월의 시간이 걸린 거고, 저쪽 세계로 넘어가는 데 또다시 6개월의 시간이 필요한 거예요."

"……!"

커억! 이건 말도 안 돼! 6개월이나 여기 있어야 된다고?! 내가 회사에서 해야 할 일이 얼마나 많은데! 6개월이나 회사를 안 나가면 난 짤릴 수밖에 없단 말이다!

"걱정 말아요. 6개월이라고는 해도 결국 반나절밖에 시간이 지나지 않으니까요."

"……?"

레이뮤의 말은 좀처럼 갈피를 잡을 수가 없었다. 내가 좀 더 자세한 설명을 요구하자 레이뮤는 천천히 설명을 시작했다.

"원래 이곳 세계와 저쪽 세계는 시간의 흐름이 같아요. 하지만 고수 씨가 이곳으로 넘어온 순간부터 시간의 흐름이 달라지기 시작했죠. 고수 씨가 여기 있다가 원래대로 돌아갔을 때 3일밖에 시간이 지나지 않았지요? 그건 이 세계에서의 1년이 그쪽 세계에서는 하루밖에 걸리지 않는다는 뜻이에요."

"……."

흐으, 그건 나도 알고 있는데.

"하지만 고수 씨가 원래 세계로 돌아간 뒤에는 시간의 흐름이 같아졌어요. 그 와중에 우리들이 고수 씨의 세계로 들어갔죠. 하지만 우리들에게는 시간의 흐름을 지연시킬 능력이 없었어요. 그래서 우리들이 고수 씨의 세계에서 보낸 3년이 이 세계에서도 그대로 적용되었죠."

흐으, 그래서?

"하지만 고수 씨를 같이 데려오게 되면 또다시 시간의 지연이 생겨요. 하지만 세계를 건너온 우리들이 남고 고수 씨만 이곳으로 오게 되면 시간의 지연은 생기지 않지요. 그래서 시간의 지연을 발생시키기 위해서 다 같이 이곳으로 건너온 거예요. 그래서 우리들이 여기서 6개월을 보내더라도 다시 다 같이 저쪽 세계로 넘어가게 되면 저쪽 세계에서는 반나절밖에 시간이 지나지 않게 되지요."

"……."

레이뮤의 설명을 듣고도 좀처럼 개념이 머릿속에 정립되지 않았다. 하지만 확실한 것은 여기서 6개월을 보내더라도 원래 세계로 돌아가게 되면 반나절 정도밖에 시간이 지나지 않는다는 점이었다. 어차피 주말에 이곳으로 넘어왔으니 반나절이 지나더라도 별 상관은 없었던 것이다.

"그런 얘기는 미리 해줬어야죠. 놀랐잖아요."

"미안해요. 놀라게 할 생각은 없었어요."

레이뮤는 말로는 미안하다고 했지만 표정에서는 전혀 미안한 기색을 찾아볼 수가 없었다. 어차피 레이뮤에게서 뭔가를 기대하는 건 무리라서 난 한숨만 푹푹 내쉬었다. 그런데 그때, 도서실 복도 쪽에서 또각또각 하는 발자국 소리가 들려왔다.

"온 것 같군요."

그 발자국 소리를 듣고도 레이뮤는 여유로운 표정을 짓고 있었다. 아마도 그녀는 그 발자국 소리가 슈아로에의 것이라고 생각하는 모양이었다. 사실 발자국 소리만 듣고 그 사람이 누군지 알아맞힌다는 건 불가능에 가까웠다. 하지만 나 역시 발자국 소리의 주인공이 슈아로에일 것이라는 생각을 하고 있었다.

스륵—

마침내 도서실 문이 열렸다. 도서실 문을 열고 안으로 들어온 사람은 우리의 예상대로 슈아로에였다. 분홍색 원피스에 화이트 케이프를 입고 있는 슈아로에의 모습은 기품이 철철 흘러넘치고 있었다. 예전에 보았던 슈아로에와는 많이 달라진 것 같았다.

"아……!"

별 생각 없이 도서실 안으로 들어오던 슈아로에는 도서실 안에 불청객 4명이 서 있는 것을 보고 놀란 표정을 지었다. 하지만 그렇다고 크게 놀란 것 같은 표정은 아니었다. 웬만한 일에는 잘 놀라지 않을 것 같은 모습이 과거의 레이뮤를 연상시켰다.

"혹시……!"

슈아로에는 우리들을 둘러보고 그렇게 말했다. 사실 레이뮤나 유리시아드의 머리 색깔이 검은색으로 통일되어 버려서 슈아로에로서는 그들의 정체를 파악하기 힘들 수가 있었다. 하지만 슈아로에는 그녀들이 누군지 단번에 파악해 낸 듯했다.

"레이뮤님…… 유리시아드 씨…… 릴리?"

"그래, 오랜만이구나."

슈아로에가 정확히 이름을 말하자 레이뮤는 환한 웃음을 띠면서 고개를 끄덕였다. 그리고 두 사람은 긴 포옹을 하며 오랜만의 재회를 반겼다. 유리시아드와 릴리도 슈아로에게 다가가 인사를 했고, 슈아로에는 그녀들과도 재회의 인사를 나누었다.

흐으…… 이제 나만 남은 건가? 근데 왜 이렇게 발이 안 떨어지지? 그냥 슈아에게 가서 '안녕? 잘 있었어?' 라고 하면 그만인 것을…… 가까이 가는 게 두렵다…… 난 슈아의 반응을 걱정하고 있는 건가?

또각또각—

레이뮤 등과 인사를 나눈 슈아로에는 나에게로 곧장 다가왔다. 그녀의 표정은 어딘지 모르게 굳어 있었다. 그래서 덩달아 내 표정도 같이 굳어졌다. 난 슈아로에가 무슨 말을 먼저 할 것인지 짐작할 수가 없어서 그저 그녀가 말하는 것만을 기다리기로 했다.

"……."

"……."

마침내 슈아로에가 내 바로 코앞에 와서 멈추어 섰다. 난 일단 그녀가 어떤 동작이나 말을 하기 전에 움직일 생각이 없었기 때문에 가만히 서 있었다. 그 순간 슈아로에의 양손이 내 어깨 위로 올라왔고, 그녀의 얼굴이 내 얼굴 가까이 다가왔다.

"……!"

내 입술로 부드러운 입술의 감촉이 느껴졌다. 슈아로에가 사신으로서 바이오스 군에 들어가기 전날 밤에 느꼈던 그 감촉과 거의 비슷했다. 생애 두 번째의 감촉에 내가 정신을 차리지 못하고 있을 때 슈아로에는 다시 원래대로 돌아와서 입을 열었다.

"잘 지냈어요, 고수 오빠?"

"……!"

슈아로에가 갑자기 날 레지 군이 아닌 고수 오빠라고 부르자 난 당황스러움에 아무 말도 하지 못했다. 그녀가 그렇게 날 부를 것이라고는 털끝의 먼지만큼도 생각지 못했기 때문이다. 그리고 레이뮤 등이 보고 있는 데도 과감히 입맞춤을 한 슈아로에의 행동도 쉽게 납득이 가지 않았다.

"정말로…… 슈아, 맞아?"

난 어쩔 수 없이 슈아로에의 정체를 의심했다. 하지만 얼굴이 완전히 슈아로에와 판박이였기 때문에 그렇게 묻는 나도 어리석은 질문이라는 걸 알고 있었다. 그리고 슈아로에 역시 내가 바보 같은 질문을 하자 어이없다는 표정을 지었다.

"내가 나지, 그럼 누구예요? 뭐 잘못 먹었어요?"

"……."

흐으, 날 쏘아붙이는 걸 보니 슈아가 맞긴 맞는데… 왜 이렇게 애가 과감해졌지? 사람들 보는 앞에서 부끄럽게 입맞춤을 하다니…….

"갑자기 덮쳐 오니까 당황스럽잖아. 나한테 여자 친구가 있으면 어떡하려고…….."

"에? 고수 오빠는 여자 친구 없잖아요?"

"……."

슈아로에의 말에는 자신감이 흘러넘쳤다. 내가 여자 친구가 없을 것이라고 100% 확신하는 모습이었다. 그것이 기묘하게 내 심기를 건드렸다.

"있으면 어떡할래?"

"에헤, 고수 오빠는 바보군요?"

슈아로에는 내 협박에도 아랑곳하지 않고 날 깔보았다. 그리고 잠시 후에 그 이유를 나에게 설명해 주었다.

"고수 오빠가 원래 세계로 돌아간 뒤부터 꿈에서 고수 오빠의 생활을 보게 되었어요. 거의 매일 꿈을 꾸는데, 그때마다 고수 오빠의 생활을 봤으니 여자 친구가 없다는 것도 다 알고 있죠. 날 속일 생각 말아요."

"……!"

헉! 슈아도 꿈속에서 내 일거수일투족을 다 지켜보고 있었단 말이야? 슈아로에님이 날 지켜보고 계셨던 거야? 말도 안돼! 이건 명백한 사생활 침해야!

"난 슈아의 꿈을 초반에 조금 꾸다가 더 이상 안 꾸게 됐는데, 억울하다!"

"흥, 그거야 고수 오빠가 내 생각을 그 정도밖에 하지 않으니까 그런 거죠."

"……!"

슈아로에의 말은 사실 거의 고백에 가까웠다. 자신은 날 많이 생각하기 때문에 꿈에서 매일 보고 있다는 뜻이었다. 그런 그녀의 말을 들으니 그녀가 사랑스러워서 꼭 안아주고 싶은 느낌이 들었다. 그러다가 문득 슈아로에에게 남자 친구가 있는가라는 사실이 궁금해지기 시작했다.

"슈아에게도 남자 친구가 없겠지?"

난 믿음을 가지고 물음을 던졌다. 그런데 슈아로에는 미묘한 웃음을 지었다.

"글쎄요, 나한테 남자 친구가 없을 것 같아요? 고수 오빠가 떠난 지 3년이 지났는데 그동안 눈에 보이지도 않는 사람을 기다릴 만한 여자가 있을 것 같아요?"

"……!"

슈아로에의 말을 들어보니 충분히 일리가 있었다. 확실히 가까운 예로 군대를 들더라도 2년 동안 남자 친구를 기다리는 여자는 별로 없었다. 아무리 휴가를 나와서 만날 수 있다고 하더라도 보고 싶을 때 보지 못하고, 연락하고 싶을 때 연락하지 못하는 그 시간을 견딜 여자는 그다지 많지 않은 것이다.

"그럼 설마……!"

"에헤헤."

슈아로에는 그저 장난스럽게 웃었다. 하지만 그 모습을 보고 난 슈아로에에게 남자 친구가 없다는 것을 확신했다. 사실 생각해 보면 당연했다. 만약 슈아로에에게 남자 친구가 있다면 날 만나자마자 입맞춤을 하는 행동은 절대 하지 않았을 테니까.

"고마워."

"아……!"

난 뭐가 고마운지 알지도 못한 채 슈아로에의 작은 몸을 감싸 안았다. 슈아로에는 그저 얌전히 내 품에서 내 체온만을 느꼈다. 그렇게 나와 슈아로에가 둘만의 시간에 사로잡혀 있을 때 싸늘한 말 한마디가 들려왔다.

"공공장소에서 뭐 하는 건가요? 민폐예요."

"……!"

"……!"

말을 한 사람은 다름 아닌 유리시아드였다. 아무래도 다른 사람들이 커플들을 보면 화를 내는 것과 마찬가지 이치인 듯했다. 어쨌든 레이뮤와 유리시아드, 릴리가 보는 앞에서 계속 슈아로에를 안고 있는 건 부끄럽기도 하고 미안하기도 해서 난 급히 슈아로에에게서 떨어졌다.

하아…… 내가 왜 이렇게 대담해지지? 맞아, 방금 전에 슈아에게 입맞춤을 당했기 때문이야. 그게 아니었다면 내가 슈아를 덥석 안을 일도 없었을 텐데. 뭐, 한 번쯤 이렇게 강하게 포옹하고 싶었던 욕망이 있긴 했지만…… 그나저나 레이뮤 씨나 유리시아드에게는 남자 친구가 있으려나?

"레이뮤 씨나 유리시아드한테는…… 남자 친구가 없어요?"

난 두 여인에게 남자 친구의 존재 여부를 물어보았다. 그러자 레이뮤가 먼저 입을 열었다.

"동생들을 돌보느라 그럴 시간이나 여유가 없었어요. 이제는 쇼핑몰도 어느 정도 자리를 잡았으니까 인연이 생기면 잡아봐야지요."

흐으, 이제 30대를 바라보고 계신데 너무 여유로운 거 아니신가요? 하긴, 지금 나도 28살이니까 급하기는 마찬가지구나. 그냥 슈아하고 확 결혼해 버려?

"난 경호원이 되기 전까지는 남자 친구를 만들 생각이 없어요."

레이뮤와는 달리 유리시아드는 남자 친구를 원하지 않는다고 말했다. 어차피 유리시아드 정도면 원할 때 남자 친구를 충분히 사귈 수 있기 때문에 그녀에 대해서는 별로 신경 쓰지 않았다. 대신 릴리가 걱정이었다.

"릴리는 어떻게 해요? 학교도 제대로 안 다녔을 텐데."

난 릴리를 보며 그렇게 말했다. 분명 레이뮤로부터 릴리가 내가 사는 세계의 학교를 전혀 다니지 않고 인터넷 쇼핑몰의 홈페이지를 관리한다고 들었기 때문이다. 그런데 릴리는 학력 문제는 신경 쓰지 않는다는 표정을 지었다.

"전 괜찮습니다. 전 이미 몸과 마음을 바칠 사람이 있으니까요."

"······!"

헉! 몸과 마음을 바칠 사람이 있다고? 그게 누구······ 설마······?!

쪽—

릴리는 슈아로에를 따라 하듯이 내 입술에 자신의 입술을 살짝 갖다 대었다. 하지만 오래 지속하지는 않고 금방 떨어졌다. 아무래도 나하고 키 차이가 많이 나서 까치발로 오래 서 있기가 힘든 모양이었다.

"릴리! 내 허락도 없이 그러는 게 어디 있어?!"

릴리가 나에게 입맞춤을 하자 슈아로에가 버럭 화를 내었다. 그런데 슈아로에의 말은 꼭 자기 허락이 있으면 입을 맞춰도 된다는 것처럼 들렸다. 그런 우리들의 모습을 보던 레이뮤가 한마디 했다.

"어차피 릴리는 고수 씨의 커널이니까 고수 씨만 따라다닐 거예요. 릴리를 어떻게 하느냐는 순전히 고수 씨 마음이지요."

"······!"

꿀꺽. 갑자기 침이 넘어가는데? 이야, 이런 땡큐 베리 감사한 일이······!

"······!"

그때 갑자기 유리시아드가 살벌한 눈빛으로 날 노려보기 시작했다. 오랜만에 느껴보는 유리시아드의 살기라서 난 오히려 반가울 정도였다. 아무튼 그렇게 릴리에 대한 화제를 끝내고 나자 잠시 일행 사이에 침묵이 감돌았다. 모처럼 만났지만 그다지 할 얘기가 없었기 때문이다. 사실 서로 다른 세계에서 살다가 만났으니 할 얘기가 있어도 이해하지 못할 얘기뿐이었다.

"고수 오빠, 지금 매직포스를 느낄 수 있어요?"

화제가 없어서 침묵이 이어지던 도중 슈아로에가 나에게 질문을 던졌다. 그 말을 듣고서야 과연 내가 이 세계에서 아직까지 마법을 쓸 수 있는지 없는지가 궁금해졌다. 그래서 난 눈을 감고 이 세계의 매직포스를 느끼는 것에 집중했다.

으음…… 오랜만에 하는 거라 잘 감이 안 잡히는데? 아, 뭔가 느껴졌다. 좋아, 그 느낌을 살려서 매직포스를 기동시키자.

우우웅―

매직포스를 느끼기 시작하자 내 머리에서 마나 파장이 흘러나오기 시작했다. 아직까지 내가 5서클의 매직포스를 가지고 있다는 사실을 깨닫고 감동을 먹었다. 비록 내가 사는 세계에서는 매직포스를 가지고 있더라도 마법을 쓸 수 없지만, 이곳에서는 매직포스만 있으면 마법을 쓸 수 있는 것이다.

"다행히 매직포스가 있…… 어?"

난 슈아로에에게 내 매직포스의 건재함을 알리려다가 놀라서 말을 잇지 못했다. 내가 알기로는 슈아로에의 마나량이 4서

클일 텐데, 지금 그녀에게서 나오는 마나 파장은 그녀가 5서클임을 알려주고 있기 때문이었다.

"슈아, 설마 지금 5서클이야?"

난 떨리는 목소리로 물었고, 슈아로에는 자랑스러운 듯한 표정을 지으며 대답했다.

"네. 얼마 전에 5서클을 달성했어요. 어떻게 해서든 고수 오빠를 따라잡으려고 노력을 한 결과죠."

"……!"

호오, 그럼 거의 4년 만에 5서클을 달성한 건가? 일반 마법사들이 8년 넘게 걸리는 걸 절반으로 단축시켰군. 역시 괜히 천재 마법사가 아니라니까.

"레이뮤 씨나 유리시아드도 매직포스를 가지고 있겠네요?"

난 이번엔 레이뮤와 유리시아드를 바라보며 물었다. 그녀들은 내 물음을 받고 고개를 끄덕였다.

"그래요. 6서클에서 멈춰 있지만요."

"난 당신과 똑같은 5서클이에요."

흐으, 그렇군. 모두들 포스량을 그대로 가지고 있구나. 그럼 여기서 6개월을 살더라도 크게 문제될 건 없겠다. 만약 우리들이 모두 마법을 쓰지 못하고 평범한 인간으로 돌아왔다면 이곳에서 생활하는 게 절대 쉽지는 않을 테니까 말이야.

"아무튼 6개월 동안 잘 부탁해."

난 슈아로에에게 그렇게 말했다. 슈아로에는 이미 우리들이 6개월 후에 떠난다는 것을 알고 있었는지 별로 동요하지 않았다. 오히려 긍정적인 쪽으로 생각하고 있었다.

"여기서 6개월 동안 쉬어 간다고 생각해요. 음…… 맞아, 휴가 나왔다고 생각하면 되겠네요. 그럼 원래 세계로 돌아가서 더 열심히 일할 수 있을 테니까요."

"……."

슈아로에의 말대로 그렇게 생각한다면 마음이 편할 수 있었다. 하지만 그것은 너무 나한테 좋은 쪽으로만 생각하는 것이었다. 슈아로에의 입장에서는 이곳 생활도 쉽지만은 않은데 내가 휴가 나온 것처럼 행동한다면 기분이 상할 수도 있기 때문이었다.

"하지만 그건 내가 이 세계에서의 생활을 너무 간단하게 생각하는 것 같잖아. 슈아한테는 이곳에서의 생활이 정말 중요한데, 난 놀러온 듯이 쉽게 생각하면…… 슈아가 기분 나쁘지 않을까?"

"헤에, 내 걱정을 해주는 거예요? 그런데 난 그런 걸로 기분 나빠하거나 하지 않아요. 고수 오빠를 꿈에서 볼 때마다 느끼는 건데…… 그쪽 세계의 생활은 상당히 복잡하고 어렵게 느껴졌거든요. 나보고 그 세상에서 살라고 하면 못 살 거예요."

슈아로에는 내가 사는 세계를 별로 좋게 보고 있지 않은 듯했다. 사실 그도 그럴 것이, 오염된 환경에 사람들도 자기만을 생각하니 내가 사는 곳을 꺼려해도 전혀 이상할 것이 없었다. 그럼에도 내가 내 세계에서 살아가고자 하는 이유는 오직 내 꿈 때문이었다.

"대단하다고 생각해요. 자신의 꿈을 위해 열심히 노력하는 고수 오빠의 모습을 보면요. 그때마다 나도 이곳에서 열심히 노력해야지 하는 생각을 한다니까요."

슈아로에는 그렇게 말하면서 배시시 웃었다. 그런 그녀의 모습을 보니 나도 편하게 생각하기로 마음먹었다. 가능하다면 내가 이곳에서 눌러 살거나 슈아로에가 나하고 같이 돌아가서 살거나 했으면 싶었다. 하지만 둘 다 자신의 세계에서 하고 싶은 게 있으니 그런 부탁은 할 수가 없었다.

"학교장 생활이 힘들지 않아?"

난 슈아로에에게 질문을 던졌고, 슈아로에는 웃으면서 대답했다.

"아직 어려서 여러 가지로 모르는 점이 많지만, 잘해 나간다고 생각하고 있어요. 나도 레이뮤님처럼 훌륭한 마법사를 많이 배출하고 싶거든요. 그게 내 꿈이에요."

목표를 가진 사람의 눈은 아름다웠다. 이곳에서 훌륭한 마법사들을 배출하고 싶어 하는 슈아로에의 꿈, 내가 사는 세계에서 새로운 시작을 하고 싶은 레이뮤, 유리시아드의 꿈, 그리고 커널로서 날 보필하고자 하는 릴리의 꿈. 그들을 보며

과연 내 꿈을 향해 달리는 내 눈이 아름다울까 하는 생각이
들었다.

"자, 식사하러 가요. 배고프죠?"

슈아로에는 우리들을 이끌고 식당으로 향했다. 이곳에서
6개월을 있어야 하기 때문에 이곳 음식에 적응할 필요성이
있었다. 그리고 6개월 후에는 다시 내가 사는 세계로 돌아가
서 열심히 일을 해야 하는 것이다. 그런 것을 이제는 나쁘지
않게 생각하기로 했다.

목표를 가지면 열심히 하게 되지만, 목표를 향해 무조건 달
릴 수만은 없어. 사람이기 때문에 쉬어 가는 게 반드시 필요
해. 이곳에서의 생활은 나에게 활력소가 될 수 있어. 지친 몸
과 마음을 충전하고 돌아가면 내 목표를 위해 달릴 수 있을
거야. 이곳에는 내가 사랑하는 사람도 있으니까.

『매직 크리에이터』 END

《작가 후기》

　이번 작품은 여러 가지 사정으로 연재가 많이 늦어졌습니다. 그리고 처음 생각했던 것보다 짧게 마무리하느라 내용이 많이 부실해진 것 같습니다. 그런 점에서 제가 어떤 면에서 부족하고, 어떤 면에 문제가 있는지를 알게 되었습니다. 사실 그런 문제들은 처음부터 느끼고 있었는데 이번처럼 마음에 와 닿은 적은 없군요.

　영화나 만화, 애니메이션 같은 다른 매체에서 감독이나 작가가 새로 내놓은 작품을 보고 관객이나 독자가 쉽게 하는 말이 있습니다.

　─어떻게 된 게 이 감독(작가)은 발전이 없냐? 예전 작품하고 달라진 게 없어!

저도 작가이기 이전에 한 명의 관객이고 독자라서 다른 작품을 볼 때마다 그런 생각을 많이 하게 됩니다. 그리고 그럴 때마다 저도 마찬가지라는 생각이 들어서 마음 한구석이 많이 아프더군요. 다른 작품을 보면서 '내 작품의 문제점도 이런데' 라는 생각이 들곤 합니다. 그래도 제 문제점을 조금이나마 알게 되었으니 그나마 소득이라고나 할까요.

현재는 다른 일을 해보려고 준비 중입니다. 어떻게 보면 글을 쓰는 것과 전혀 관계없는 일일 수도 있고, 관점을 달리하면 많은 공통점이 있는 일일 수도 있습니다. 그래도 제가 좋아해서 하고 싶은 일이라는 점은 변함이 없습니다. 그 일 때문에 다음 작품을 쓰는 건 기한 없이 보류가 될 것 같습니다. 사실 나이 먹고 시작하는 일이라 글까지 쓰면서 그 일을 하는 건 많이 벅차거든요. ^.^;

그동안 제 작품을 봐주신 독자 여러분께 감사 인사드립니다. 언제가 될지는 모르지만, 다음 작품은 좀 더 나아진 모습으로 찾아뵙겠습니다. 모두 행복하세요.

—작가 이상규 올림.

이상혁 판타지 장편 소설

FANTASY FRONTIER SPIRIT

이상혁 판타지 장편 소설

①

Hymn to the Angel

천사를위한 노래

"라휄, 사랑해. 너는 나야. 그리고 나는 너이고. 그렇지만…
아니 그래서야. 너와 나,
그리고 우리들 천 명의 아이들을 위해 죽어줘."

지하세계에 들어간 천 명의 아이들,
살아남은 것은 겁쟁이 파드셀과 라휄뿐.

네 자루 검을 찬 전투노예 라휄!
세상이 어떠한지, 노예가 무엇인지도 모르는 순진한 소년,
그가 펼쳐내는 광속의 검술에 압도당한다!

orc wizard

ORC 마법사

정민철 판타지 장편 소설
FANTASY FRONTIER SPIRIT

사상 최강의 오크마법사가 되어라!
과거의 영광이 깃든 오크학파의 마법사,
그들을 일컬어 오크마법사라 칭한다!

기사의 재능도 마법사의 재능도 없었던 아론
그에게 20년 만에 찾아든 마나로 인해
30살 늦은 나이에 드레이얼 마법 아카데미에 입학하다!
그리고 그곳에서 네크로맨서 계열 오크학파의 계승자가 되고 마는데…

위대하고 영광된 오크마법사의 위명을 되살리기 위한
그만의 독특한 학파 살리기 프로젝트는 시작되었다!!